文明经典文丛

紫涵与瑜伽

紫涵 著

ZHEJIANG UNIVERSITY PRESS
浙江大学出版社

目　录

III

目

录

总 序

一直以来想做一件事：翻译一些比较经典的书，出版一些富有生活气息和思考深度的书，这些书可以让更多的人感受到我们能够过上比已有生活更圆满、更自在、更自信、更有意义的生活。

浙江大学出版社感到我们的想法在这个快速变化的世界中很有意义，欣然同意出版这套"文明经典文丛"。我们希望这套书确实可以帮助提升人们的生活质量，使人们的生活更加和谐。

"文明经典文丛"所容纳的不仅仅有学术的内容，更有精神生命的内容。在东方，哲学和生命是密不可分的。我们的理智活动是生命活动的一部分，这部分内容有的和我们的生命关系密切，有的则不那么密切。例如东方瑜伽，它不仅可以是学术的理智探讨，更可以是生命的试验。瑜伽的原意是"联结"。联结什么？可以和我们的身体联结，通过瑜伽锻炼可以达到健体的目的；可以和我们的心灵联结，使我们的心灵更加超然、自在，更能体验到生命的美好和喜悦；可以和内在的生命本身联结，使得我们作为个体的生命生活在一个全新的世界中；可以通过瑜伽锻炼，帮助我们培养起一种新的生活方式，可以和其他人、其他社会共同体有一种更加健康的关系，甚至可以帮助我们进行有效地自我对话、个体间对话、宗教间对话、文化间对话、文明间对话。瑜伽是走向个人和谐、社会和谐和自然和谐的一种方式、一条道路。我们倡导广义的瑜伽观念，并不限制在大众的哈达瑜伽层面。

文明有多种含义，我们所指的是狭义的，主要指精神领域的文明。从时间上说，我们既选择第一轴心时代的文明经典，也选择正在形成中的第二轴心时代可能的文明经典，或者一些富有新思想的专著或注释。第二轴心时代的文明正在形成之中。由于人文主义的发展，科学技术的高速发展，人类正进入一个我们在不久之前都无法设想的世界。我们可以看到在全球化过程中，不同的文化传统受到根本性的挑战。传统的经典需要有新的理解才能发挥其作用，而新文明的著作（其中包含经典性著作）自然也不断地涌现。在这一背景下，我们可以回顾起第一轴心时代（公元前8-前2世纪），当时在地球的不同地区，几乎在同一时期出现了一批思想家，他们之间几乎没有来往。而今天，由于地球处于一个全球村中，新文明的创造不再受地域的限制。中国人和其他地区的人一起创造一种新的文明，我们称之为第二轴心时代文明。

翻译和著述这方面的书不仅仅是一种时尚，它还能为我们更多地参与新文明、新文化的创造提供参与。

浙江大学具有悠久的人文传统。我们希望这套书可以继承和发扬这一传统，也希望浙江大学在21世纪可以更多地参与人类新文明的创造。

　　是为序。

王志成　苏伟平

2012年8月于浙江大学

自 序

关于紫涵

日常生活中，多数人喊我的本名"春梅"。而我先生则唤我的乳名"毛妮"。只有博友与瑜友们亲切地叫我"紫涵"。

原名是父母给的，感恩父母给予我生命！

"春梅"出生在赣南客家围屋，她的童年是特别的，唯一的。童年的酸楚是为如今的成功而铺垫的。

乳名好像是为我先生准备的。从他第一次听到我的乳名，就一直喊到现在。他在青岛喊我，我就乖乖地奔向黄海；他在南海喊我，我又从黄海赶来了。你还会在哪喊我呢？无论你在哪里呼唤我，我都会听声而寻去的。

"紫涵"，按自己喜好随意而取的一个网名。这个名字诞生于2008年6月1日。这个名字代表着新生活的开始，告别第二故乡青岛，告别牛郎织女般的生活，庆贺一家人团聚在三亚。

思绪万千，我感到这个名字带给我太多的美好！

自从有了"紫涵"这个名字，我停止工作，开始阅读，与古今中外的文人对话。我开始喜欢摄影、养宠物狗。深居简出的"紫涵"沉浸在自我的世界里。

当一个人与物质世界接触减少的时候，会很深刻地感觉到自己的存在，这个时候也会莫名地问自己："我从哪里来？"于是，"紫涵"开始以文字形式记录曾经的过往。

乡下、小镇、青岛、三亚，几乎每十几年换一个地方的"紫涵"要记录的往事总也写不完似的。几年来断断续续的写作使我深深地懂得，写作就是一个认清自己、释放与放下自己的过程。

自从有了"紫涵"这个名字，我就开始练习瑜伽，练习瑜伽体式、呼吸、冥想，阅读瑜伽经典书籍。2009年底在三亚开办了"紫涵瑜伽馆"。

专注地练习瑜伽是为了身心合一，达到身心平衡，心境平和。

通过每天的瑜伽拜日式练习，"紫涵"的身体变得健康轻盈。

通过每天的瑜伽拜日式练习，"紫涵"的精力变得充沛。

"纯净的紫涵"就是我。

因为瑜伽，我更能把控自己的身与心。

因为瑜伽，我的文字变得灵动。

因为瑜伽，我懂得了汇聚与释放能量。

我不再和别人争辩什么是真正的瑜伽，而是默默地做我的瑜伽，我要在静默中让我身边的人感受瑜伽的美好，静静的就是瑜伽。

瑜伽，给予我智慧与力量！

瑜伽，给予我丰厚的物质生活与高贵的精神品质！

六年的瑜伽生活，从对瑜伽的不了解到深深的领悟，到后来，我为瑜伽重新选址：三亚市春光路21号丽冠雅居8号楼2301房，就叫"养心斋"。这样，我们真的可以安心瑜伽，永远瑜伽！这样，当我白发苍苍时，仍可以教授瑜伽。

我在教授瑜伽的过程中，发现瑜伽是适合每一个人的，但每一个人适合的瑜伽各有不同。我要以自己的方式传播瑜伽，根据多年的瑜伽教授经验，我对瑜伽私教有了浓厚的兴趣，并且通过实践，更加肯定了今后我的瑜伽私教之路。我将养心斋的服务项目锁定为瑜伽身心康复私教课程、高端瑜伽私教培训课程以及特色的公益课程。我会一边一对一的教授瑜伽，一边书写教授的感悟，再免费通过网络分享给读者。我的下一本书文字内容就是关于瑜伽教学相长的心得体会。

　　通过面对面的教授，通过瑜伽文字的传播，让更多人过上健康有意义的生活。

　　让更多的人像"紫涵"一样健康生活是我的愿望。

　　"紫涵"，改变了我的人生，不断给予我力量！

　　练瑜伽、教瑜伽、悟瑜伽、写瑜伽，就是当下的紫涵。

　　有人说，做自己喜欢做的事，一辈子坚持做这件事，就一定能成功！

　　我没有一辈子只做一件事。但我在不惑之年做了自己喜欢的事，并且会一直坚持下去。我也没有刻意追求成功，只是觉得这样的人生有意义。

　　"紫涵"，代表积极向上的方向！

　　"紫涵"，是健康的象征！

　　我是紫涵，健康与所有人同在！"OM"！

紫　涵

2014年4月12日

第一章　往事并非如烟

每一个人的心中都藏着自己的故事

如果不表达出来

将成为永远的秘密

表达有很多种方式

聊天、演唱、书写等

不过

我觉得以文字的方式表达可以永久地保存

即使我们离开人间

1　我的童年

人生如四季。

童年及少年时期，好比四季中的春季，那是个春花烂漫的美好季节，是万物复苏与生长的季节。而那时我却不能感受到这美丽的自然景色。

回忆童年的一幕幕，更多的是恐惧、酸楚、无助、迷茫。

我出生在赣南客家的围屋里，如今这种围屋已成为有钱人驻足观赏之地。在我的印象中，它如同墓穴，白天阴森森的，晚上一盏盏煤油灯在屋里飘着，如同幽灵般晃动着。唯一的出口是中间那扇木门，靠门的一面是一间一间面积一样大的厨房，中间是露天天井，井的四周是阴沟，到了梅雨季节就散发出一股恶臭味。另一面是一间一间同样大小的住房，房里有一张木头床，铺的是稻草、草席，门后面放的是尿桶，走廊里飘着尿骚味儿，那是农民积攒的肥料。白天借着阳光才不会走错房间，晚上点着煤油灯烧柴做饭、行走在围屋里。

围屋还有个名字叫"移民房子"，里住着几十户移民和干部下放家属。我家属于后者，就这一点不一样，别的都一样，穿妈妈每天晚上在灶台上烘好了的打着补丁的衣服和破旧的木拖，吃的是番薯丝（地瓜丝）。

春天，田埂里生长着一种白色的、一节一节如同铁丝般粗细的、有淡淡甜味的甜草根，是当时的零食。还有一种零食是每年一次赤脚医生发的糖，有白色的、有淡黄色的，好像还有一个好听的名字叫"宝塔糖"，摆在他们手上任我们挑一颗。现在我还能记起那味儿，淡淡的甜，吃完后就害怕上粪坑了，因为赤脚医生说这种糖会把肚子里的"害虫"逼出来，当时瞪着大大的眼睛听着有些心悬，可都不足以抗拒糖的诱惑，最终还是放进了嘴里慢慢地把它含化，我是这样吃的。第二天就怀着忐忑不安的心情去了粪坑，当然应验了赤脚医生的话。

我上学的时候从围屋里搬了出来，母亲借了些钱加上父亲的工资，住进了由我哥和他一起在建筑工地的民工兄弟帮忙盖的泥土屋里，我感觉房子很大，空落落、冷冰冰的。我父亲在城里工作，很少回家，只有我和母亲守着这大屋子。屋子盖在离河百米的河岸上，门前是草坪和菜地，还有个沼气池，四周是稻田。一共有四个房间，中间没有天井，是个穿堂大厅，乡下叫厅堂，厅堂左右两边各有东西两间房，厅堂的房梁上铺着木板，是储藏食物的地方，如番薯、李子、米浆做的烫皮……这些东西到晚上引来了大大小小的老鼠，寂静的深夜，耗子们在木板上穿来穿去，将我从睡梦中闹醒，我母亲一声一声吹着口哨学着猫叫想把它们赶走，我就这样闻着稻香味，听着母亲赶老鼠的声音不知不觉又进入梦乡。

父亲四十多岁有了我，为了抚养我，为了家里瘫痪卧床的小姐姐（她先天性颈椎病，母亲怀她时脐带绕颈引起的，19岁那年她摔了一跤导致颈椎脱落在家躺了三年），我的母亲放弃了大队书记的职务。

我那没见过面的东福大哥因生病无钱医治早已离开母亲了，家里养不起这么多孩子，精力和经济都不允许，母亲"狠心"把四岁的二姐抱给别人抚养。我是没有资格也不敢在我的姐姐和哥哥面前说苦的，他们都比我苦。

我的小姐姐是父母的心头肉更是他们的骄傲。因为她最会读书，学习成绩是最优秀的，被保送进吉安军工学校；她最会心疼我的母亲，放下书包就上山打柴、下地打猪草等；她的思想最优秀，去北京见过毛主席，我还留着她在北京天安门前手捧毛主席语录的照片，至今还清晰地记得她躺在床上给我讲雷锋、董存瑞的故事。她的离开对我母亲是致命的打击。那是个令我难忘的颤栗的夜晚，她蹲在床角撕心裂肺地喊着我小姐姐的名字痛哭了一整晚，她忘记了我的存在，我躲在被子里发抖。

小姐姐那颗纯真的、美丽的、善良的、优等的心至今还深深地牵着我母亲的心，每当我母亲梦见她、在我面前说起她、念叨她时，我会把我母亲的手放在我的手里，轻轻抚摸，慢慢地越握越紧……

虽说母亲是名老党员，可她也是穷苦人家的孩子，耳濡目染不可避免地有点迷信，她非常相信人死了还有魂魄，不相信有上帝、有天堂。她和我说，在我姐死的头天晚上就见到了窗户上像蜡烛光环一样的灵火，她呜咽着说："那是你姐的孤魂找不到该在哪里落脚，可怜的孩子太年轻了！"她自己心痛、放不下、害怕、恐惧……无法入睡，没办法就找来邻居孤老婆婆和我们做伴，那些个晚上还可以听见她们说鬼的故事。

记得我有一次生病了，她还请来仙婆为我捉妖，在厅堂生火作法后就拿着事先准备好的树枝驱赶妖魔。那些日子，我想天天只有白天多好，盼着夜晚不要来临；那些日子，多想有第二条路去学校，路边没有一座坟墓，路两旁都是鲜花和芳草；那些日子，多想母亲不再喊腰痛。她的腰痛是早晨摘南瓜花不小心滑落沼气池碰伤的，眼看着沼气池的脏水已淹到母亲的脖子，我站在路边哭喊着："救命啊！快来救救我阿妈！"

我可怜的饱受折磨的母亲呀！你的心是痛的，你的身体是痛的，我们欠你很多很多……

我是从母亲那里知道我的爷爷奶奶长什么样子的，羡慕那些有老人疼的小伙伴。我不想去数，我到底和母亲相依为命在乡下待了多少个日日夜夜，我的童年伴随着恐惧、害怕、无助、没有父爱，走过了一个又一个的春夏秋冬，日子就这样一年年地过着。

时间不会因痛苦或快乐而停滞不前。渐渐地我似乎有了翅膀，于是，我远离了故乡、亲人，逃离了阴冷潮湿的南方，飞向北方投入了大海的怀抱，在繁华的都市组成了自己的小家。刚开始住在冬天杯里的水都会结冰而且呼出的气都会凝结成雾的出租屋，买个五元的锅盖都要算算这个月伙食费够不够用，更不用说去吃海鲜了。可我并没有觉得有多苦，这些和我的童年比又算得了什么呢！我一个人带儿子，白天把他放在阿姨家再去上班，下班再去接回来，为了做饭，我把不会走路的儿子用老家的背带背在背上，空出两手去街上买米买菜，下楼晾晒衣服。自己在那个风清月明的夜晚背着儿子断了奶，第二天由于夜晚的劳累和奶水的肿胀引起了高烧不退……诸如此类的不易，和我母亲一个人抚养五六个孩子还要到队里挣工分比起来，又算得了什么呢！

我总是在思考、在比较、在规划——过去、现在及未来。经常一个人站在沙滩眺望茫茫大海独自发呆、思念、回忆、感慨、醒悟……

有了夏季艰辛的奋斗，艰难的跋涉，现在可以说正行走在我人生的初秋，有了些许的收获，有了些许的慰藉，有了些许的领悟。

我现在是幸福的，可我现在流的泪比春季、夏季更多了，总是会被某个场面感动，总是对春天的童年回忆，从不理解父亲对我吝啬的爱到慢慢地变为理解、包容。毕竟，是他给了我生命，而且还有漂亮的外表；毕竟，我还是拥有一个完整的家，虽然是在他的无奈和母亲

　　五岁的紫涵第一次照相，左边那个穿花格子衣服笑得最灿烂的就是我，我站在母亲的身边，我母亲穿着偏襟衣，我父亲穿着中山装。站在后排中间的是大姐学兰和姐夫德祥，大姐的大女儿致苑比我还大，二女儿致文嘟着小嘴，父亲抱着外甥致强，站在我身后的是我的嫂子平英，我的哥哥学华盖好土房子后就去当兵了，我大姐旁边是小姐姐学玲，那时她在师范学校学习。

的坚持下拥有的；毕竟，他70岁时在北京动一次大手术与死神搏斗成功后醒来对我说："我很想……你的母亲！"

有一次与同事聚会，谈到了父母的话题，我一边喝着红酒一边听他们的故事，他们感觉到了我的沉默与他们的兴致不协调时，都把目光转向了我，想从我的眼神里探究点什么。那晚，我第一次失态了，失去了原有的端庄、沉稳。我承认，那天，是我不经意喝多了；我承认，是我远离父母十多年来在外受的苦难而深感父母的不易，等我明白过来没几年父亲却离我而去，使得我无法控制住自己悲痛伤感的情绪，含着泪说："我的阿爸他前些年踏上了寻爱女的天堂之路，今后我再也不用叫那两个字了，因为没有人会答应我。我，羡慕你们。"本来是一场夜校毕业庆功酒，最后成安慰酒了。

我的哥哥姐姐名字都是按字辈取的名字，中间都有个"学"字，唯独我没有。

我叫春梅，以前我不喜欢自己的名字，因为感觉俗。现在我喜欢了，因为这是我逝去的学萍姐给我取的，我偶尔会想起她，我总是觉得她没有走，她是佛祖的一颗菩提子，佛祖一觉醒来发现不见了一颗，便来凡尘招她回去。

梅花是我学萍姐最爱的花，象征坚韧不拔、不屈不挠、奋勇当先、自强不息的精神品质。更有着迎雪吐艳、凌寒飘香、铁骨冰心的坚贞气节。学萍姐，在这秋季里，我领悟你赋予我名字的含义：要我有梅一样的品格，有梅一样的精神及梅一样的人生。

有了酸楚的童年，使得我更加珍惜来之不易的如今，我的童年是独一无二的，我的经历是宝贵的。

2008年7月9日

2 思童年

芦苇花、鱼塘、泥土房、谷风车、稻田、水牛、小黄狗、鸡鹅鸭、油菜花、虫儿飞飞……我的童年永远留在了江西南部的乡下。

捕捉童年的点点滴滴，思念童年的片言只语，必须转身离开喧哗的城市朝着有田野乡村的方向走去，只有那里才可以更多地、一层层地掀开深藏在脑海里的童年往事。

一群麻雀飞过头顶，想起了外婆教我的歌谣："麻雕仔唉——飞过河——冇父（方言读ya）冇母（方言读jia）找外婆……"

儿时的小伙伴狗牯教我在冬天用来取暖的空火笼里撒下米，挂在树枝上引诱麻雀。那是个寒冷的冬天，大地一片萧条景象，鸟儿无处觅食。有一只麻雀飞累了，也饿了，真的飞进了我设置的"陷阱"。我蹑手蹑脚地来到树下，脚尖着地伸举出小手。捂住了用铁做的火笼盖，既激动又兴奋地喊着小伙伴们名字，在地上蹦了起来……

小精灵似的鸟儿是我的玩具，我对它说："别叫，外婆说你冇爸冇妈，让我做你的朋友吧，可怜的小精灵。"

狗儿是我的伙伴，我还记得它的名字，叫"保卫"。我母亲为它取的名。有了它的"保卫"，我和母亲不再那么害怕；有了它的看守，外乡人不敢欺侮我们，我们可以安然入睡。那年，我家门前种的甘蔗大丰收了。

秋季的某个早晨，翻身会找不到母亲躺在我的身边，她去哪儿了？耳边响起了稻谷机"轰隆轰隆"的声音，起身趴在木头窗沿向田野望去，母亲和村里的妇女们排成一行，弯着腰，手拿镰刀"唰唰唰"地割着黄灿灿、沉甸甸的稻子。有一个人是专门负责传送稻子的，男人们接过女人手中的稻子，有节奏地用力踩着稻谷机，熟练翻转着手中的稻谷，尽量不遗漏一颗饱满的谷子，一阵阵稻谷的清香扑鼻而来。

母亲从集上买回了五只小鹅，准备了一条竹鞭，为什么呢？嘿嘿，给我安排任务啦，吃过早饭赶着五只黄色的、毛茸茸的小东西到收割完稻子的稻田里去，那儿有好多青绿的、鲜嫩的小草等待着小鹅们去啄食。它们长得可快了，黄毛毛变成了雪白色的、光滑的毛毛。小嘴也变长、变硬了。等我快要追不上它们的速度时，离它们生命结束的时间就不远了，冬天它们就成了我们的美味佳肴。

那时红烧鹅的香味至今未忘，现在再买来吃就不是那种味了，为什么呢？而且那时我觉得酱油拌饭都是那样的香甜。

我在三亚的小山村里行走，触景生情，慢慢忆起童年往事。在路旁，欣赏一个黎族小女孩用一根小棍插在矿泉水瓶子里在地上拖着，当小车玩呢，她的头发有些凌乱，却不失天真与可爱！她主动靠近我，要我为她拍照，拍完了就迅速跑到我身边欣赏相机里的自己，看完后她又一边跳一边笑着跑开了，很是开心的样子。

我的儿子和她差不多大，他的童年与她的童年是天与地的差别。是好还是坏呢？

前些天儿子问我他是从哪里来的，我突然想起我的母亲回答我这个问题时很不耐烦地说："你呀，是我从路边捡来的，一把屎一把尿把你拉扯大，不容易……"

　　那时候，我认为世界上所有的人都是那样来的。

　　我相信：我的童年，她的童年，儿子的童年，你们的童年，都是不一样的精彩与灿烂！

2008年11月9日

16岁的紫涵和8岁的紫涵

第一章　往事并非如烟

3 老 屋

这是南方乡下的一座老屋。

黑瓦，斑驳的黄泥墙。

墙根高高垒起的草垛与干柴用来引火做饭。

抬脚跨进木门槛，只见一束阳光照射着长满绿苔的天井。地面坑坑洼洼，关在鸡笼的鸡听见脚步声就不停地鸣叫着。

摆放在四周的古风车结满了蜘蛛网。

天井左右两边分布着曲折漫长的四个走廊。走廊内光线阴暗，在小时候的我看来，如同迷宫一般神奇诡异。

解放前，老屋居住着大户人家。"打土豪分田地"的时候分给了无家可归的人和乡里贫苦的农民。

一排排的房间是纯木制结构，每一个房间都有自己的名字，厢房、闺房、客房、灶房。房间一间挨着一间。

房间小，密集程度高。公共生活如同一个舞台呈现无遗。所有家庭拥挤在同一空间里生活，烧火做饭、夫妻吵架、孩子哭闹、开门关门全听得清清楚楚。

夜晚，寂静中耳边传来钟摆走字声，"咚——咚——"这是深夜两点了。

老屋背靠着山。在山坡上其叶菁菁的黄竹、苍翠的松树映照下，老屋显得更加苍老、破烂不堪。

老屋曾经住着我的外婆外公。

我的母亲是在老屋子里出生长大的，她在这里度过了童年、少年时代。

听母亲说地主家的小姐心地善良，这老屋原曾属于她的。月儿，是她的名字，她和母亲的年纪相仿。

"水凤啊——"清晰地记得很多年前月儿婆婆喊着母亲。

她和一群老太太站在老屋的坪上晒太阳，穿着黑色绸缎便裳，宽松的棉布裤子，满头银发利索地被一支银饰簪子别在了后脑勺，露出洁白的额头。虽然她的牙好像全掉了，嘴往里瘪着，但她的腰板直直的，脸上细小的皱纹，和她那双拉着母亲纤细的手是那样的与众不同。

我喜欢听她俩用客家话慢悠悠地拉家常，语调集二声三声多，很少有四声的，语速要比说普通话慢一倍。没听过的人初次听感觉是在听鸟儿唱山歌，犹如画眉的婉转、竹鸡的缠绵。

记忆里我在老屋待过时间最长的是整整一个暑假，膝盖上的伤疤佐证了我的调皮与大胆，上山采蘑、下河摸鱼、田里抓蛙。

那时我却从未像现在这样打量着伫立在我眼前的老屋。

静静地想，它有多少年了？它又经历了怎样的辉煌与衰败呢？

第一章　往事并非如烟

老屋神秘而从容，一动也不动。像一位经历过重重世事的老人，自有一种百转千折的气质。只有黄泥墙上黑色的标语、口号记录着时间碾过的痕迹。

外婆与老屋相伴近百年，外公、我的舅舅、舅妈依旧在这破旧的老屋里生活了一辈子，直到化为尘土也不愿意离老屋太远，他们的坟就在老屋后面的山坡上。

只有母亲离开了老屋，那年她坐着大红轿子，四个汉子踩着唢呐热辣的鼓点将她抬出闺房，跟随着大红轿子的是我的父亲。

如今，住在城里的母亲心想着老屋的一情一景，嘴里念叨的是老屋里的人。无论我漂到哪里，总是能听到老屋的消息，我愿意在电话里听母亲诉说老屋的故事，一声叹息是她全部的牵挂。

小时候我去外婆家纯粹是玩，参加工作成家后根本顾不上回忆在外婆家的快乐时光，别说去了。可是，那是我母亲的娘家呀，所以，带母亲回外婆家更是做女儿的本分。

春节我带母亲去了老屋并记录下如烟的往事。

2009年9月20日

4 我的父亲

冬天的江西是湿冷的，84岁的母亲在江西的老家已经很少出门了，每次和她通电话，都说自己躺在有电热毯的床上。

而我，怎么忍心独自享受着三亚的阳光？

为母亲订好了来三亚的机票，让我先生亲自接母亲来三亚！

我的母亲坐在温暖的书房里，在看我的朋友李春雷写的自传《为蛟龙祈祷的女人》。

她说："一口气看了五章，她写的是自己呀，一点一滴都写出来了，和我一样苦命人呀……"说着说着，抬起右手按压她那浑浊迷蒙的眼睛。

"我们家里的事，要写起来也可以有这么厚一本书。"她喃喃地对我说。

每个人的家都是一本厚厚的书，这本书就在每一个人的心里，平淡的、辉煌的、离奇的。

知道母亲喜欢看回忆录，我就用A4纸打印了我写的回忆录《往事并非如烟》、《小镇》、《怀念》、《阿妈和姆》放在了母亲的床前。

她看完后，说："你写的和春雷写的有区别，她写的特别详细，就好像一棵春天的树，枝繁叶茂。而你写的是一棵冬天的树，那棵树只剩树干，无茂密的叶子。还有，你很少提及你的父亲。"

"今年你写了已故站长荆治台，父亲走几年了你一个字未提。"母亲开始责怪我。

"母亲给你的爱是在子女身边小小的爱，而你的父亲是真正带我们走出穷乡僻壤的人！"

此时的母亲根本不像一个老态龙钟的人，她的思维清晰，说话的语气振振有词。她要我打开电脑，要求我记录下我父亲的人生经历，好像要为她的丈夫、我的父亲"平反"。

"毛妮，你的父亲出生于1926年赣南的上犹县太乙乡下，小学毕业后补习一年考入师范学校，因为家里穷，你爷爷奶奶没钱供他上这所学校，他记恨了他们一辈子！

18岁娶妻，当时我才15岁。那时他家里只有半亩田，就是收一次稻子只有一担谷子，根本养活不了一家老小。所以，从1942年至1949年这7年的时间里你的父亲长年在大山里、田边为地主、富裕的中农家里做长工。秋冬天就砍柴、采摘茶油子、刨土坎、修茶油岭、修田埂，春夏插秧、耘田、下肥、割收稻子、除草、修沟。

1949年九月初七乡里选村长，政府要求的条件是家里穷、独子、村里独姓的。村民说，有这种人！可是他不在村里，要到山里才可以找到他。你的父亲做了三个月村长后就到乡里当乡长了，一年后到区里做特派员，半年后在调营前区做土改工作，又过了半年在营前派出所当所长，1955年担任上犹县公安局副局长，1956年当县公安局正局长兼副县长，1964年调到赣州市公安局任教导员。

我也开始回忆我的父亲，我五岁左右，70年代了，我们家已经从移民房子搬到了我哥哥和他的好兄弟们用红土垒筑的房子里居住。

记得初冬的一天，母亲吩咐我到路口接我父亲。我蹲在大路边，远远地看见穿着中山装的父亲，记得他是笑容满面的，放下手中的东西，抱起我用胡子扎我的脸，又放下我，拿出个圆圆的、红红的果子，特别香。我好奇地盯着他的手，他告诉我，这是苹果，洗洗就可以吃。又拿出一个黄色的长长的东西，说，这个剥了皮就可以吃，叫香蕉。他亲手为我剥了香蕉皮，递给我吃。我不敢吃，他就先吃了口再塞到我嘴里。

我记得那时父亲心情是愉快的。听我母亲说，"文化大革命"以后父亲下放到乡下，做完清算工作后上级要父亲再回到市里工作，可我的父亲主动提出要待在老家，父亲的后半生就一直在四面环山的水电厂，安安稳稳地过着日子。

我10岁时父亲母亲才在一起生活，母亲带着我从乡下搬到了父亲工作的陡水小镇。

年幼无知的我无法理解那几年父亲的心情，认为父亲性格太不好，暴躁、冷漠深深地烙在我的心里。有时他很郁闷，一根接一根地抽烟；有时他发怒，会将脸盆摔在地下，转身离开家里。

他在工作上不愉快，以前苦难的记忆一直压着他，可那时我不懂，当时，我无法理解我的父亲。我不听话他会大声骂我，我常常流泪，那些日子，也觉得特别苦闷。

我早恋，我要离开家，是这样的。

父亲，我现在懂了！

可是……

1997年我邀请父亲母亲来青岛。当时我先生在外地工作，我和父親母亲住在部队分的"团结户"房子里。一到周末我就带父亲母亲去石老人浴场、栈桥、中山公园、八大关。几乎每一张照片父亲都是微笑着的，还有一张，在李村公园，我的父亲爬上一棵歪脖子树，他将此树当床，身子躺在树干上，双手曲肘抱在胸前，特别悠闲的样子，眼神穿过树梢凝望着湛蓝的天空，他说，这样给我来一张。

同年，我父亲回到江西不久查出膀胱癌，在北京301医院做了手术。

八年后，父亲就永远地离开了我们……

父亲30岁时，我还不曾来到人间。

端详着父亲30岁时的黑白照片，头发乌黑浓密耸立，年轻的脸庞棱角分明而冷峻，通透自信的眼眸可以感受到县长父亲风华正茂、朝气蓬勃的精神状态！

我仔细端详我的父亲是在停尸房里。那时候，有好几个逝者停在那里，我一点儿都没有感觉到害怕，81岁的父亲安安静静地躺在水晶玻璃棺里，头戴礼帽，身穿一套银灰色的新衣服，长长的、雪白的胡子，浓浓的、雪白的眉毛，他的表情一点儿都不像没有气息的人，就好像是累了躺在那里休息一样。

我没有大声哭泣，但我的心很痛！

这种痛，随着时间的推移、随着我内心的成熟、随着我心胸从狭隘变得宽广，越来越痛！

每敲一个字都是女儿对父亲忏悔的泪滴！

2011年12月16日

5 陡水小镇

独处的时候，会很深刻地感觉到自己的存在，这个时候也会莫名地问自己："我从哪里来？这里，是我永远停留的地方吗？我还将漂向何方？"

其实，将来会怎样发展是无法预测的，就像我从贫穷的乡下随着父母搬迁到偏僻的小镇，再又辗转到天涯海角来一样，并不是按照规定的行程一步步走来的。

水流千里流入海，人走千里折回来！

无论走多远，都不曾忘记来时的路，而且时常会沿着来时的脚印，一步步一段段寻觅过去的自己。

那个山谷里的小镇会反反复复不需要约请就入梦来，毕竟在那里度过了十几个春夏秋冬，少女的天真、梦想、情丝、惆怅永远地存放在山清水秀的小镇了。

小镇位于群山环抱之中，蜿蜒的河流似青色的长龙缠绕着绵绵不绝的青山。顺流而上，一座坝内式电站矗立在峡谷之间，我觉得小镇是因电站而延续至今，要不然，谁会在这远离城区、生活单调、人烟稀少的山区默默地待上一辈子呢。

我是上小学三年级时父亲把我们娘俩从干部家属下放住地接到小

镇来的。专门为我们建的新房就在枇杷山脚下。

母亲在屋前屋后开垦出几块荒地，栽种了各种蔬菜，还有地瓜、花生、凉薯。我的腿部力量要比手的力量强大很多，都是那时挑水浇菜园练出来的。

忘不了与母亲上山挖花生、地瓜的快乐日子。

有一次我独自去挖凉薯，爬上最高的山坡看着地里的薯苗全都被连根拔起，顿时惊呆了，凉薯影子都没见着，奔回家后听母亲说是被山猪偷吃了。

在小镇的河里我偷偷地学会了游泳，先是两手扶着石台阶，脚在水里胡乱地蹬，加上模仿小伙伴的姿势不知不觉就会了。

像我这样在水里泡一下午的女孩子在小镇上难找，我的胆子越来越大，居然和一些男孩儿带着救生圈游至河对岸，游出小港湾才感觉到原来河水是如此湍急，河水将我冲向远处，好不容易抓住了对岸边的水草，拖着筋疲力尽、口干舌燥的身体，光着脚丫、踩着滚烫的沙土路，独自走了很远很远的路才返回家。

> 小镇的河风
>
> 清冷如许
>
> 孤立此岸 但见
>
> 许许多多往事
>
> 如潮而至

顶替父亲进厂工作后我仍旧喜欢在河里游泳，而且有过冬泳的宝贵经历。冬天的河面上氤氲着白色的雾气，全身浸泡水的一刹那，肌肉随着刺骨的河水紧缩成一团。瞬间松开后，才能手脚协调地划向河中。

每个月不方便下水的时候我就会站在窗口欣赏一个比我大十多岁的哥哥游。

他长得很英俊，四肢匀称，肌肉发达。他总是喜欢以自由游的姿势，在河里游好几个来回，而且他好像不觉得累，令我非常羡慕。

　　看似平静的河面因他的畅游漾起了大大的扇形水波纹，远远望去很是壮观。

　　有几天，我没能等到他出现在河边，又过了几天传出了他癌症晚期即将离开我们到另一个世界去的消息。

　　一天深夜，静谧的小镇响起了他母亲撕心裂肺的恸哭。

　　这条河赋予我勇气，同样也体会了失望，但更值得我欣赏的是它有着生生不息的精神。因它的存在才有了这座电站，多少人感受到了光的温暖；它的存在滋润着沿河两岸茂密的青山、田野与生灵。小镇因它而更加光彩夺目。

　　傍晚时分，与朋友在小镇的河边小酒馆饮酒畅谈，无意又念叨哥哥你，隐约中又感到你还没有离开我们，那么，就让我们：长醉不醒，共约在水中。

2009年3月2日

第一章　往事并非如烟

6　小镇的云

　　工作的原因，我必须按时观测小镇的天空，密切注视着云朵的变化，再一一记录在本子上。师父送给我一本《云的谚语》，"鱼鳞天，不雨也风颠（卷积云）；天上鲤鱼斑，晒谷不用翻（透光高积云）；天上钩钩云，地上雨淋淋（钩卷云）"。

　　"真的有这么灵吗？"我问师父。

　　"你好天真……你不应该这么早离开学校参加工作的。"师父怜惜地回答。

　　吃过晚饭在自己的单身宿舍里想想师父白天说的话，想不通了就站在窗户边瞧瞧天。天气有些闷，天空出现的积云迅速向上凸起，形成高大的云山，群峰争奇，耸入天穹，好像通知我雷阵雨要来临了。心里窃喜，好在今晚不是我当班，要不然身子又要淋着雨，因为滂沱大雨时伞只能作用于肩膀以上。还须顶着雷电，隐忍着恐惧的心走进那黑暗的露天观测台。那些恐惧来自山坡上一座座白色的坟茔。

　　下半夜，"嘭——嘭——嘭——"被一阵似小石子敲玻璃窗的声音惊醒，起身开灯只见窗外的雨水已被大风刮进屋内，窗外狂风肆虐，窗户被无情地吹开了，吓得我蜷缩在床的一角。

　　摇晃的电灯也熄灭了，暴风雨、冰雹双双袭击了小镇。鸡蛋大的雹子击穿黑瓦重重地落在了我的床上！隐约听见隔壁屋师父师娘在喊我，可是，害怕冰冷的雹子找准我的头部，我不敢动，脚也好似灌满了铅，无法站起。

那是怎样的一个夜晚啊……无法忘记！

汛期时小镇的气候是变化多端的，枯水期时就好些了，也不用值夜班了。晴朗的夜晚，我和好友平儿坐在电影院门口的水泥台阶上聊白天厂里排练节目的事。

"工会主席说节目演出时间定在元旦并在礼堂公演，然后再到赣南各个电厂巡回演出！"她兴奋地说。

"是嘛，那你得好好表现。特别是你的独唱，我觉得你今天走神，跑调，跟不上乐队。"

她听我说着叹了口气。她双手抱着膝盖，头朝我的方向斜靠在手上，她的眼神是如此的忧郁，脸色略显苍白，饱满性感的红唇被清晰的唇线勾勒出来。她的头发亮亮的，略带点黄，非常自然地卷贴在头上，显得很洋气。越看越像外国电影里的洋妞。

"告诉你一个小秘密，我……"她吞吞吐吐的。

"要不……别告诉我，还是放在心里吧。"我对她说。

"我……我爱上了乐队的吉他手……夜不能寐，见不着他时就想见，见着了心就会怦怦跳个不停，快窒息了。"

"这怎么可以呢？他可是比你大好多呢，而且学历高，我还见他和厂里的小才女在河边散步。你除了外表胜过她，别的……"

噢！我怎么可以这样打击她呢。

此时，她的脸部表情似天上的钩钩云，顷刻间，泪雨涟涟。

无数个夜晚都在倾听平儿纯真的初恋故事，就像关注天上的云一样每天关注着她的变化。

荆站长的办公桌就在我的对面，儒雅的他却体弱多病。他是北方人，五官端正，身材匀称，将近1米8的个子。夏天特别喜欢穿着雪白的衬衣、蓝布裤子。秋冬天穿的薄呢深蓝色中山装。每天上午他静静地坐在自己的位置上看报、读书、有时也练练毛笔字和研究关于山区气候的学术论文，下午听取预报员关于未来天气的预测。

深冬，站长他气喘吁吁地从山脚下登上了气象台。这时，我听见了他闷闷的咳嗽声，很自然地朝他身边走去，他的一只手扶在墙上，另一只手用白色手帕捂着嘴，头低着朝向沟里。

"不要紧吧？"我轻声问道。

……没回音，再靠近他一点，天哪！沟里有大块红黑色的血，我搀扶着他颤抖的身体，他捂着嘴的白色手帕也渗出了鲜红的血滴。我拼命地喊："快来人哪！"

……

每每稍好点儿站里又能见着站长的身影，听见他在预报室唤我的名字，就像一个父亲唤自己的女儿一样。今天他通过世界地图与中国地图为我讲述气象原理。当他的手指到山东片时，声音变得缓慢起来，说起与课题无关的话。

"这里，山东龙口是我的家乡，我经常梦见自己坐在海边。"这又是一朵怎样的云呢？跌跌撞撞、坎坎坷坷、飘浮不定。

读者们，写到这里我的眼里噙满泪水。

小镇的云，小镇的人，这些都是曾经的一切，现在回忆起历历在目，只是时间在蚕食着我们的生命，永不停歇地行走着。

我的站长现在还在与命运做斗争，顽强地活着。

而平儿呢，好多年没有她的消息了，我不知道她在哪里，更不知道她现在的日子过得怎么样。当初她不听我的，执着地追求着吉他手，最终是经历了得到又失去的过程。

对故乡的思念，人的情感，好多事情当初自己无法阐释得如此透彻，如今可以了，一切都因为走出小镇、走过青春、走过失望、走过迷茫才有了明明白白的今天。

2009年3月7日

第一章　往事并非如烟

7　金边瑞香

生长在赣南的花朵——金边瑞香。

江西赣南，我的故乡，也是传统名花金边瑞香的生长之地。

它们为什么喜欢安住于此呢？究其原因，这一地区属亚热带季风气候，这里四季分明，夏季高温多雨，冬季温和少雨，非常适合它们在此蓬勃生长。

它们选择在湿冷的冬季开花。

霜降的清晨，屋外植物叶子都披上了一层薄纱，而屋内那棵瑞香却散发着淡淡的迷人的幽香。深绿色饱满的叶子尽情地舒展着，那些绿叶如莲一样静悄悄地绽放着，叶子的边缘如画家勾勒出金色的油画线条，清晰动人。

在冬季，这些叶子为娇羞的花朵做着陪衬，簇拥着粉白的小小花蕊来到这缤纷的世界。

它那沁人心脾的香气好像在唤醒还想赖床的主人，当主人起身立在满堂飘香的厅内，眼前的瑞香如同一位仙女，身姿优美，风姿绰约，清馨高雅，生机盎然。

朵朵精灵从花蕾开始由青转紫红。由外向内一筒一筒地开放，繁花似锦，花期两个多月，陪伴着主人度过喜气洋洋的春节。

它以如此独特的香气吸引着人们来关注它的存在，并且一步步更加深入地研究它所深藏的价值。

最早发现它的是修行之人，东林寺的和尚。

而让它家喻户晓的应该是李时珍。那年，李时珍来到庐山采药，住在东林寺。一天一个右腮红肿的小和尚，忍着剧烈的牙痛喃喃念经，只见老和尚取过一枝干枯的草药让他含在嘴里，顿时肿消痛止。李时珍惊诧不已，连忙向老和尚请教。那草药便是金边瑞香。

可赏，观之欲醉！

可用，难以忘怀！

想起在故乡和母亲在厅内喝早茶，母亲轻轻说："这瑞香花听你奶奶说原名叫'睡香'，真是这样的，你总去看它，它总是姗姗来迟，就有那么一天，你不再注意它了，一觉睡醒了就闻着花香了。"母亲端起紫砂茶杯，揭开盖，撅嘴吹着热气，停了一会儿，盖上又轻轻地放下。

母亲轻声问我："你还记得你的学萍姐吗？昨晚我又梦见她从学校回来了，她放下书包就帮我扫地、摘菜、喂猪、打柴……我的宝贝女儿呀，就两颗安眠药怎么就永远地停留在27岁呢……"声音越来越小，大颗的泪滴代替了心酸的往事。

怎么会不记得我的学萍姐呢。她在妈妈的肚子里被脐带缠绕着脖子，生下来时，脖子有一圈深凹的印记。当时，接生婆说这样的孩子带不大的，送了吧。可我的外婆不肯，这么水灵的娃娃怎么舍得呢。

大概我五岁时二姐"走"的。

我15岁从小镇再一次回乡下找童年的伙伴玩，走在乡下的墟上，一位中年妇女跟随我身后有一段路了，她突然走到我的面前，盯着我的脸看，当时我还有些害怕，心想这人怎么了。她开口就说："你是学萍的妹妹吧？"当我说"是"的时候，她的眼圈红了，声音开始颤抖："我是她的老师，她是我最优秀的学生，可是……太可惜了。"

是的，我的二姐颈椎脱落瘫痪在床两年，常常彻夜不眠，奄奄一息，离开人间了。

美丽、善良、聪慧、灵气、才华集于一身的二姐，如瑞香花一样开放在亲朋好友的心里。

赏之醉！思之痛！学之慧！

2011年12月27日

8 怀 念

我在端详2009年春节回江西老家探望我的气象站站长荆治台及其夫人刘阿姨的合影。

每次回家必去那里坐一坐，简单地聊聊天。

每一次老人问得最多的是关于我的生活状况是否有改善。听着我说孩子越来越听话懂事，听着我说经济收入不断提高，丰衣足食，一家人终于团圆在一起了，二老鼓励我说："那就好，那就好……哎，一人在外真不容易，终于熬过来了。"

1990年，我生活在那个江南小镇，我的站长住在山脚下小平房里，黑色的瓦片，雪白的墙壁，门前是一个大大的院子，种着各种花花草草，还有一棵葡萄树。

春天，我的站长在葡萄架下认真地修剪着多余的葡萄枝。夏天，他在葡萄架下欣赏着绿油油的葡萄果实。

那时的荆站长，欣然、平和、宁静。

还是那年秋天的傍晚，我带着两盒用报纸包着的蜂王浆走进站长的家，我们面对面坐着，相互交谈起来，说明了我想报考气象中专班脱产学习的来由。他笑着对我说："好啊，你有上进心很好，我支持你。"

临别时，他让我把礼物带回去，让我好好准备复习考试。

我初中没毕业就进了工厂，我常常想起离开学校的时候赵秋秋老师对我说："你要现在离开学校，你会像《人生》里的刘巧珍一样总是在别人的屋檐底下生活！"

我害怕！我渴望再入职业学校进修学习，那是个干部脱产两年半的学习班，需要参加全国统考通过分数线才录取，记得那时站里有人当面笑话我："你能考上？不要做梦了，还是安心待在这里做你的观测员吧！"

而我的站长和一些关爱我的朋友给了我莫大的鼓舞。

感恩帮助我的人！他们没有一句阻拦打击我的言语，只是默默地支持。

1991年我如愿回到了学校学习，可是，每年的寒暑假我并没有去探望我的站长。

……

1993年毕业后我又回到了我的岗位，工作上有所进步，开始担当一名预报员了。可是，我的感情世界发生了突变，我和男朋友要分手了。那时因为自己年轻无法解脱内心的压力，我的胸口经常感觉到特别闷，不敢跑步，要不然两肋会隐隐地疼。有一次我突然晕倒，醒来后躺在医务室打点滴。当我睁开无力的双眼，我的站长就坐在对面白色的床边上，他用白色的手帕捂着嘴（因为他一直有病在身，常常咳血），他害怕闻医院的消毒药水味。但他还是来了，轻轻地对我说："别想太多，好好休息，一切都会过去的。"

当我的站长听说我的新男友在山东青岛时，他是兴奋的。他拉着我的手带我到绘图室，指着中国地图上青岛的位置说："你的男朋友就在这座城市，而我的家乡就在这里——山东龙口！"

他向我描述大海的样子，潮水的声音，向我描述家里的一排排整齐的红瓦房，描述他的梦境！

那一刻，他的病好像跑得无影无踪了，他的声音是那样的铿锵有力。

大概是2001年的一天，我在青岛接到荆站长的电话："我现在在老家的机场，我很快就到青岛了，你要来接我。"他还吩咐我一定转告家人不用担心他，他独自一人回山东了。

原来他偷偷从家里"逃"出来了，他太想家乡了！他不顾病弱的身体，不顾家里人的反对，一意孤行！

当然，他如愿以偿了！

那时我的儿子致威才两岁多，所以接送都由我爱人负责，我爱人说："在送他去龙口的汽车站时，他可怜那些乞丐，每来一位他都从自己的口袋里掏钱给他们。"我爱人上来阻止他，他特别生气，冷冷地看着我的爱人。

2012年的一天，我收到站长唯一的儿子永新的短信："我这段时间心里很难过！很想念他老人家，每想起他老人家，我心里总是空虚的，特别难受，我对不起他老人家，没照顾好他老人家。我父亲是个很好的人，善良、朴实、忠厚，勤俭一生！我想写本书纪念我父亲，回忆我父亲朴实忠厚的一生！他有很多地方值得我学习和继承！"

这位可亲的老人，像我父亲一样的亲人，他没有离开我，他一直都在我的心里，他就坐在我办公桌的对面，他还和以往一样，指点我们一起分析未来的天气状况、独自撰写学术论文、练毛笔字、看报，坐累了就站起来在办公室中间的走道上来回踱步。

他的步伐平稳，他的神情怡然，他的内心沉静。

2011年9月21日

第一章 往事并非如烟

第二章　军人的妻

2014年11月12日

和彪与紫涵

20年

结婚纪念日

1 出 嫁

耳边响起《遥远的小渔村》悠扬的旋律，坐在电脑前，突然有了想写写过去的冲动，十指"滴滴答答"地叩响往事的门，带我走进曾经住过的屋子，曾经待过的小镇……那些永远刻在心中、终生也不会消失在我心里的一幅幅画卷。

小镇群山环抱，站在叠翠的半山腰，一眼就可以认出马路边的石头房子，那是水电厂的四号楼。我在想，要是小镇没有林业农场和水电厂这两个比较大的单位，那该有多冷清。

我忘了是八几年分给我们的房子了，记得我们是从枇杷山脚下的黄土房子里搬过去的。那是一套80平方米左右，三室一厅一厨一卫，石头垒筑的楼房，现在想起来，觉得那些建筑工人真了不起，他们将山上嶙峋的石头经过一锤一锤雕琢，再将雕琢成长条形的石头运往工地，一层一层地搭建成完整的"四号楼"，住在里面，冬暖夏凉。我的那间闺房开窗就能看见清澈的河水、碧绿的山，山脚下是一条黄土沙石马路，一直通往外面的世界。

小镇每天有两班公交车往返县城。1994年底的一天我算着时间守在闺房窗前，眼睛盯着对面河岸上的马路，等待公交车的出现，也是在等自己心爱的人从远方归来。

不仅仅是我一人在等他，双方的亲人都在等，等他回来娶我过门。

新婚那天，我不记得我是否化妆，但我清晰地记得我穿着一身大红薄呢套裙，黑黑的长发轻轻地盘起，盘发上别着红色梅花。我坐在闺房的床边，无心再欣赏窗外的青山绿水，而是看着床边那个银色的小暖壶，我轻轻地抚摸着，想着每个寒冷的夜

晚那个熟悉的、为我暖被子的身影，阵阵暖流从冰冷的脚底传遍整个身体。

轻轻闭上双眼的时候又想起那年我皮肤过敏，全身都起着红色的小疙瘩，用一天药后非但没见好转，小红疙瘩反而长成了一个个水泡。母亲整晚上陪着昏昏欲睡的我，天未亮时叫来救护车让哥哥嫂子陪着去了县城，回来时拎着大大小小的药包回到房里。

"毛妮，起来涂药了。"半夜，母亲唤醒我。我坐在床上一边打盹，一边感受到药水涂抹在身上的凉爽，听着母亲喃喃地说："快一个星期了，快好了，终于快好了。"

就这样想着想着……不一会儿，小小的闺房里挤满了来送别的亲人。

按客家的规矩是应该坐在床边"哭嫁"的，当每一位亲朋好友走进闺房来送别我时，就应该拉着亲人的手轻轻地哭喊着亲人的名字，轻

吟着与亲人在一起的时光，诉说即将与亲人离别何时再聚……比如"哭父"的一段：

> 天上星多月不明，爹爹为我苦费心，
>
> 爹的恩情说不尽，提起话头言难尽。
>
> 一怕我们受饥饿，二怕我们生疾病；
>
> 三怕穿戴比人丑，披星戴月费苦心。
>
> 四怕我们无文化，送进学堂把书念，
>
> 把你女儿养成人，花钱费米恩情深。
>
> 一尺五寸把女盘，只差拿来口中衔；
>
> 艰苦岁月费时日，挨冻受饿费心肠！
>
> 女儿错为菜籽命，枉自父母费苦心；
>
> 我今离别父母去，内心难过泪淋淋！
>
> 为女不得奉双亲，难把父母到终身；
>
> 水里点灯灯不明，空来世间枉为人。

在叙述往事时会用基本的音调，结尾时新娘子音调拉高加上自然的抽泣与呜咽，亲人也会一同抹泪。离别时亲人会给红包，亲人们给的红包称"叫包钱"。"叫包钱"的含义是我嫁到男方后如果家境如意，则这钱自己零用；若家境贫困，则可贴补家用或维持自己的生活，必要时也可作为回娘家的路费。我没有那样的"哭嫁"，但眼里含着泪水。

新郎穿着银灰色西装，满脸透着喜庆，他站在我身后为我带上婆婆准备的金项链金耳环，拉着我的手走出闺房，来到不足十平方米的厅堂红地毯前，他与我一道叩拜坐在厅堂上年迈的、含辛茹苦生我养我的父母。

坐在父亲身边的母亲抬起她那双长满老茧的手在脸上抹泪。

父亲的好友也是远房亲人罗光翘叔叔为我们主持婚庆仪式，传统的礼仪，让我记住父母的恩情，父母的无私，父母的厚爱！

我那依依不舍的表情告诉我的双亲，女儿出嫁了，原谅她在你们身边时总是让你们操心生气。

双膝跪地的瞬间我的泪无声地滴在了红地毯上。

起身，二次跪下，心里默念着，母亲、父亲保重……已忍不住哭出声。再跪就泣不成声了……

母亲呜咽着念着我的乳名，别哭、妮妮、起来、走吧……

爱人扶着我的胳膊轻轻搂抱起跪地痛哭流涕的我朝大门走去，此时，拥挤在楼道的亲朋好友自动退到两旁为新人让路，马路旁、山坡上都站满了人群，身后响起了轰鸣的鞭炮声，亲朋好友们目送迎亲队伍渐渐消失在大街上。

小镇唯一的一条街，街的中段就是婆家了，也就500米的路程。所以我的哭声未止、泪还挂在脸上、心还在隐隐作痛、根本由不得自己就踏进了欢声笑语的天地。

2008年9月4日

2　新娘的眼泪

博友说："音乐深蕴着一种乡愁寻找精神家园的纯真情怀，而这种情怀在当今文明的喧哗和骚动中，化成'甜美的忧伤'弥漫于人们似梦似醒的回归中。"

此时，悠扬的音乐带我飞翔于浩瀚的天空，穿越时空的隧道。站在云端，我停留于山清水秀的汀南小镇的上空。俯视着街边山腰中张灯结彩独门独院的二层小楼，喜庆的氛围似院内月月桂的清香荡漾开来，院子里人来人往热闹非凡，"新娘来啦……"顽童嚷嚷着。

我看见自己了，挎着爱人的胳膊正行走在回家的小路上，娇艳的装扮、秀丽的脸庞在路两旁斑驳的墙体映衬下显得格外娇美古典。我的眼泪还没能止住，阳光照射下的泪滴闪闪发光，颗颗泪珠是怎样从心里涌向眼眶的？只有我自己清楚，这些泪珠带着感恩、幸福、迷茫的成分汇集在一起。

幸福的泪来源于对新生活的向往。

我将跨入温馨家庭的大门。忘不了那个暖冬的晌午，嫂嫂在厨房做着午饭，略胖的婆婆因早起浇菜园、喂鸡鸭、打扫院落枯枝而带着些许疲倦，正背靠藤椅坐在月月桂树下打着盹，瘦弱多病的公公坐在婆婆脚边喘着气、仔细地为婆婆剪着脚指甲，小黄狗刚睡起来，躺在深红的月季花下将后腿使劲往后抻着自己懒洋洋的身体。明天，这幅画里会有新人出现，那就是我了，或许到楼顶晾晒被子，或许在公公的指挥下修剪院内的花花草草，或许听到母鸡的欢叫声后上鸡窝拣鸡蛋……和谐的家庭生活是我一直渴望的。

那朵棉花似的云朵在微风的吹拂下带着我飘至二楼屋顶，平平的屋顶，四周用水泥坚实地围了一圈，栽种在鸽子笼旁边的葡萄藤顺着搭建的树架攀沿着，泛黄的葡萄叶零零星星地挂在树干上，剩余的葡萄果子垂在葡萄架下，几只小白鸽从天边飞来，"咕咕咕"地在鸽子笼附近转悠。

这群小精灵呀，知道吗？是你们促进我对他的爱。

还是那样一个风和日丽的暖冬，他从北方的部队回家休探亲假时，领着我上了楼顶喂鸽子。

他抚摸着鸽子光滑的毛问我："喜欢鸽子吗？"

"我当然喜欢它们了！喜欢看它们成群结队在蓝天白云下飞翔，偶尔落在静谧的树梢上，好看呢！"我答道。

"那你知道它们是如何喂小鸽子的吗？"他微笑着又问我。

"用奶水？不对，喂小虫子？……你快告诉我吧，我很想知道。"

"鸽子是一夫一妻制的鸟类，一经交配终生不渝。公鸽和母鸽共同孵蛋，公鸽在白天孵蛋，母鸽在夜晚孵蛋，夫妻配合默契，共同参与抱窝孵蛋的工作，且工作时间安排上比较明确固定，执行得非常认真。鸽子所产的蛋的孵化期相当一致，均为17~19天，绝大多数为18天。幼雏孵出后，夫妻共同产生鸽乳存于脖子，当幼仔发出饿的信号，就用嘴对嘴的方法哺育幼仔，直至小鸽子能独立生活……瞧，它们总是一对对一双双的，那只总跟在后面的是公鸽。"

我吃惊地盯着眼前的鸽子，可以非常明确地认出恩恩爱爱的对对小精灵。转过身来，抱住他的腰，脸轻轻地贴在他的胸膛上，他的细心、爱心触动着我的每根神经，他淡淡的体香令我着迷。

回忆过去，是如此的甜蜜啊……

我在楼顶低头看见我的爱人挨桌为客人们敬酒，天色渐渐暗了，院子里的灯光已经点亮，桌上丰盛的菜肴都是家人亲手做的。

婆婆没啥文化，不是因为学习不好，而是因为家里穷上不起学。

婆婆是当地有名的大厨，这楼房就是公婆开饭店辛苦赚钱盖起来的，而且还培养了两个大学生——我爱人和小叔。

客人们的夸奖声、喝彩声、酒杯清脆的碰撞声……小镇的夜因我们而不再寂静。

我看见自己的脸泛起红晕，似三月的桃花那样可人，泪水被这红红火火的热闹场面打退了，藏在了心的最底层，只有自己独处时如此迷茫的泪水才会再一次涌出。

当时是那种心情吗？眼泪还带有迷茫的色彩？我眨着眼望着天上的繁星自问。

又怎么会不是呢，他休完法定的婚假就要回部队，"狠心"留我在这偏僻的小镇回他的那个大家庭，那是离小镇多么遥远的地方，要坐火车、汽车、海轮……我们又将天各一方，短暂的相聚转眼变为长久的思念，等待我的是柏拉图式的爱情生活，那些泪水只有往肚子里咽，颗颗泪滴通过心火的慢熬然后等待一定的时机爆发。

我是放弃现有的工作跟随他远走他乡，还是留在小镇一边工作一边等待他为我找到工作？……想想就头痛。

年轻的我是冲动的、感性的、激情的，总相信爱情可以扫平一路的荆棘。

我是听着乐曲《乱红》来书写这段文字的。吹奏者陈悦细腻而感性的演绎是传统的、古典的，更是现代的、时尚的。这位楚楚动人的东方女子，吹唱着一管箫、一支笛，用全新的音乐语言，将现代东方女性的含蓄之美、娴静之美展示给我们。

　　而我，同样是东方的女性，将自己的眼泪、自己的往事、自己的财富——那是心灵的财富，展示给你们。

2008年9月10日

3　艰难地行走

不知从何时起,我在网络里开始读书,写字,唱歌,聊天……

在这篇文章之前我一直都不曾流露出自己真实的身份,一个军人妻子的身份。

军人的妻子,在人们的眼里更多的是与奉献、坚强、寂寞与泪水等沉重的词汇相连的。而浪漫、快乐、可爱、纯真与幸福这些词汇人们似乎不会联想到是属于一个军人的妻子。

其实,我更愿意留给博友们一个纯真、可爱、浪漫的紫涵,而不是军人妻子这样一个沉重的身份。

然而,自2008年6月开博以来,进入了"写字"的日子以后,由于自己文化水平有限,除了用第一人称写文章,再换种形式就写不出来,没有办法使自己虚拟下去,好像只有输入"我"字出现在电脑白色屏幕上时,写作灵感才会活跃,那些往事才会像放电影似的从我的心里涌出来。

然而,拉开这序幕的是你们——我亲爱的博友们,你们的鼓励与支持使得我有勇气让过去的自己再一次登上舞台,从而展示自己坚强的一面。

今天上演的是《艰难地行走》——我在青岛品尝过的酸、甜、苦、辣。

青岛，她是"东方瑞士"，她的美是举世闻名的，除了她的外表对我的诱惑外，更主要是因为我的另一半生活在这座城市。

我不要过那种一年只能见两次面的爱情生活，我要让这一年两次变为平均每星期见一次。

这一目标使得我放弃了在电力部门安稳的工作，不顾许多人的反对，决然地办理了停薪留职手续，每月向厂里自行缴纳养老保险。

那一年是2005年，我无心在海岛上度蜜月，不想在招待所干等着他回来，我需要在这座城市立足，我需要找单位办理随军调动手续，与这座城市融为一体。

于是，利用周末时间我们坐一个多小时的公交车在市里转悠找房子。有一个镜头我不想忽略，出部队营区后他会拉着我的手穿过一片苹果园到达车站，那些苹果把低矮的果树压弯了腰，南方来的我因眼前无数的、可爱的、红红的小脸蛋而变得欣喜若狂，就如北方人到了南方见着满坡鲜黄鲜黄的油菜花似的。

我们在辛家庄——市区的小渔村，找了间十平方米左右平顶阁楼的民房，现在那地方已是高楼林立，开发商取了个洋名叫"香港花园"。

但在我的记忆里那里还是村庄，所有的房屋都是坐北朝南一栋紧挨着一栋，村庄里总是飘着蛤蜊腥味，一周会有人来收一次肥料，所以每周自然有了捂鼻子的习惯，其实根本起不了什么作用，安慰自己就是了。

出门连蹦带跳的，生怕不小心踩上污水。

冬天，刺骨的北风呼呼地穿过玻璃缝往屋里钻，杯子里天然的冰块取之不尽。早晨从被窝里伸出头呼出的气凝成了白雾，眉毛都感觉要结霜了。

不过，有善良的房东大娘、大爷对我的关照，恶劣的自然条件就显得微不足道。

　　大娘做的山菜、萝卜缨、芸豆包子我都品尝过；大爷在阁楼旁种的花花草草依然开放在我的心中；特别是他偷偷种的那株火红的罂粟，总觉得那花在冲着我笑。不知道二老至今是否安康，无论怎样，他们在我心里永不会消失。

　　二老知道我孤单，可不知道我在这座城市因找工作而受的磨难。

　　我学的是气象专业，而且只是中专毕业，这座城市的气象台在减员，根本不需要这方面的工作人员。那我还能做什么，索性随便找个事先做着，做了一段时间店员后发现自己非常头痛与形形色色的客人打交道，更讨厌在那一站就一上午，所以，对一则服务行业招聘办公室秘书的广告产生了兴趣，通过广告的介绍了解这是一个即将走向正轨的、集住宿、餐饮、娱乐为一体的服务行业。大楼面朝大海，自然条件不错，经理说刚开始工作会比较累，如试用期满会和我签合同。为了能待在这座城市，累一些我认为是值得的，就这样，竟然还通过了笔试、面试。

　　谁曾料到第一天上班负责人让新来的员工们签到完毕后，经理让我带着员工们清理宾馆内外的垃圾，搬运一块块堆放在墙角的砖头，我很卖力地干着与民工一样的工作。后半个月干的是搬运杂物，打扫每个房间的卫生，我与其他员工相互打气，期待着宾朋满座、生意红火的日子到来。

　　一个半月了，有员工开始打听工资事宜，经理却与法人代表相互推诿，这让所有员工担心起来，因为这样一来二去将近两个月了，虽说不过是几千元，但对于老百姓来说是血汗钱，有付出就应该得到回报。

　　那个宾馆就坐落在美丽的栈桥附近，离我居住的出租屋有一个多小时的路程。每天我必须早出晚归，每次回家都是坐在拥挤的公交车上疲惫得要睡过去。

可是，那些天睡不着了，泪水总是含在眼里，流在心里……坐在冰冷的出租屋，开始拿起笔向劳动局申诉自己的遭遇：

"你好，我是一名现役军官的妻子，我现在碰到困难请求你们帮助……"亲自往返劳动局好多次，要么没有人理我，要么搪塞拖着就是不给解决。

我爱人也知道了，他穿着军服陪着我找法人代表讨公道，他们根本不把我们放在眼里，口出狂言说明天你开大炮来也不怕！

他们一直欠着我的工钱，到现在都没给我！白白为他们当了两个月的民工。至今，我已经忘记经理与法人代表的名字，但他们狰狞的目光，令我胆战心惊！

在青岛无亲无故，我们只有选择退缩，让时间慢慢舔舐伤口，慢慢愈合，挺胸抬头继续上路……

2008年9月14日

4　海岛的野菊

海岛的野菊,一朵朵、一簇簇、一片片不约而同地来到人类的世界、不曾声响地竞相开放着,一阵阵海风吹拂着你,翻起层层金色的浪花。

走近你,俯下身,细观察……绿绿的叶子,黄黄的花朵比围棋大些,花型如袖珍的向日葵,此刻,我的心被你小而灿烂的黄色照耀得明亮而喜悦。

其实,去年我来岛上时你已经在山坡上等待着我,可我忽视了你的存在,为了能长久地留在你的身边,自己在这座繁华的都市辛苦地奔波,积极地争取。

双手抱膝坐在你的身边,我需要静静地与你交流,抑制内心激动的情绪。

菊,我成功了!

菊,你曾见过——一名学徒工白天在复印社忙碌的身影吗?吃着普通的盒饭,领着廉价的工钱,这些都是为了让自己能找一份体面的工作。多少个夜晚坐在马扎上,反反复复往小霸王打字机屏幕上输入一篇文章,记录着自己的成绩,一分钟20字、一分钟40字、一分钟80字……我的进步让家里的男人吃惊,而我的渴望又有几个人能知?

菊,我能进入事业单位真是一个奇迹,我能不激动吗?

菊，我清晰地记得进入应聘园区的情景，那是在石老人大海边青岛市政府的一所下属单位，园区内孩子们正在唱着国歌，举行升国旗仪式，冬令营使得孩子们个个露出花儿般的笑容。

菊，其实我也就符合一个应聘条件，就是可以较快地在电脑上输入汉字，什么管理人事、文书档案我都不会，什么拟写公文我也不会……记得营区的荣主任问我："你这么多'不会'还敢走进我的办公室？"是啊，就是往电脑输入汉字也是前一个月才学会的，我要学的东西真的还很多，但现在必须有机会让我学习，如果实践与学习相结合，我会进步得飞快，我需要有人给我机会。

接下来，荣主任和我聊起了以外的话题，关于家乡、关于父母、关于部队、关于我的爱人、关于将来……他问什么我都如实地回答，他听得很认真，从他的眼神里我知道我有希望。

菊，从迈进办公室门的那天起，我想你应该知道我是以认真工作来证明自己当初的承诺，还未满试用期就赢得了人事部调入的许可。

我要感谢部队的赵忠生政委，"你要让你的领导在工作上离不开你，你一定没问题！"他鼓励的言语到现在还深深地印在我的心里。

开接收证明之前，荣主任提出要求希望能到海岛参观，部队积极配合，允我陪同前往，通过一道道关卡，我们进入了巨大"黑鲸"的心脏。

阎艇长站在监控室前，面对我的领导说："非常感谢地方能够接收军人的妻子，给部队解决了令首长头痛的难题。"

然后转身笑着对我说："希望你一如既往支持爱人的事业，你平时的不开心，和爱人发生小矛盾都有可能影响他的工作，在茫茫的海底危险无处不在，希望你能理解军人，把你的爱上升高度，你会活得更快乐、会觉得人生更有意义！"

菊，我知道，你比我更了解军人，每年你都会从另一个世界悄悄地来探望我们最可爱的人，静静地挥手送他们出港、静静地含笑等着他们归航……

菊，不可否认，我有时也是脆弱的。

曾站在火车站台望着即将离开青岛赶赴武汉学习一年的爱人而悲伤。我刚刚稳定，他还未能分享点滴温馨就"抛下"我，想想这漫长的一年需要自己一人面对，想想过去在一起的温存、相互的缠绵，因为短暂的相守而更感到丝丝的甜蜜……现在，他留我一人在这算怎么回事呢……瞬间忘记首长的教诲，忘记身边人来人往……火车汽笛声拉响了，我开始泪如雨下，开始失声痛哭，开始蹲下将自己充满泪水的脸深深埋藏……

黑色的帷幕悄悄吞噬着大海，躺在床上，透过玻璃窗仰望着天空，想着在海岛从不张扬的你——菊，从不需要别人的怜惜，从不需要别人的宠爱，却可以这样散发出金灿灿、熠熠生辉的光芒，甚至你的离去都是那样的含蓄无声，你用自己的方式证明着对大自然的爱，如同我们的官兵证明着对祖国的爱。

海岛的野菊——你飘在我的星空中。

2009年9月20日

5 妻 子

这些年的不容易

我怎能告诉你

有过多少叹息

也有多少挺立

长夜的那串泪滴

我怎能留给你

有过多少憔悴

有过多少美丽

真正的男儿

你扑向了风雨

痴心的女儿

我才苦苦相依

世上有那样多的人

离不开你

赞美着你

我骄傲

我是军人的妻

《妻子》——我是头一回唱这首有难度的歌，在这之前我都是唱一些曲调平缓的、甜甜的通俗歌曲。

我觉得，想唱好一首歌，且要打动听众是不容易的。在歌唱时想做到气息饱满、字正腔圆、唱准音律是可以通过刻苦学习来达到目的。

然而，音乐作品还是一门表演的艺术，必须要有分析、理解作品内容和体验作品感情的能力，这是歌唱者应当具备的表现能力，那就需要歌唱者具备良好的思维品质。

所以，假如你天生拥有好的嗓音，但没有丰富的生活阅历是无法理解词曲作者的思想，是难以达到"以情带声、声情并茂"的演唱效果。

我，饱含深情地唱这一首《妻子》，虽说从没学习过声乐，在发声及气息等的运用上还非常的薄弱，但我已深深体会、感触到音乐作品的真实内涵。

我，是个爱唱歌的妻子。

歌唱爱情、歌唱生活、歌唱悲苦、歌唱快乐、歌唱寂寞、歌唱幸福。

我，是个爱唱歌的妻子。

在歌声中，保佑他的平安。

在歌声中，等待他的凯旋。

在歌声中，抚慰内心的凄美。

在歌声中，坚定自己的信念。

在歌声中，品味人生的真谛……

我，是一名军人的妻子。

此时，这首歌与我融为一体。

第二章 军人的妻

2008年7月28日

6 "八一"有感

大雨
驱赶了清晨盘旋在天空的乌云
阳光
等不及大雨的离去已悄然来临
阳光雨
拉开了八一建军节的帷幔
军车上坐的不是官兵
而是官兵们日夜思念的亲人
亲人们急切盼着到达目的地
为了和日夜思念的亲人团聚
共庆八一建军节

山脚下
一排排整齐的军营
大海边
停靠着一艘艘挂满五彩旗的战舰
在这幸福的日子里

你们没有忘记
丢掉幻想准备战斗
是你们的使命

开席前
我们起立共同聆听首长激昂的祝酒辞
饮酒前
我们一同举杯一同呐喊一同高唱
咱当兵的人
有啥不一样
自从离开家乡就难见到爹娘
咱当兵的人
就是不一样
为了国家的安宁我们紧握手中的枪

多少的不一样
凝结成了一颗颗亲人期盼平安归来的泪滴
又有多少的泪滴
汇成了咸咸的海水深深的情
此时
你正指挥着巨大的"黑鲸"潜入海底
游弋于亲人的眼泪里

你来无影去无踪
你是敌人致命的克星

我们在海边

等你

内心的情感

似冲击岩石的潮汐

我们在海边

等你

有我的凝望

远海的天空会更蓝

我要化作一只海鸥

盘旋在你的心海里

有你的海更蓝

有你的天更亮

有你我们才可以自由地翱翔

等你

永远

2008年8月1日

7 云 儿

　　燥热难捱的夏季终于过去了，夜里，秋风一吹，将漫天的乌云卷得无影无踪，星星也被擦拭得分外明亮，群星在夜空里熠熠生辉，有种难以置信的清澈之美。云儿独自躺在床上微闭双眼，她并没有觉察窗外的月儿有多么盈亮，空气有多么清爽，她的心里还在想着傍晚开车外出时发生的一起小事故。

　　她在自责、委屈、抱怨的情绪中迷迷糊糊地睡着了。

　　睡梦中，她去了普罗旺斯。自从她读了英国作家梅尔写的《山居岁月》，就开始梦想着有一天能踏上暗香浮动的普罗旺斯。梦想虽然实现了，但并没有品尝到红玫瑰酒，并且还与一路同行的朋友走散了，孤身一人无助地倚靠在街角的石头墙上，眼睛盯着《一年好时光》里的男主角在普罗旺斯葡萄庄园调制葡萄美酒，不知发呆了多长时间，猛然间发现旅行包不翼而飞了，她不知所措地四处张望，天哪！这可怎么办啊，想着自己身无分文、也没了护照，又是身在异国他乡，她焦急地向周围的人求助却无果，压抑、恐慌，她开始抽泣……直至从噩梦中惊醒才止住那急促的喘息声。

　　云儿开始念爱人的好了，他要在多好啊，一个电话他就可以办妥的，他没时间处理也没关系，只要回到云儿身边，他就是云儿的倾诉对象，不至于闷在心里招来噩梦。云儿试着拨电话了，明明知道是关机也要试试，一声叹息过后忆起爱人的话。

"云儿，你知道现代战争都用什么兵器吗？"

"不知道。"

"隐形飞机、隐形军舰、隐形导弹……"

爱人啊，打不通电话就证明你隐形了吗？云儿默默地念叨，都隐形一个月了总该现身了呀！

思绪如潮，跌宕起伏，延绵不绝。她赤脚独处一片宁静的海滩，眺望一望无际的大海，你藏在哪儿呢？你从潜望镜看到云儿了吗？我要变成礁石，伫立在海边等待浪花送来清凉的慰藉；我要变成鱼儿，尾随你在深深的海底游弋，好似玩捉迷藏的游戏；我还想变成一只海鸟，时刻注视海平面的动静，第一时间让你看见我飞翔的飘逸。就让我在你的肩上停息，共欣赏人间的美景。

回头望，软软的沙滩上留下云儿一串深深浅浅的脚印，晚霞将海滩浸染成了淡红色，上帝将一只洁白的贝壳放在了云儿的手心。她双手捧着，似乎在捧一个温热的身体，将脸颊贴了上去，她听见了一阵阵的海涛声，不，应该是心上人在——诉说，诉说选择与舍弃，失去与得到，这强有力的声音，就从遥远的天际缓缓地飘来。

云儿，别急，也许明天、也可能再过些日子，我会随着你的呼唤缓缓浮出海面。其实，我又何尝不想与你朝夕相处、花前月下。可是当我缓缓浮上海面，看到陆地上千家万户袅袅炊烟、城市的灯火霓虹熠熠生辉，心中的丝丝伤感与愧疚常常会被一种责任所代替；做梦都想与你早日团聚，可是当我看到战略地图上18000多千米的海岸线，他们被几条著名的"岛链"无情地封锁住了"喉咙"，望洋兴叹的无奈心情会激起军人的神圣使命感；云儿，当我们看到听到极少数分裂主义分子，数典忘祖、背信弃义，置中华民族大义于不顾的事实，妄想斩断我们亲近太平洋的步伐，我们还能坐以待毙吗？

云儿，能够让我们的民族和人民自由地呼吸来自太平洋上的新鲜空气，能够为我们的国家在新的世纪里赢得一个海洋大国应有的尊严，能够为我们的后代子孙创造千秋万代的蓝色的勃勃生机！舍弃与得到，孰轻孰重，不言而喻。

云儿，为我们拥有年轻漂亮的祖国母亲而自豪吧！让我们与13亿人民共同欢庆祖国母亲的60华诞！

铿锵有力的男儿话语回荡整个天际，此时，云儿愿意自己是真正的云儿，与风为友、与雨为伴、以雷电为敌，风风雨雨，历练人生！最终幻化为雨滴融入海的怀抱，生生世世，永不分离！

云儿就是我，我是紫涵。

8　11根蜡烛

在我的家里不太注重过生日，所以，现在我都想不起在这以前我们仨的生日都是怎么过的，原因在我吧。

军人的家庭总是聚少离多，欢聚在一起的时候感觉弥足珍贵，仿佛拥有了过生日的温馨，这是个原因吗？

今年的6月1日那天，儿子兴奋地对我说："妈妈，我喜欢六月。尤其喜欢6月1日、6月15日。"

我的宝贝，6月15日应该为你点燃11根蜡烛了。

宝贝，你的第一根蜡烛是在大连的星海公园亮起来的。那是个天气晴朗的日子，爸爸妈妈陪着你蹲在沙滩上，欣赏着你抓捏被太阳照着闪闪发光的鹅卵石。你缓缓地站起来，爸爸立即也跟着站起来，并伸出了双手想拥抱你，我拦住了他靠近你的脚步，这时，你迈开了左右摇晃的步子扑向了爸爸的怀抱。

宝贝，你的第二根、第三根蜡烛是在青岛"团结户"的房子里点亮的，所谓"团结户"就是三家人挤在一个三室一厅的屋子过日子，共用一个卫生间、一个厨房、一个客厅。部队分给我们家是那间最大的、带有阳台的。

为了更好地照看你，我用沙发将你围在一个角落里，这样我可以

一边在阳台做饭，一边通过窗户玻璃瞧见你。我是怎么为你庆祝生日的？妈妈一点印象都没有了。对不起！

宝贝，你的第四根、第五根、第六根蜡烛是在别人倒出来的营职房里燃起的，虽然爸爸那时已经是团职干部了。

你知道吗？当我们听说那家人要搬走的前一天晚上，爸爸妈妈激动得一夜都没睡，第二天一早星星还未离开苍穹，爸爸就迫不及待地带上打扫工具，直奔那只有75平方米的小屋，那是个可以看到海的、三面朝阳的家，离家不远就是青岛大学、海洋大学。

你在海洋大学幼儿园的快乐日子还能记起来吗？妈妈可是记得上班前送你去幼儿园下班回来接你回家的情景，还有那个周一的早晨你代表所有小朋友在国旗下朗诵诗歌，还能想起来吗？妈妈还记得有一次爸爸从外地回来拉着你的手在马路边站着等我。

"为什么把那只手背在后面呢？"我疑惑地问你。

你迅速地将手伸向我，

"生日快乐，妈妈！"

一朵娇艳欲滴的玫瑰出现在我的眼前。

可是，妈妈还是回忆不起来后几年你的生日是如何度过的，对不起！

宝贝，你骄傲地对我说，第九根蜡烛盛开在莲花花瓣的中央，那时邀请了众多小朋友在我们的新家青岛汕头路团职房里愉快地度过了你的生日。

宝贝，其实，爸爸妈妈从未有过吹灭蜡烛瞬间的感受，但在爸爸妈妈的心里从未失去过火光般的温暖，亲人们一句句关心的话语、一双双信任的眼睛，陪伴着我们走过每一个春夏秋冬。

宝贝，今天在美丽的三亚，在崭新的楼里，为你点亮第11根蜡烛，生日快乐！

2009年6月15日

9　到部队过年

每一个节日都是亲人团圆的日子，而春节是生活的高潮。

临近年关，五湖四海的游子都一心想着回家与亲人团圆，俗话说，"有钱没钱，回家过年。"

在娘家时每个年是和爸爸妈妈一起过的，父母在哪里年就在哪里了。

组成自己的小家后，每一个年都和爱人、孩子一起过，爱人孩子在哪里年在哪里。

回想起来，等他回家过年的日子少得可怜，自己总是在不停地追随着他，追年，从南方追到北方，再追到更往北的方向。一路追来，他还是不愿意为我而停住脚步，身不由己！又折回南方。追了十几年，一路上疲惫不堪，我好累，索性就不追了。

"在三亚过完年我不想回北方了，希望你能同意。"这是2007年底在电话里打的口头报告。

你要想好，三亚除了环境好，经济、生活、教育是无法和青岛相比的。"他说。

"……有你就好！"我哽咽着答道。

……电话一直没有挂掉，一直握在我俩的手中贴在各自的耳边，似乎握着的是对方孤独的心。

我的决定躲过了2008年初的雪灾，冥冥中感觉是上帝的安排，苦尽甘来的前奏似的。在下第一场雪时飞离曾经居住了十几年的已经熟悉的城市，有不舍更有无奈。

年夜饭的下午参加了艇上官兵们自编自演的"迎新春茶话会"，所有节目都是围绕着官兵们的生活、工作、学习编排的。精彩！富有朝气！感觉如此新奇与神秘，就像观赏今年春晚节目《水下除夕夜》时的心情一样。

此刻，投入的表演使得官兵们暂时忘记想念家乡、想念父母。此时，我也按捺不住激动的情绪，为官兵们演唱了一首温柔凄美的歌曲《香烟爱上火柴》：

香烟爱上火柴
就注定被伤害
……

我爱上了你
就注定离不开
如果你是我眼中
的一滴泪
那我永远都不会哭
因为我怕失去你
……

茶话会结束后，来部队探亲的军属们听着官兵们唱着响亮的军歌，跟随着整齐的大部队走进了饭堂。他们站在饭堂门口的两旁笑脸相迎着我们。官兵们为我们掀起了门帘，官兵们为我们引座，官兵们为我们斟满了红酒。

望着眼前一样的发型、一样的蓝色军服、一样的笑脸感觉如此亲切，家的温暖油然而生。

"家属们！感谢你们一如既往支持部队，我们的进步离不开你们无私的奉献；战友们！去年我们成功地迈出了从陆地走向海洋的第一步，走向深蓝不再是梦想，为实现我们共同的目标请大家举杯，新春快乐！干杯！"

部队首长喝了第一杯，酒里蕴藏着真挚的感激与祝福。

在部队，一个星期里有一次会餐，餐厅会供应比平时更丰盛的菜肴，还会上酒。而过年会让战士们喝个痛快，喝酒可以增进战友们的感情，可以释放训练的压力，可以缓解思乡之情……

首长敬每桌酒时，战士们起立举杯，在碰杯的刹那同时会异口同声发出雷鸣般的呐喊声，这一声叫喊，似乎将烦恼驱赶到了九霄云外。

酒劲上来了，开始比赛唱军歌，雄赳赳气昂昂的。唱歌可以愉悦战士们的心情，激发战士们的斗志，展现战士们的威风……部队离不开军歌，过年必须唱军歌。

平日里，战士们想家的情绪轻些，"两眼一睁，忙到熄灯"。

过年就不同了，低头抬头都想着梦中的家园，家乡就像一幅画，在家时是在画中走，离家了只能在梦里游。谁说男儿有泪不轻弹，在这些没着没落的日子，父母妻儿在电话那头抹泪，儿子在心里流泪。熄灯号一吹，人往被窝里一钻，感情的闸门就再也关不住了，眼泪夺眶而出。

……

"报告首长！早饭准备好了！"听见儿子在门外逗我俩。

"请进！"听到回答我更乐了。

"爸爸，我今天表现好不好？"

"非常好！"他还真把儿子当小兵了！

……

结婚以来，这年过得真踏实，因为我不用担心离开他了，也不用数着我们在一起是第几天了，倒计时一边去吧！永远这样该多好呀！

2009年2月4日

10　交　心

　　学校老师"教育"我后，周末不再让儿子上网了。儿子说上哪我就上哪。泡温泉、爬山、看电影、购书、学琴，等等。

　　五月，每个周末都和儿子泡在影院。

　　无聊透顶、低级搞笑趣味的《越光宝盒》，血腥残暴、尔虞我诈，故事情节恶俗的《未来警察》。硬着头皮看下来后我真不知道应该表达什么样的主题，如何向孩子说明点什么，学点什么。就像后面两部《决战豪门》、《波斯王子》，可以告诉孩子想获取金钱和地位，需要智慧、勤奋，通过不正当的手段得来的都是不道德的，会受到神的惩罚！音乐唯美，画面养眼，故事也有创意！

　　"想那么多，开心就行嘛！"儿子说。

　　"学瑜伽多了，关于神的蛛丝马迹你都肃然起敬！"儿子又说。

　　"可你看到我烧香拜佛没？"

　　"整天都'拜日式'！早也拜、晚也拜！"儿子大笑着说。

　　儿子一个月没玩游戏了，学习成绩保持在前10名。其实，我和先生想要儿子拥有纯真的笑脸，没有非要考多少名，只是小男孩不把精力投入学习当中，真的很可怕。

　　周日下午带孩子学完吉他，准备找地方吃点饭再送他去学校。

他上车后不久就趴在后座睡着了，我将车速从60码降到40码，轻柔点
着油门，我要他多睡会儿，我在"鹿回头"的山脚下兜圈，大海、沙
滩、绿树、凤凰花、三角梅——在我的左右。

看到儿子醒了，我问："刚刚做梦了吗？"

"没呢……我饿了……最近我吃饭特别香！"儿子说。

"因为你不玩游戏，精神上不会总处在一种紧张的状态，我讨厌
游戏！"我气愤地说。

"不关游戏的事……"儿子慢腾腾地说。

停了一会又说："都怪我自己！"

我的心变得柔软、惊讶、兴奋起来。

2010年6月2日

11　我的儿子

刚进入午睡的梦乡，被手机铃声唤醒。

"妈妈，我晚上看完电影再回家。"儿子说。

"好的。"

继续躺下，却没了睡意。

我在想他，已经读九年级的儿子。他更像谁呢？学习上，他父亲一直是最棒的！我呢，从小学到初中都是中下水平。我儿子呢，直到如今，都保持着中上的位置。

想想我念书的时候，总是不能专心，是一种被动的学习状态，我应该是不爱学习的那种女孩子，常常被老师、父母说教，记忆很深刻。

三年级以前，我对儿子在学习习惯上下了功夫，其实也就是督促他按时完成作业，对老师有交代。在那以后至今再也没有管他了，完全是独立完成作业。其实，极少见他在家做作业，回家的头等大事就是玩。

儿子是四年级开始住校的，每周末回家，玩游戏、看电影、打篮球、乒乓球。他还是特喜欢看动画片，比如《海贼王》之类的，好几百集。

昨天我在家看电影《世界密码》，紧张时刻他告诉我结局是如何，接着还给我介绍美国的科幻片。他看了多少国外的影片，只有他自己清楚。

好几年了，每周都要买五元钱一本的《知音漫客》。在他看这本书的时候，我们是不能打扰他的；在他玩游戏的时候，我们是不能打扰他的，要不然……

班主任老师说，他的床铺是最整洁的，军人的孩子；他的袜子有香味，他会用沐浴露清洗；他擦的黑板最干净；他很喜欢说话，经常晚上熄灯后被老师批评。课堂里，他很活跃，经常逗得全班同学哈哈大笑。他是我见过的反应最快的但不会百分百付出的孩子。经常因为粗心大意字面不整洁而丢分的孩子。还有呀，他写作文从来不打草稿。

他一直留恋着青岛，他说中学毕业约好回青岛举行同学会。

当然好了，我说。

我的儿子，大部分事情都是由他自己来决定。但离开青岛来三亚的这件事，是我的决定。他是不愿意的。

我愿意我们三个人在一起，这样才像一个家。在年幼的时候与父母在一起是最重要的。儿子能够亲身感受到父母的爱，家庭的温暖，这比什么都重要！

这样在一起的时光会很短，人的一生都是短暂的。

记得小时候儿子总要爸爸背，骑大马，爸爸不太情愿，我说，可能有一天你要背儿子他都会不愿意了。因为这句话，爸爸主动背着了儿子，在我们居住过的城市。

这几天，我总爱静静地坐在客厅为儿子削水果，去皮，再一小块一小块地切好放入盘里，新鲜的梨和苹果，有的时候是水蜜桃，端到儿子的面前。今天我又泡了水果茶让儿子品尝，罗汉果、雪梨、一点点枸杞。他将水果和茶都吃下了喝下了，我心里美滋滋的。

我先生觉得这样有些宠爱。我问先生，你有多少年没背过他了？

我要珍惜。

在儿子的文字里，他说，对李灵而言，幸福就是家乡的孩子有书读；对钱学森而言，幸福就是能报效祖国；对作家而言，幸福就是写出一部大家喜欢的作品。

他说，三千弱水，幸福，是取适合自己的一瓢。

那么，我的儿子，你的幸福是什么呢？

曾经有人当面说我，你的儿子非常有天赋，你为什么不让他学钢琴，与郎朗为邻？你儿子长大了一定会怪罪你！

儿子，你长大了会怪妈妈吗？

儿子，知道吗？你从小的时候到现在就不需要我为你的学习操心，从来没有上过课外补习班，而你的学习都是保持着良好，非常的轻松、自信！

我已经很满足。

我想，将来你考一所理想的大学，在大学做一名老师最好。

可你却说，我才不呢！

那你想做什么呢？

其实不论你将来做什么，只要有意义就行。

开心快乐永远伴随着你，是我们最大愿望。

2012年8月29日

第二章 军人的妻

12 我和儿子

虽说儿子上的是寄宿学校，但几乎还未到周末他都要找些理由下午放学后与妈妈在一起，直到第二天早上再让我送他回学校。

昨天下午五点多又接到老师的电话，说孩子肚子有些不舒服，让我带他到医院去一趟。我在学校接他的时候，他手里拎着两个袋子，是要换洗的鞋和衣服。有准备地回家，我心里偷笑着。

我们俩去了老地方，波西米亚西餐厅，坐下后要了杯温水，他当我面准备吃下吗丁啉。"一点点不舒服不要去吃药，是药三分毒，我们的身体有自愈的功能。"我提醒他。

他开始滔滔不绝地讲述元旦文艺会演的事，他对校方不满意，因为初中部的节目太少，准备了却被校方刷下来，他的小品校方也有时间的控制。我说："还是要听从校方的安排，学校会站在整体的角度布置整台晚会。"

他开始在我面前有声有色地背诵一篇近期刊登在《青年文摘》上的小学生作文，整篇文章以简洁的文字讲了从小学不好好学习会产生的后果，个体与家人、与老师、与社会、与世界、与地球发生的矛盾，说人没有智慧，地球就会毁灭。我感慨他可以流利地背诵下来。

我的眼睛瞪得很大，问："你怎么能背下来呢？"

"哎呀！看一遍就可以了。"

他坐在我的车里，兴奋的劲头一直没有散去，又开始给我讲神界的故事了。应该是第二次听他讲关于神的故事。第一次听他叙述开始我心不在焉，当他向我解释神界、灵界、人间、地界时，刹那间我的脑神经与其接轨了，我开始专注地聆听，我感动得都要哭了，因为他的描述与我理解的天堂、人间、地狱非常相似。

"你相信有神吗？"当时我问他，我想不起他是怎么回答的。就记得我告诉他说："我相信有神，那是美好的化身。人要按照神的指引修正自己的行为，才能感受到美好。当人没有肉身的束缚才会如神般安逸。人人都有可能成为神。"

这一次，他为我介绍神话作品时，喜欢用男主角、女主角、男一号、男二号，等等。我越来越喜欢聆听他心中的故事，听他讲故事里人物的命运，讲完后我会提些问题，互相探讨，传递我内心所思所想。

他坐在电脑前要我一起看主持人华少的一段视频节目，华少在"中国好声音"里说的广告词。他说，元旦他们以此改编了一段小品，他演主持人华少。

他站在我面前开始表演，他将自己的才华展现在我的面前，我抑制住内心的激动，观察他表演的整个过程。他停下后就问我："妈，你觉得我的头和手应该如何摆放？"

"你无法模仿华少的全部，他有几百场的表演经验，而你才第二次在全校表演，你只要追求整体的效果，从头到尾在你的引领下带着其他同学顺利通过就会很棒，头和手的摆放你觉得自然就好，千万不可故意做出某种姿势。在语言上要发自内心地说出来。"

他在我面前慢慢地从内心深处对我说了句："你喜欢'中国好声音'吗?"

"喜欢! 对! 太棒了! 我的心被你唤醒了，就是这样发自内心的说，让所有的师生跟着你走。"

第二天清晨，沐着晨光我送他去学校。随意的话题，让我此刻记忆犹新。

"你应该慢慢找到自己真正的喜好，这样，你高考后就会有目标选择哪一所学校，千万别像某些人高考的分数很棒，却不知去上哪所大学。没有兴趣爱好的人只能任凭别人的摆布。"

他在微笑，他也知道我在说谁。看他状态好，我又开始唠叨。

"比如说军人的职业，纪律严格，听从指挥，无我才可以统一；比如说大学老师的职业，比较自由些；还有如果你想从事瑜伽老师的职业，你可以报考中医院校……"

"你将从骆驼变成狮子啦! 你要成为怎样的一个人呢?"

到校门口了，听到他开车门，然后笑着大声说："妈妈再见!"

2012年12月21日

第三章　烟雨江南

江南秀美风光风土人情

似烟雨

丝丝缕缕、缠缠绵绵

一阵阵袭击着那颗心

难以招架

聊天根本无法释怀

有能力书写

真是一件快乐的事情

学习驾驭文字驰骋在自己的心海

真是别样的人生

1　阿妈和姆

2月14日西方情人节那天收到老家侄儿何清的短信："姑姑，奶奶说今天是你的生日，我们全家人祝你生日快乐！"

慢慢抬起头，脑子里浮现出了母亲慈祥苍老的面容，那是一张女孩儿风干了的脸，皱巴巴的，笑起来的时候，那些皱纹似莲花层层绽开。风一吹，她总要抬起那双青筋暴露的手揉搓迎风就落泪的眼睛。

慢慢低下头，情不自禁按下那一串熟悉的电话号码。

"阿妈——"

"哎——，妮——，今天农历元月二十日，这才是你真正的生日，往年你都过的是阳历吧？那是不准确的。叫姆中午做几个好菜庆贺一下吧！"

姆，是我对婆婆的尊称，就是阿妈的意思。

姆，比阿妈年轻十来岁，体型微胖，皮肤白皙，脸上几乎没有皱纹，令很多的老年朋友羡慕不已，满头的银发在阳光的照耀下闪着银色的光芒。

姆是过年后和我们一起来到三亚的，这是她第二次来了，每次来时间不会太长，但每次她来，我都要长胖些，精神些。

尝不够姆做的家乡菜，喝不够姆亲手做的糯米酒，每天中午我们俩都会边聊边饮，每天都像是在过生日。

姆从来不化妆，平时连润肤品也很少用，她的皮肤我觉得绝大部分原因是天生的，再加上每天中午饮少量的自酿米酒。

江南米酒的制作过程：在蒸熟的糯米上撒上适量的酒饼，放入酒缸发酵而成。酒饼是在山上采的草药制成的，到底是哪几种草药组合在一起才能做出酒饼呢？那只有卖酒饼的人才知道了，这是秘密。

旧时乡下的江南人家里穷，每个坐月子的女人都要喝这种酒催奶。我月子时也喝过月子米酒。

阿妈和姆都是做米酒的高手，次次成功！当然我也学会做了。阿妈做的米酒甜些，姆做的要浓烈些。

甜的色泽呈枣红色，喝了还想喝，不知不觉就醉了；烈的呈淡黄色，应该有二十几度，喝上一口，一股热流温暖了血管，慢慢传遍周身，喝一杯脸颊开始泛起了红晕，最后就连指尖也有了灼热感。

明明是在分析米酒度数，却联想到阿妈和姆的性格，发现酒精的度数与个性有着某种必然的联系。

阿妈的性格温柔善良得有些过分，她宠爱我，对每一个人都很好。她教育我说："别人对你不好的时候，你不可以和她一样，做好自己。"她是一个为我们付出所有不求回报的女人。

我的姆呢？她是一个刚强的女人，听她酒后吐真言，感觉在她年轻的时候是一个了不起的人。她对我很严厉，要求我做一手好菜，生活必须有规律，必须带好儿子管理好小家，在家里必须尊老爱幼。一条做不好，她的笑脸就没有了。她自己是这样实践的，所以我没有任何理由不去执行。

我被这两种酒都醉倒了，感恩我的妈和姆，做你们的女儿和儿媳是我的福气。

姆绣了一幅十字绣"家和万事兴"，就挂在我家的客厅里。我是一个爱思考爱总结的女人。我懂得这几个字深深的涵义，这是姆对我们每一个小家最大的愿望。

　　清明节前夕我们送姆到三亚机场，进入验票口姆回头望了望我们仨，目光有些伤感与不舍。转身走了几步后她低着头，站立在了熙熙攘攘的人群中，右手缓缓地抬起往脸上眼角抹着。

　　"奶奶她怎么了？"儿子疑惑地问我们俩。

　　"你说呢？"

　　清明节一天天近了。

　　"从上大学离开家乡至今有二十几年没回家过清明了，我们回家好吗？"我先生说。

　　于是，我们驱车携着三亚的阳光踏上了归途。从海口开始一路上大雨中雨小雨，烟雨濛濛……

　　次日下午我们回到了日思夜想的江南，阿妈的酒酿蛋温热了我们那颗思家的心，姆的冬酒醉倒了值得她骄傲的儿子。

　　清明，带上阿妈与姆用心酿成的米酒，斟满小酒杯摆在了墓前，叩拜了天国的父亲与公公。

2009年4月8日

2 母 亲

母亲84岁了，身板挺直，满头银白色的头发，满脸的皱纹，婴儿般天真无邪的笑容。

和哥哥生活在江西老家的母亲生活自理，只要不下雨、无病痛，她就会每天早晚两趟从六楼走下院子里散步、买菜。在家也闲不住，屋内打理得整整齐齐、干干净净，孙子下班回来就有热饭菜吃。

她告诉我说，她不愿意和我婆婆一起来三亚，原因就是我的婆婆将家务事全包了，她没事做，整天就打瞌睡，她觉得这种生活没意思。还有一事，她说不喜欢我的婆婆在她面前抹眼泪，这样好尴尬。喜欢笑，微笑着活是我的母亲！

在我的印象里，母亲的一生平平淡淡，围绕着儿女、子孙转。她为了我们七个孩子放弃了大队书记、妇女主任的工作。她说，我要儿女，不要工作，儿女就是我的全部。

我的家完全是男主外女主内的模式。她说父亲是带我们走出穷乡僻壤的人，我的母亲无比尊敬我的父亲，宠爱他，包容他的一切！

是啊，解放初期，父亲在县里做副县长，母亲有机会上了三个月的文化扫盲班后做了几年的妇女主任又做了几年的大队书记，从那时起，我的母亲就养成了看书读报的习惯。

听她回忆往事，感受她轰轰烈烈干革命的气势，她抑制不住激动的情绪，她说有些事有些歌已经是刻骨铭心，永远也不会忘记，她用有些沙哑的声音唱起《解放歌》："要我唱我就唱，唱到全国都解放，解放时期好处多，男女老少都歌唱！"

她喃喃地对我说，刚解放时，人民的热情高涨，到处都是欢歌笑语，革命任务是人人要唱歌要认字！路上都是工作人员，拦下过路人，指着黑板上"中国共产党"几个字问是否认得，不会认的就要在几分钟内学会认，还要学写。村村都赛歌，自由发挥，下面这首《婚姻自由歌》，是一个村妇被工作人员拦下后因为不愿意学写但又要赶回家带孩子，所以为了"过关"她就现编："新买纸伞臭桐油，大雨下来四边流，过去的婚姻人包办，现在的婚姻要自由！"工作人员听了这首歌很振奋，立刻免了她学写字放她回家，村妇因为这首歌出名了，周围的村寨没有不知道她的。

"还想听吗？"母亲问我。

"想听！"

母亲自信地唱起《土改歌》："千年铁树开了花，门前大修回了家，七十婆婆笑嘻嘻，八十婆婆笑哈哈。"

唱完后，我还没反应过来，母亲已笑得合不拢嘴了，还用那干瘪爬满老年斑的手背擦拭着喜悦的泪滴。

我对"大修"这个词不理解，"大修"就是"土地"，母亲说，过去自己家门前的土地都不是自己的，是地主的，土改后，共产党将所有土地分给了穷人，明白了吧？所以受苦受难的老婆婆乐开了花！

哈哈……

2011年12月至2012年1月母亲在三亚，母亲除了女儿的陪伴，还有三本书——《刘亚洲文选》、《为蛟龙祈祷的女人》、《致兵落

笔》。她将书放在床头的枕头边，睡前看，睡醒了接着看。后两本的作者都居住在三亚，我一一介绍给我的母亲。记得，当面接过禅佛博士后致兵先生的书后，她一直捧在手里，回到家就戴上她那老花镜轻轻地读起目录，"我有两个字不认识，我敢保证书里的内容我都可以看懂。"她对我说。我想，这是她的经验之谈，我相信！

一闲下来，她就和我聊《致兵落笔》，她将自己喜欢的文章做上记号，将书的一角折起来，以便向我介绍。《北大与大款》、《好话慢慢说》、《离婚率为什么这么高？》、《几十而立》、《忘记年龄》、《举头望明月》、《致妻子》、《银婚》……母亲读懂了淡泊宁静的文字，爱社会、爱自然、爱生活，人生的答案都在《致兵落笔》里。

母亲不懂写字，但我母亲的思想是纯净的，如莲出淤泥而不染。

难怪书里有两个不认识的字，因为我的母亲是充实的、快乐的，"寂寞"与她无关。

2012年1月29日

3　婆　婆

婆婆会酿米酒、葡萄酒。

家里没人不喝酒,并不是说过年过节才喝,平时也喝。最近几年喝得有分寸,喝醉的亲人少了。

我爱人说:"记忆里五岁第一次醉酒,坐在门槛前睡着了,母亲酿的酒有劲!"酒醉时的他与清醒时的他判若两人,一个是话多激情洋溢,一个是话少沉默寡言。

现在是2013年2月21日,记得前年春节,我爱人的两个堂弟、堂弟妹带着他们的孩子们从江西老家来三亚旅游并看望我们。亲人聚在一起很亲切,又是过年,更加别有一番情谊。说起小时候在一起打闹,不禁哈哈大笑。

堂弟端着酒站起身来,恭敬地向我爱人发表感言:"虽然说我现在生意做得不错,钱也可能比你多,但我远不如你的地位,不如你对国家的奉献大,你的成功,你觉得来自哪里?这次从江西带着他们来不仅仅是游玩,也是来寻找答案。"

他这样问真是出乎意料,我爱人有条不紊地诉说出内心的感慨:"感恩我的父母,没有我父母的教育就没有今天的我。父母给予我的是做人最基本的素质,尊重父母长辈,诚实做人,生活有规律,做事严谨，要做就要做好，不可半途而废。爱子女要爱在心里，管教子女要严厉，从小让孩子养成好习惯。我深爱我的父母，我是个听话的儿子，从不和父母顶嘴。我读书的时候成绩稍有卜降就会觉得对不起父母。我做一辈子的军人，一辈子就钻研我的技术，技术游刃有余再努力学习做指挥军官，不三心二意，所以我有了小小的成就。"

现在想想我爱人这番真挚的言语，反观他的为人处世无一不秉承父母的教诲。

并不是每一对父母都是如此的教育方式，比如说我的父母，就不如公婆教育子女来得严厉、来得传统。现在回想起来，就好像婆婆接过妈妈教育我的接力棒，其间，我纠结过，也挣扎过。

晚睡晚起，我的妈妈可以容下我，婆婆不能，除了年初一我可以随便睡到几点，平时都不允许。当早睡早起成了习惯，年初一自然会同一时间起来。下厨房来，婆婆总是为我们做着一道大菜叶煮稀饭。见我来了，嘴里喃喃道："可以睡懒觉了怎么又不睡了呢？"

早睡早起在还没有练习瑜伽之前我就会了。

我在婆家必须要做家务，或做饭菜，或清扫庭院，该做事的时候做事该休息的时候休息，紧张有序，人自然要胖些，肤色亮丽。

我来到婆婆家才知道自己在娘家时是多么的任性，不懂体谅孝敬父母。所以，我回到母亲家，不说话，多做事，多满足父母的心愿。现在，我眼里含着泪，这些都是婆婆让我沉睡的感恩心苏醒、生根、发芽。

回忆和婆婆吵得最激烈的一次，应该是因为儿子。

儿子在青岛出生，有公公婆婆照顾我，爱人待到出月子就回大连执行任务。他总也没时间回来，第四个月我和公公婆婆回江西老家。公公有严重的哮喘病，冬天来了，山东的天气开始变得寒冷，所以公公婆婆想留孙子在老家让我一个人回青岛工作。我不愿意，我们吵了起来，因此我还回娘家住了几日。

我在这里向我的婆婆忏悔，希望在天堂的公公也能听到：当时我太年轻，不懂得长辈的关心和爱护，你们是怕我一人带儿子又要工作太辛苦。我不应该和你们争吵，心平气和一样可以解决问题。

70多岁的婆婆在老家一直照顾着孙女的生活，我特别喜欢和我儿子差不多大的侄女，聪慧健康，懂规矩却不失活泼可爱，我相信她的未来一片光明。

反观自己教育儿子的方式，就宽松得多。

教育子女是一门学问。

一个事业成功的女人，家里却一团糟，难道你觉得她成功了吗？

一个没有工作的女人，家里打理得井井有条，难道你觉得她不成功？

第三章　烟雨江南

4　桂花飘香

2013年中秋节前夕，我回江西老家看望年迈的母亲。

傍晚时到达赣州市，在婆婆家吃过晚饭已经八点多了。婆婆家离母亲家有15分钟的路程。

进小区的院门，看见头发花白的母亲坐在路灯下的竹椅上，双手托着下巴，当我们两两相望时，相互绽放着欣慰的笑颜，如八月的桂花，飘着香漾着甜。

母亲拉着我的手领着我们上六楼，嘴里喃喃地说："你的手好暖呀！"说完又嘱咐我先生将竹椅放置到楼梯口。

以往母亲见到我说的第一句话，会从她对我的观察说出我的身体状况，最多的一句就是，"你怎么又瘦了呢？"

我在等待她对我身体的评判。

进家门，招呼我们吃橘子、板栗。我和嫂子边吃边聊，见她转身进了房间。出来时捧着一本相册，映入眼帘的是一岁多曾孙阿富乖巧可爱的相片。她描述着阿富"咯咯"的笑声，我呀，就沉浸在母亲欢乐的海洋里了。

我有些不舍母亲，对先生撒娇说："不想回去了，想和母亲住一晚。"

"好呀，那我也回去陪我的母亲了。"

还记得冬天时母亲的床有着厚厚的棉质床垫，暖暖的。刚入秋，母亲会早早将凉席换成薄薄的棉质床垫。此刻，我仰躺在散发着清香味的床上，身体松软下来。多年的修行和觉知力告诉我，母亲的安静、慈悲是我一直寻觅的境界，她的房间充满了相应的磁场，深深地吸引着我。我静静地躺在她的身边，不知不觉进入深度睡眠。半夜醒来，听着她细微的呼吸声，满足感围绕着我，聆听着她的呼吸，阵阵的秋风从窗户口吹来，又在不知不觉中安然进入梦乡。

五点多我再次醒来。

听母亲说，"还早呢，再睡会。"

"不想睡了，我给你按摩吧！"我坐到她的左腿旁，用我的大拇指按揉她的脾经、肝经、胃经、胆经等。

在我的道场"三亚养心斋"里我会为初上私教的会员做瑜伽按摩，一般安排在上完针对性的体式后进行15分钟的瑜伽按摩，就在为她们按揉的时候，每一次都会想我的母亲，想她和我说的那些疼痛部位，回忆她告诉我为什么会疼痛的故事。

利用回家的机会为身体多病痛的母亲做瑜伽按摩是我的一项计划，一个多小时后，清晰地记住了肌肉僵硬的位置，她的背部有微微的拱起，那是她一人养育我们七个孩子辛苦的证据，挑水砍柴，下地种田，洗衣做饭。而那三个哥哥姐姐的夭折对我的母亲又是怎样的打击？母亲的皮肤冒着湿冷的汗。属寒性体质的母亲，老年斑布满了肌肉松弛的手背、小腿、脸庞。白发苍苍的母亲精神气强过于身体的虚弱，钦佩母亲！

"你的两腿很直，很棒！我的瑜伽会员有的是O型腿。"

"那她们没练习好嘛！哈哈！"她有些骄傲地说。

"情绪不好就会生病。"母亲说这一句时，我想应该是她通过多年的经历总结出来的养生知识吧，而我是通过经历和学习理论知识相结合而得知的。这一句话使得我与母亲的话题多了起来。

"你的身体变化很大，皮肤红润了，胖了。"终于等到母亲对我身体的评价。

按摩完头部后，我静静地坐在床头的椅子上，告诉她："不说话啦，我背诵《心经》给你听。"看着母亲轻轻闭上她那薄薄的嘴唇，闭上了双眼。我深深吸气："观自在菩萨，行深般若波若蜜多时，照见五蕴皆空，度一切苦厄……念此《心经》回向给我的母亲，愿您了悟空性，幸福安康，无忧虑，无恐惧！"

母亲带我去江边晨练，阵阵桂花香味扑鼻而来，沁人心脾。地上湿湿的，昨晚一定落了小雨，石阶上那淡黄色的桂花，像撒落的花金子，心生喜爱，我小心地迈着步子，生怕弄伤花的身体。

"前几天我又梦见你爸爸了，我们又回到了县城的家里，他问我饿了吗？就在他转身去给我盛饭时，我就醒了，呵呵……"她平和地述说着梦境，不再用手去抹眼泪了，因为她释然了，她真的放下了！

姐姐说："你早早吃完饭躺沙发上看电视，妈妈也跟着你坐那了，你回屋里睡觉，她接着也回屋睡，我们坐在客厅喝酒，欣赏她跟你走到这挪到那，真是形影不离呢。"

"可是，她不会跟我去三亚居住。"我轻轻地回了一句。秋天即将过去，冬天即将到来，家乡的冬天是多么阴冷无奈。

风烛残年的母亲为什么不愿离开这里呢？飘香的桂花你能告诉我吗？

沿江的树木已经渐渐凋零，只有桂花花香四溢，整座赣州城弥漫着桂花的香气。

桂花香远益清，桂花的花语：崇高、美好、吉祥、友好。

人似花，花似人，岁岁年年，年年岁岁。

我喜欢拍照片，拍自己、拍大自然、拍宠物，拍下一切美好而难忘的景象。

也爱看图写话，十个手指在键盘上飞舞，回忆图片里的人与物，回忆记录当时的所思所想。记录下2012年5月20日至30日回故乡的一幕幕。

第三章　烟雨江南

5 寻

虽然我总是与海相伴，但我永远懂得海水是由千万条溪流汇聚而成。

我，是从群山谷里的小溪走向大海的，我又从北海、南海的尽头折回来，只为寻那一汪清泉。

记得我10岁那年是爸妈带我离开下放的地方上犹县苦田村的，而我二十几岁，我是多么急切地想离开陡水小镇，只为那一句外面的世界很精彩？

城市的热闹无法锁住那颗跳动的心。

当你经历了繁华……也不过如此，坐在机场贵宾室心里却是故乡的河流、山水、乡音、亲人的容貌、旧屋的一砖一瓦、一草一木……

就这样，离开、回来，再离开、再回来，我没有越走越远，我也无法越走越远了。

我第一次拍照是在1978年，在用黄土垒筑的土屋前与家人的合影。嫂子平英说我当时穿着三角钱一尺的棉布格子黄色新衣，笑得多可人，自己都百看不厌。和我穿着一样衣服站在最中间的是我大姐的女儿致文，和我同岁可要比我矮半个头呢！她的嘴嘟嘟着，好像不开心的样子。我的母亲穿着偏襟衣，抱着男娃娃的是我的父亲。站在我身后的就是我的嫂子，那时，我哥哥当兵去了。

偌大的屋子其实就我和母亲住着，过年过节爸爸和姐姐们才会回家来。

再苦再累都有父母亲扛着，父母亲的瘦弱、隐忍、坚强，儿时的我懂得多少？往事越来越模糊，我要使尽全身的力气，将泪水收回，将往事回味，我愿意回到过去。

回故乡，回故乡的乡下做客，寻儿时的点点滴滴。

门神引我而归，龙年的对联为我而留：

梅花四五点天下皆春，爆竹两三声人间更岁，幸福！

春风引紫气一元复始，大地发春华万象更新，乾坤！

我的故乡——赣南，我回来了！

开门见山，竹林片片，当火红的杜鹃谢幕之时，也正是家乡洁白的河树花开遍山野之日。

2012年6月1日我与爱人拜访一位风水先生的家，听说他不久就会搬到对面红色砖房新屋居住，我连忙与老屋合影留念。

关上小木门不让鸡鸭进家。旧时，家里孩子多照看不过来，父母在田里干活就将孩子关在屋内，通风效果好，也不害怕，我都想不起来我有没有被关过。妈妈说她干活时，将我放进米箩，箩就摆在田埂上，我哭过吗？我是怎样的，现在没有任何的记忆。

我长大了，那小门不管用了，背起竹篓，拿起锄头，上山和小伙伴们挖笋去！

青梅、鲜桃、绿橙，专业化养鸡、养猪、养鱼，致富的门道很多了。

山不再光秃秃，河不再无清泉。

我的家乡变了……

6 景

难得的10天假期，其实可以去我们没有去过的草原、梅里雪山或者九寨沟，但是我们没有，因为那些地方会让我们感到陌生。

而家乡是如此的亲切。她会让我产生许许多多的思考，我的心会因此景此人渐起涟漪，会一而再地感动。

为什么呢？我会问自己，几番思虑后，我又会告诉自己，一则距离产生美，二则我的心静了，三则我的故乡真的美景如画、亲情浓郁，无法割舍。

我来到江对面的山坡上、又到桥头……我在各个方位拍摄下我的故乡——陡水小镇。

那个群山环抱的小山镇啊，那个黑瓦白墙似水墨山水画的小镇啊，那个常常出现在梦里的小山镇，就像那首歌里唱的一样：

弯弯的小河、青青的山岗，依偎着小村庄。

蓝蓝的天空、静静的花香，怎么不叫人为你向往……

清晨，大雾弥漫着群山，鸟儿欢叫着，江水缓缓地流向远方。

每次回来我都要来到这江边的石阶，回忆18岁时我穿着那红色的泳衣在江里来回畅游时的感受。冬天的江水是温暖的，下水之前肌肤是紧张的，当闭眼将整个身体浸泡在江水的一刹那，心又坚强起来，奋力舒展开四肢，向着对岸的目标前行！

年轻时，就是有那么一股子劲——天不怕地不怕！

这条河见证了我的勇敢，顽强！敢于挑战身体的极限！敢于与湍急的江水搏斗！

连绵的山脉起起伏伏，峰峦叠翠。山谷里千万条小溪在这里汇成江流，又因建了水电站，形成了湖光山色的美景！

山坡上是大片的竹林。站在竹林的面前，虽然它们默默无语，却不断地繁衍，滋养着小镇，当你嘴里吃着鲜笋、脸盘掠过竹风，怎不会肃然起敬？

曾走过无数次的石阶，那是通往我工作的地方——气象站。如今的气象站早已人去楼空，观测小院杂草丛生！只剩下那细细的、高高的避雷针孤零零地耸立着。

永远无法忘记我扔下手头的工作，奔向石阶的那一幕。

那年冬天我与他已经走得很近很近了，我们一起读书谈天，他邀我参加舞会，我们还一起骑自行车去乡下，他给我讲发生在部队的故事。

我们还未确立恋爱关系，还未来得及向对方表达那三个字。我却在工作室突然接到他打来电话说："部队通知立刻归队，大概10分钟后坐我哥的车去赶火车。"当时，我不知道说什么好，特别冲动地扣上电话就往外跑，我知道只要迅速站在石阶上就能见他一面。

我们还有好多话未说，怎么说走就走了呢？我心里很不舍他的离去，很伤感！

远远的我见他从车窗里探出头来，熟悉的轮廓，使我站在石阶上无法挪步，刚抬起手想这样告别，车就一闪而过了。

伤感的泪水无尽地流淌！

恋爱经得起各种考验才会步入婚姻。

过了恋爱关到如今，我们的婚姻走过了18个春夏秋冬了。

四号楼前的小树苗已经长成了苍天大树，楼已经破旧了，可是那些往事却鲜活着。小镇也就这么一条水泥马路，从四楼望向马路的尽头就是婆婆家了，也就是说我出嫁时伤心离别的泪水未干就踏进了欢笑声一片的婆家。

没有洁白的婚纱、没有豪华的汽车、没有摄像、没有钻戒……但我有幸福！

婚姻美满不在于有那些俗物。

古老的忠字牌楼见证我俩的姻缘，看见他对我怜爱的眼神，看见我对他满意的笑容；看见我对他的苦盼，看见他对我的忠贞！看见我们俩变成我们仨欢欢喜喜回娘家！

树木的苍劲挺拔，因为有阳光雨露的滋养。

人的健康美丽可爱，缺不了家人的相互关心与爱护。

家人的爱如阳光般无私地奉献给我们，我们也应该如此地对待家人。

亲情永恒！

2012年6月7日

第三章　烟雨江南

7 祭

走在故乡的水泥马路上，清晰地听见父亲在我耳边叮咛，走右边。

我环顾四周，群山环抱，石壁上清泉汩汩，林间传来阵阵鸟鸣……父亲去哪儿了呢？

低头时，发现我和父亲曾经走过的沙石路没有了，是什么时候变成水泥马路的呢？

记得1986年的初冬，父亲在校门口等我，他带我到集市上的布摊，指着那鲜红色的布匹问我，喜欢吗？又说配上深蓝色裤子好看。这套全新的衣服是特别的，并不是在过年才有的唯一的一套新衣服，是那样鲜活地存储于我的心底。然而，新衣是如何一点点变旧？它又是怎样悄无声息地离开我的呢？

那个时候我并不知道为什么父亲那样热情地为我添置新衣。当时的我是懵懂的，不曾有思想。现在明白了，通过时间的推算，猜想父亲是让我早早地顶替他去工作，可能穿着这身衣服显得成熟些吧！

那一年，我父亲60岁，我17岁。

现在，我特别想问问父亲是这个原因吗？还是有别的可能，可我去哪儿与他对话呢？

我30岁时儿子两岁了。我父亲30岁时，我还不曾来到这个世界。

细细凝视父亲30岁的相片，乌黑浓密的头发，年轻的脸庞棱角分明、冷峻，通透自信的眼眸可以感受到县长父亲风华正茂、朝气蓬勃的精神状态！

可我从来没有听过您述说自己辉煌的过去，为什么呢，父亲？

我带母亲去看望父亲，对着冰冷的石碑，妈妈在碑前摆上两个小杯子，分别倒上米酒、茶，又一边摆椰子糖一边喃喃地说："老头子呀，我和毛妮来看你了，这是毛妮从三亚带来的你最爱吃的椰子糖。还记得那年从青岛回来后，你满大街寻找女儿买给你吃的椰子糖吗？都尝遍了也没有找到相同口味的……"

老公在一旁默默地烧纸钱，我又想起我和父亲的对话。好像是一个风和日丽的晌午，那天父亲心情不错，和我聊天在我的面前夸奖其他男人的优秀，当时我自信地说："我的老公也会同样的优秀，甚至更上一层楼。"父亲接着大笑道说："不见得，不见得！"

现在，我想让父亲亲眼看到亲人们的优秀，想父亲看到我的进步。

父亲，您从来没见过的孙媳有喜了，在寒冷的冬天我们家要添子孙了。

我含泪的目光落在黑色碑上雕刻的那一行白色的字上。

1926年6月19日—2005年8月29日。

8　家

你知道吗？家乡的古桥下那流水呀，表面上是静静地流淌，其实当你站在水中就会知道水流的湍急。就如现在站在古桥上的我，外表是宁静，内心却是波澜起伏。

想起多少年前吃过年夜饭，我独自骑车来到古桥上聆听从山谷里传出来的鞭炮声，不再刺耳、不再害怕，那鞭炮声穿过岩石变得脆声声的好听起来，如此美妙的鞭炮声是从千家万户传来的，声声入耳。

又想起1993年吃过年夜饭挽着父母的手，漫步在空空的街道上，走着走着，我的父亲告诉我远处山坡下的新楼是这家人辛苦经营街边的饭店盖起来的。我清晰地记住了那座新楼房内透出淡黄温暖的灯火，楼房旁边低矮的黑瓦上飘着袅袅的炊烟……

谁曾想，年后的舞会上，我与楼房的小主人翩翩起舞了，虽然我从小就知道他，因为学校的光荣榜上经常有他的名字，但我们并没有聊过天，我们的舞姿是那样的合拍，旋转时如玫瑰花儿一样开放着。那段时间我是想着他的纯与真入睡的。

这样的美好无法逃避与躲藏，平淡自由的心会随着爱情的火苗慢慢地燃烧。

他来陪我值夜班了，他就坐在我办公桌对面，我们聊的是《王朔小说集》。

　　他带我走进他紫色家具的卧房，他说是他妈妈为他准备结婚用的，我笑着说："那你有女朋友了吗？"

　　"没有呢……"

　　"你是不是喜欢我这套深蓝色军装？"他问。

　　他告诉我这套深蓝色军服是很多女孩子心里的一道光环，其实在它的背后，会有很多辛酸的故事，做一个军人的妻子是要承担很多非正常人的责任。

　　我说："难道比旧社会还要苦吗？因为我常常听母亲说过去家里吃不上饭，穿不上衣，有病无钱治之苦。"

　　18年了，回首，再扪心自问，真苦吗？

我想说，感恩那些苦难，成就今天的自己！

苦难是恩典！

山坡下的小楼、院内的绿色植物、楼边黑瓦上袅袅炊烟、紫色的组合家具、淡淡稻草香的草席……

一切依旧。

18年了，那棵三角梅开得红红火火爬满院墙，那棵月桂的树冠顶部已经高过二楼了，那棵茶花树枝繁叶茂，想象得出它在今年二月的芳华。

此时，我站在挂满绿色的葡萄架下，感慨着。

不知怎的，想起患哮喘的已故的公公，那是太阳落山的时候，他守着水龙头，用尽全身力气亲切地唤婆婆的名字："圣兰，要不要关水了？"

声音传到院外的菜地里。

"再等一会儿，还差一块地没浇了。"婆婆就这样回答着。

我没有见过婆婆去公公的坟前，但我见过婆婆对着水龙头发呆的时候。听过婆婆说她的"老东西"是多么的没有福气。

那些年，她无法面对出现在眼前的恩爱的老夫妻，她会触景生情，她会找个无人的地方嘤嘤地哭泣。

家的一切依旧，为公公而留。

自从我嫁到这家里，过年我再也没有看过完整的春节联欢晚会了，每年必醉。

任何时候回家，都会有包米果等待着我们。

一人推石磨，一人站在一边往石磨中间的小孔内放上一勺用水浸泡的白米，转一圈就放一勺，雪白的米浆顺着石槽缓缓流向小桶里。将水乳交融的米汤放在米筛上，双手轻握米筛来回转小圈，将米浆铺平再放入热气腾腾的锅里蒸上一会儿，米浆就变成一大片烫皮了，用小木棍将烫皮分隔成几块后，放上肉馅或是素馅，吃到嘴里的滋味呀，永存心底了。

七层糕，磨好米浆入筛放入锅里蒸一会儿后开盖七次，每一次都倒入些米浆，叫七层糕，可一块一块慢慢撕着吃，表面是绿色的，叫韭菜七层糕，用新鲜的韭菜汁做的，韭菜的香、白米的黏，吃着不腻，回味无穷。

在家里可以品尝各种各样的地道的家乡菜及小吃，那是家的味道。

可以喝到长辈酿的米酒，一家人围着团圆桌吃呀，喝呀，说呀要两三个小时才会结束。

会做家乡菜、会酿家乡米酒、会教育孩子、会将家打理得井井有条，这样的媳妇才是婆婆心里的优秀儿媳。

三个媳妇她都喜欢，不用问为什么了。

2012年7月4日

第三章　烟雨江南

第四章　紫涵思绪

独处的时光

与自然为邻

独处的时光

与书为友

独处的时光

将自己的思想变成文字输入冰冷的电脑

独处的时光

恋恋不舍如此美妙的花开心灵的日子

1 博客好友

一

今天打开博客，收到博客好友发来的新信息："就这样干笑两声就成好友了？"此时的我还是干笑两声："呵呵。"

因为你是主动申请加我为好友，记得昨天收到这申请我立即上你的博客转了一圈，你的衣服是大红色的，但并没有吸引太多的博友去你的"小窝"，显得那样的安静，除了知道你衣服是红色外，想了解得多些，可你没能让我知道得更多，此时，不知道要说些什么，面对你的请求，点击"接受请求"后只有这样干笑两声了。

我不知道各位博友都是什么原因要加对方为好友的，是通过长时间的文字往来吗？还是经过一番深思熟虑而加对方好友的？在这个虚拟的世界里，肯定是各有各的想法。

为什么我要申请加你为好友呢？为什么我会接受你的请求加你为我的好友呢？我开始慢慢回忆。

在博客的首页"最近访客"里每天都会留下博友的身影，我会跟随你的影子走进你精心布置的"家"，悄悄感受你心灵的呼吸，欣赏你收集的美妙绝伦的图片。

记得有位博友把文字称为"小兔子"，在宁静的夜晚，这些可爱

第四章 紫涵思绪

的"小兔子"就会一个一个从脑海里蹦出来，知道吗，你的这些小家伙让我流泪。

我曾问过你："我有过类似的经历，为什么我不能写出这样感人的一幕幕呢？"

你说："不用着急，只要不是无病呻吟，用心叙述的故事一定会感人。"

我深知自己的浅薄，但我不想总是通过博友的文字来感动自己，因为我有和博友不一样的经历与情感、思想与灵魂、对事物的见解与看法。

于是，我申请加你作为好友："您好，老师，向您学习写作，加我为好友吧，这样我也可以第一时间欣赏您的美文、图片、音乐。"

记得我读完印国光先生的文章后，我是这样请求他的："我能在网络建立博客的第四天就遇见您，真是感到非常荣幸，请求您加我为好友。"

至今，没有一个博友把我拒之门外的，就这样我成了你们的好朋友，就这样，我觉得我一天天在进步。

别人为什么主动申请加我为好友呢？我想，是否喜欢听紫涵的歌声？是否喜欢看我写的文字？是否想与我交流写作心得？不知道呢。我觉得加了好友后就好似把好友的名片留在自己的皮夹子里，随时可以找到，不需要在6000万名网易博友中搜寻好友的足迹。

我能够把我和我家人的照片贴在博客里，用文字真实记录生活的点点滴滴，展现我阳光幸福的生活，以此方式让博友了解我，就没必要不读我写的文字只会悄悄发信息来打扰我平静幸福的生活。让我感到烦闷的好友，我会点击"加入黑名单"，瞬间让他在我面前消失。

我们就生活在这样一个没有脱离但却游离于现实社会的世界里，没有了现实社会中的虚假，无需太多的掩饰。

博客好友与现实中的好友有着天壤之别，你说呢？

二

今天收到前些天新加好友"我行我素"对此篇文章的评论，她说："对于别人的请求，不好意思直接拒绝，只好被动地接受，但我会定期清理，因为我不想浪费我的资源。"非常赞同她的意见，因为我也是这样做的。

我在11月再次修改了"添加博客好友的权限"——谢绝其他人加我为博友。

在这之前加博友的权限是"可以通过身份验证而加对方好友"，这样每次有博友想加我为好友时会发信息给我，我收到信息再浏览对方博客决定是否同意对方请求。其实当我点击加上后，发现自己没那么多的时间去浏览博友的页面，有些主动加我博友的也没见认真读我的博文，那这加了有什么意思呢，只是在浪费时间。

所以，现在我再也收不到任何的加好友信息，我再也不用被动地去看我不爱看的博文。我感觉非常好。

我主动加你好友，你要知道，你吸引我的是你的灵魂，是从你的文字里透着质感的灵魂，我愿意与这样的心灵对话。我一旦认可你，我会细心关注你的"一举一动"，深深"吸吮"你散发出来的精神养料，有时甚至可以达到如痴如醉的地步。

博友印国光先生说人的生命应该可以选择，同样，人的行为也应该有选择的。

我深深体会到，我的进步离不开这些高品质的"养料"，博友会如此无私地展现自己的才华，早已打动我那颗渺小的心，只有在精神上提升自己才是对这些无私奉献的博友最好的报答。

在这里，必须卸下虚伪的皮囊，做一个真实的自己。

2011年9月21日我读自己写的《博客好友》：

　　每天都在变，回头看，很有意思！

　　如今，虽然每天都在网上，但很少细心去每一个博友的"家"了，更多的是在做自己的事情。

　　很多事情都变得淡然了，一路走来一路轻松。

2012年11月9日我再一次读《博客好友》：

　　名字未变，紫涵。

　　心，却完全变了。

　　我站在半山腰，品读过去的自己。

　　一定不要停下脚步，未来的自己一定是精彩无限的！

2008年12月3日

2 读得懂的文章读不懂的人

希腊哲学家苏格拉底说过："真正高明的人，就是能够借助别人的智慧，来使自己不受别人蒙蔽的人。"

我觉得，一个人，获得智慧，感悟人生，决不能只靠个人的经历和实践，而须利用前人已积累的经验。

我想，要学习前人的经验最好的方法莫过于读书了。

一个人的心理如果受到外界的干扰，处在一种烦躁、郁闷的状态下，是无法静下心来品读一部文学作品的。为了让自己能够进入读书的状态我便会强迫自己一个字一个字地读出声来，不知不觉地就咀嚼出文章的味道了，久而久之就会找文章来读，渐渐的，就成了一种习惯，不读就感觉生活没滋没味了。

我喜爱夏洛蒂·勃朗特笔下出身低微却有着独立人格的简·爱，不仅欣赏她而且会用自己的声音来模仿她不失尊严的样子。我对书里的罗切斯特说："难道就因为我一贫如洗、默默无闻、长相平庸、个子瘦小，就没有灵魂，没有心肠了？……我的心灵跟你一样充实！"

除了读名著外也喜欢读博友的文章。

读博友"落日的村庄"写的《珍爱别离》我会情不自禁流泪、哽咽……"大年夜，在海边的一间自己动手用芦苇搭建的小屋里，耳边响着的是呼呼的海风，还有远处当地居民喜庆的爆竹声。一个人面对着两个菜，一碗酒，喝着喝着，喉咙就僵硬了。平日里所思所虑，追逐的一切早已消退得无影无踪，唯有一向琐碎的爹娘，顽皮的孩子，总没有多看一眼的妻子，还有那些平淡的邻里，他们的身影在我的心里、眼里、在这间小茅屋里，怎么也挥闪不过去……"

"她的文字，总是带着她灵魂的样子"——密友Jane的表白。我想说，Jane，其实我在你的文章里总能找到自己的影子，无意间触碰到生活中的某个情节与片段。

我几乎每天必须去钟瀚先生的博客里做客，真正的意义应该是去钟教授那上经济课，每天先生会根据国内国际形势写博文，他今天开课内容是《跑赢CPI》，读来受益匪浅！

博友印国光先生的《选择》、《因为选择》、《问世间情为何物》等富有哲理的、积极向上的、处处都透着人性的真、善、美的文章，读起来会让人无理由不热爱生活、珍惜生命。他在《即使是短暂也要闪耀》一文中写道："人生难免低潮，但绝没有理由放弃……没有人看清流星的样子，它留给人们的美丽是流星的尾迹。我要像那夜空中的流星，即使短暂也要闪耀。"

读文章是一种享受，享受文章的同时也享受着自己声音的魅力及表情达意的能力，完成对心灵的安抚，给心灵开了一扇窗户。

开博以来我加好友的前提就是文章写得好的人——选择作者就是选择朋友。

钦佩那些笔下生花、文章构思巧妙、简洁明快的博友，莲写的小小说《总有一双眼睛》简直让我惊叹！通过阅读深深感受到犯人也是人，他的灵魂被女干警那双美丽、温柔、恬静的眼睛所拯救。

偶尔也会想象一下网线那端在键盘上敲写出文字的朋友是什么样

子。每次欣赏完博文都会留意作者"有无"上传的照片来满足我的好奇心，终于有一天在博友"心灵的旅行"的相册里见到了戴着眼镜文质彬彬的他了。最喜欢他写的《有一种爱不是拥有》："有人说男人和女人最重要的是相知和相爱，其实在你的一生中真正能打动你的人远远不止一个，都去相爱吗？很不现实，爱是一种用心投入的狭隘的情感，它美好但独立而排他。当你爱一个人的时候，便想完完整整地拥有他，包括他的思想、他的情感，以及他整个人，但每一次感动过后，你又能长久地拥有吗？没有永远不变的思想也没有永远唯一不变的情感，所以重要的不是去爱而是去欣赏……"很多的博友当然也包括我在内为这篇文章叫好并留言，对文章以及对写此文的文质彬彬的老师发表感慨，那评论如雪花似的满博飞舞在他每一篇经典的文章里。

有一天在网络里听到网友诵读"有人说男人和女人最重要的是相知和相爱……"一边听还一边暗暗地想原来你也喜欢"心灵的旅行"的文章啊，真是不谋而合。谁曾想，最后传到我耳朵里的却是："刚才朗读的文章《学会欣赏》，作者，碑林路人。"

再上网查阅印证。

除了文章名字不一样，文章内容一模一样！

真是，读得懂的文章读不懂的人……

于是啊，想起这句话来：世界上最难琢磨的是人！

你说呢？

2008年10月22日

3   一周年

太阳每天都从东边冉冉升起。不管我们愿不愿意，不管我是否每天都看到你，你从不会停下你周而复始的脚步。

这不，今天，你又一如既往地来了，为我建博一周年喝彩！

今天，你似乎放慢了脚步，陪着我一同细数、点阅、欣赏曾经的博文作品。我早已将得意之作《配乐朗诵》、《江南烟雨》、《往事并非如烟》、《紫涵思绪》一览无遗地呈现在你的眼前。

是否发现写作与诵读已成为我博客生活的主要内容？一有时间我就会沉浸在其中，乐此不疲。

我选择诵读的文章如同蜜蜂寻找最甘美的花蜜，因为只有用真情浇灌出的花朵，才真实、自然，才最芳香馥郁。花儿的芬芳及甘甜滋润着我的心，那颗心被种花的人一而再地感动。

这一年我品读的文章、书籍是出生以来最多的一年。常常关注我的博友夸奖我书写文章的思路逐渐清晰，文笔越发流畅，问我是因为诵读文章的原因吗？毫无疑问，是的！就是那些透着生命力量的文字，让我内心沉寂的激情涌出海面，并溅起层层涟漪，绽放出晶莹剔透的水花。

这朵水花是有声音的，她或甜、或悲、或恨、或思的独特声音魅力传得越来越远；这朵水花是有思想的，她的思想将从肤浅变得睿智，变得充满灵性。

近十年的网络生活，在网易安家之前，我从来没有过"家"的感觉，只是充当了过客、看客。而现在，我以主人的身份向来我家的博友们道声："欢迎博友们的光临！感谢博友们对我的关注，你们就是阳光，丝丝缕缕，将我的心温暖。今后，我将继续有滋有味的、写博读博的快乐日子。"

接下来，请博友们欣赏我诵读作家林清玄的散文《走向光明的所在》，愿我们在阳光下畅快地呼吸！

2009年5月31日

111

第四章　紫涵思绪

4　网事如昔

歌声如一片洁白的羽毛随着微风从天际缓缓地飘向大地，反复地聆听，便令人有想诉说的激情。

不止听一个博友说过，想写诗、写文章的时候，听着音乐可以激发创作的灵感，我特别能够理解博友的此种心境，因为自己也是如此。我也常常听着舒缓的音乐浏览博友们的博文，我收藏了许多博客网址，有网易，新浪，等等。欣赏好的文字作品时我会读出来，好多次在新浪"临泉吟月"房间朗读的时候与网络作者邂逅，碑林路人、海狼、拾花女人，他们在欣赏着各种声音，现场演绎他们的文字作品。

音乐家们将音符变成精彩的旋律传入我们的耳膜；而作家们则将一个个汉字拼在一起，组合成生动的画面映入我们的眼帘。音乐与文字激活了我们沉闷、平淡已久的心。

其实上帝将"喜、怒、哀、乐"的种子埋藏在了我们的心里，你愿意让哪一颗种子发芽呢？你觉得我们能够决定吗？当你有意识地去控制自己的情绪，将悲伤的音乐毫不犹豫地拒之门外，而你悄悄地为《往事如昔》开启心门谛听时，你的心开始悄悄地变化着，不快乐的种子瞬间缩回了即将要冒出的嫩芽。

我想起曾经的一位网友，她秀丽的外貌、柔弱甜美的声音、凄美的文字无一不吸引着我，我总想通过自己的能力来改变她忧郁的性格，我带着她寻找充满阳光的歌声！我们一起陶醉在一名高校外教"酒吧歌手"的口哨、吉他声中，强烈要求下他开着视频让我们欣赏他边弹边唱的潇洒风姿，那一刻我想她是充满欢欣的，但这也只是短暂的欢欣，过后她又恢复了原样。我们常常在一起唱歌、听歌、文字聊天，我常常劝说她继续来一段现实的爱情故事，感觉她是害怕忘记过去，她不愿意忘记那段刻骨铭心的恋情，天堂里的男人啊为什么抓着她不放呢，现实中的她为什么就不肯放下呢。我感到很失望。

人的内心世界隐藏着许多种情绪，伤感、孤独、寂寞、无助……它们就像一个流浪汉，时不时地来敲击你我脆弱的心门，网络因此成了推波助澜的角色，我读过很多因为网络引发的各种情感故事。

"记忆的风，渲染着一场不言而喻的爱情。怎样的季节是怎样的一个诺言？怎样的季节是同样的结局？我是一匹忘记奔跑的马，我赤裸裸地渴念，坚守着一个无望的期待并将期待坚持下去。而你，我相望的爱人，你会在哪一个城市？在哪一盏明亮灯下？"通过文字的描述可以感觉到一个男人在忍受着网络爱情的煎熬。

"即使是杜撰的故事，我也很鄙视这种女人。为什么不可以在林的身上去找浪漫或者是类似的东西呢。一个对你付出全部的男人不要，却在网络里找一个缥缈的东西，我鄙视你！"这是博友看完因网络引发的破坏家庭情感的博文后毫不留情的评论。虽然博文中的主人公知道自己错了，而且也义无反顾地停止了自己的行为，但还是没有得到某些博友的同情。这是好几年前的一个故事了，我前些日子才看到的，接着，我又读了她最近的博文，积极向上的文字如同绽开的花朵，淡雅、端庄的姿态迎风而立。对于这样的女人，我是怀着敬重的心情的，她勇敢、果断地摒弃过去的自己！有几个人能够像她那样呢，我们该鄙视的是那些深陷其中无法自拔的婚外恋男女。

我们现在听到的《往事如昔》是由电影《毕业生》的主题曲《史卡布罗集市》改编的。电影表面上述说着男生在学业上的毕业，其实真正叙述的是一名男生从幼稚走向成熟的过程。

来，让我们一起听歌：

当我轻轻唱起了你

爱的记忆飘满四季

当春风吹干了你的泪滴

青春无悔

往事如昔……

2009年6月25日

5 颜 回

颜回，春秋末鲁国人。字子渊，亦颜渊。

子曰："贤哉回也，一箪食，一瓢饮，在陋巷，人不堪其忧，回也不改其乐。"

回也，为人谦逊好学，"不迁怒，不贰过"；回也，其心三月不违反仁，其余则日月至焉而已矣。颜回，是孔子最得意的学生，孔子称赞他"贤哉回也！"

深入的学习并渐渐地记住颜回，源于在现实中碰见了"颜回"。

二三百人的网络朗诵小屋，有一个叫"颜回"的诵友引起了我的关注。每到周末，他将自己融入每一篇文字作品，坐在电脑前的我，默默地聆听他的诵读，深沉的、激昂的、潸然泪下的……字正腔圆，饱满而有磁性的天籁之声，为之喟叹！

忍不住想了解一屏之隔的他。

我对颜回说："你学习朗诵几年了？"

"四年多了。"

"周一至周五见不着你来这里，为什么？"我问。

颜回对我说："要工作，赚钱养家，没时间来。我去过你的博客，欣赏你拍摄的花卉。说实话，我也很喜欢摄影，只是条件不太允许，缺时间、缺钱、缺环境。"

我对颜回说："那你就用眼观赏，不需要付钱。"

颜回对我说："嗯，确实是这样。"

我说："我发现我更会利用自然光线了，哈哈。"

"有机会向你请教。"

我说："我不缺你的那三个'缺'，我真的很幸福！"

"好好享受吧，好好珍惜吧。祝福你！"

"我也欣赏你！"

"欣赏我？我是忙里偷闲。"

我说："虽然你在物质上并不富有，但你一样很安静，不浮躁，通过聆听你的朗诵，深深感受到你内心的宁静与丰富。"

颜回说："哈哈……嗯。"

过了好一会儿电脑上才出现他的回话：

"我在学习颜回。"

我迅速回了句："你是真正的颜回！"

"颜回"，祝福你！

读古时的颜回，品味先贤高尚的思想境界；感受现代的"颜回"，健康的审美情趣也。

2009年10月22日

6　难以入眠的夜晚

不记得上次深夜难以入眠是何日子了，真的需要感谢瑜伽让自己如此长久地保持着心平气和的状态。

傍晚的一壶铁观音使得原本宁静的心变得有些浮躁，以至于深夜也难以入睡，在床榻上多次翻转后起身面对电脑，一点点回忆，一点点上传，慢慢地通过气息将茶精灵从我的体内驱赶出去。

我在想2008年初我刚来三亚的日子，因为没有想再去工作，所以建立这博客打发时间，没曾想开博客竟使我的内心丰盈起来，而且养成了爱读书的好习惯。

有些书看一遍就搁在书架上摆着了，只有周国平的《朝圣的心路》、《爱情的容量》、《只有一个人生》让我反复地研读。他说："每个人都是一个宇宙，都应该有一个自足的精神世界，这是一个安全的场所，其中珍藏着你最珍贵的宝物，任何灾祸都不能侵犯它。"

读周国平，会让人有思考的魔力，会不知不觉地问自己："我是谁？我活得有意义吗？"那些日子，不断地回忆过去的我，《江南烟雨》、《往事并非如烟》讲述了从童年的苦涩、到少年的单纯、青年的不易……

坐在电脑前多了，背与肩难免酸痛，不经意间与瑜伽相遇了。

写到这还是无睡意，那就再谈谈练习瑜伽的感受。练习瑜伽时我喜欢微闭双眼，配合呼吸，后来才知道这种感觉是正确的。那些总是对着镜子欣赏自己姿态的练习者似乎在比划舞蹈动作，如何关注呼吸？如何有意识地在一呼一吸之间指挥身体部位的伸展与扭转？

前弯时身体先站直，吸气髂腰肌拉长，肋骨上提，脊椎往上延展，然后吐气髋关节往后延伸，配合呼吸让气到脊椎再慢慢往前延伸，让腹部先贴大腿，胸部贴小腿，最后头才放下……控制住各部位，控制住呼吸，一次次地控制，让身体臣服于心，这就是瑜伽的秘密！

练习瑜伽后一定要再读周国平，"肉体使人难堪不在于它有欲望，而在于它迟早有一天会因为疾病和衰老而失去欲望，变成一个奇怪的、无用的东西。这时候再活泼的精神也只能无可奈何地眼看着肉体衰败下去，自己也终将被它拖向衰败，与它同归于尽。一颗仍然生机勃勃的心灵却注定要为背弃它的肉体殡葬，世上没有比这更使精神感到屈辱的事情了。所谓灵与肉的冲突，唯在此最触目惊心。"

所以，不要身体不舒服了才想着练习瑜伽，抑或想着别的体育锻炼来增强体质。

当然，也不可两耳不闻窗外事，一心只为练瑜伽，并且越来越执着，本来就瘦了，还要以素食，甚至断食来证明自己的虔诚。

平衡就是瑜伽。

2011年3月7日

7　我眼里的三亚

（一）海边的红树林

"山"、"海"、"河"相依而生在三亚这座热带风光城市。眼前的这片红树林，就生长在海与河交界的滩涂浅滩，是陆地向海洋过渡的特殊生态系，是三亚一道美丽的风景。

昨天下午退潮了，满心欢喜的我沿着河边找寻进入你心脏的小路，可是你盘根错节的根系、茂盛高大的枝干挡住了我靠近你的脚步。只有用羡慕的眼光欣赏螃蟹、龙虾、蜗牛、蛤蜊、小鱼等穿梭于你的身体之中了。

海边的红树林，你是三亚人民的"保护神"，你宛如一道道绿色长城，有效抵御风浪的袭击。你为白鹭建造一所宁静的家园，它们自由地在你的怀里觅食栖息、生长繁殖。听——它们在啼鸣，为你唱着赞歌；看——它们在你的枝头舞动，远远望去，似朵朵纯白小花朵，将你装扮得更加楚楚动人。

眼前那顶白色的"皇冠"，是为世界小姐选美大赛建造的一所宫殿，名为"美丽之冠"。可它却常年戴在了你的头上，因为这是属于你的，我觉得你比任何一个女人都美丽！

(二)五指山

八月的三亚,少了七月的酷热。凉爽的天气,令人按捺不住出游的心情。

那水墨画似的山峰就是五指山了,这五座山,原名叫五子山,传说是五个英勇的兄弟埋葬在那里,后来,因为它们像五根手指指向苍天,又被知名人士命名为五指山。最前面那座郁郁葱葱的像金字塔的山峰便是五指山的第一峰,海拔1300多米。远眺五指山,白云缭绕、悬崖峭壁、山峰起伏如锯齿,令人望而却步。

五指山遍布热带原始森林,生长茂密,有坡垒、青梅、花梨、红椤等珍贵的木材。映入眼帘的这种"山枇杷"不知道能不能吃,这果子很奇怪,不是长在树枝上,而是长在树干上,有的还从根上冒出来,最大的有苹果一样大。

早就听说五指山峡谷奇石林立,千姿百态。船行其间忽左忽右、忽前忽后,高空漂落惊险至极。眼前就是峡谷漂流的入口,可为什么即将要体验趣味刺激运动的儿子却一脸沮丧呢?是因为不满16岁不允许漂流。没办法,只有陪儿子舍去漂流的机会了。

儿子,摸着五指山的石鱼了吗?儿子在水里玩得尽兴,忘记了无法漂流的不快。我把这沮丧与快乐统统收进录像机里了,等他有了女朋友不理我们了,我会和爱人待在清雅的客厅,燃一炷香,冲一壶茶,慢慢重温一家人在一起的美好时光。

路上碰到一对年迈的苗族夫妇,阿公阿婆分别身着黑底红条纹的民族服装,阿公黑色土布上衣用黑色的腰带扎着,腰间一边别着砍刀一边挂着竹篓,都穿着露着脚趾的草鞋,阿婆背的筐里是新鲜的竹笋和不知名的树叶(药材)。阿公挑着什么我没看清。山路很窄,阿婆让道给我时,黑黄色布满皱褶的脸露着淳朴的微笑,嘴里还呢喃着什么，我自然听不懂，但我知道肯定是友好的问候。只是非常可惜我没能拍下来，但阿公阿婆一前一后佝偻的背影、蹒跚的步子已经刻在了我的心里，久久不能平静……

我们仨沿着小河、听着丛林里的鸟儿为我们唱着歌谣陪伴我们下山，在山脚下凉棚里买了刚从树上砍下的菠萝，醮着辣椒盐就往嘴里送，顿时，口渴的状态神奇消失。

车行驶在盘旋的公路上，阿公阿婆又一次出现在我的眼前，我毅然停下车，请阿公阿婆上车，我要送他们回家，刚开始他们冲着我摇手拒绝，我只有走到阿婆身边，强行提过竹筐就往后备箱里放。阿公见我决心已定，顺手把木头扁担扔至悬崖下，双手用力拎起两个竹筐朝着后备箱走来了。相互的微笑代替了交流。车窗外，满目都是绿的，那徐徐吹过的山风，似乎都带着绿意。在阿公的吆喝声中我停下车了，只见他指着山边的土房点着头，示意我到了，目送着他们回家的身影，心里总算好受点了。

黎族和苗族世代聚居在五指山及其周边地带，因而这里至今仍保留着浓厚的少数民族风情，我眼里的黎苗妇女能歌善舞、心灵手巧、勤劳勇敢，欣赏过她们赤脚欢跳的民族风情舞、尝过她们做的香而不腻的山兰酒及竹筒饭，惊叹她们手工织的头围、衣服、布裙。

劳作，是黎苗妇女最大的快乐！

（三）七仙岭

8月16日下午，告别五指山。不知经过多少个乡野村庄，梦幻般的七仙岭终于进入了我的视线内。轻轻地，就这样，一家人走入了明亮、洁净而无任何阴霾的仙境。

如果说五指山似英勇无敌的男人，那么，七仙岭就好似温柔妩媚的女人。一年四季，她都穿着绿色的外衣，那绿不停地变幻着，嫩绿、墨绿、翠绿、黄绿……不变的是她亭亭玉立的迷人身姿。

在她的裙摆下孕育着宝藏——瑶池温泉。温泉背枕青山、胶林如海、椰林婆娑、野花飘香，整个温泉区约有1平方公里，分布着25个温泉眼，水温大多数在70度左右，有些高达93度。因此，无数游客醉倒在她的石榴裙下。

美丽的仙子姑娘，请允许我介绍你身边的男士。

他——我生命的主角。没有我的劝说，他是不会来见你的。因为，他觉得只要有时间能与我和孩子待在家里就很满足了。在他的心里没有你，有的是艇队的官兵及家人；在他的心里没有歌厅，有的是艇队的餐厅；在他的心里没有花花世界，有的只是辽阔的海洋。

曾经，我觉得他是多么落伍，多么跟不上时代的步伐。

事实上，与他牵手的十几年里，我未曾欣赏他真正的魅力，我认为，男人真正的魅力在于对工作的执着，而他又是如何指挥着官兵们驾驭巨大黑鲸朝着既定目标前行的呢？又是如何镇定地躲过敌人的跟踪取得一次次胜利的呢？此刻，他又会神秘地活动在哪一片海域呢？

诚然，我是经历了痛苦的等待与反复思考的。

终于明白，我们人类有别于动物，社会属性是人类特有的，当我们置身于社会，就应该脱离动物的自私野蛮唯有自己的自然属性。

突然醒悟！发现他是我最值得珍爱一生的人。

七仙岭，你撩拨着我的思绪。在离开你之前，让我拍下点缀你裙摆的翠竹，再一次回眸欣赏你百变的绿，这绿，绿到了天边、绿到了我的眼里、心里……浓浓的绿意使得我坚信：那绿就是对未来的憧憬与希望！

（四）呀喏达雨林谷

"呀、喏、达"是什么意思呢？其实就是1、2、3！海南话不好懂吧，我来海南半年了也就学会了这一句。游于谷里，员工们会热情地挥手向你致意："呀喏，达"，意思是："你好，欢迎你！"这是它的第二层含义。特别的问候，带你去奇妙旅行！

　　假如你是带着孩子来三亚，一定要去呀喏达雨林谷。它是寓教于乐的香巴拉。通过园区提供的电子导游图会让你的孩子大长见识，这不同于课堂里空洞的解说，每到一处景点通过电子感应就会有一个非常甜美的声音传到你的耳朵里，为你介绍神秘的热带雨林，它将全程陪伴着你。

　　"朋友们，欢迎来到集山奇、林茂、水秀、谷深于一体的呀喏达雨林谷。大多数热带雨林都位于北纬23.5度和南纬23.5度之间。在热带雨林中，通常有三到五层的植被，上面还有高达150英尺到180英尺的树木像帐篷一样遮盖着。下面几层植被的密度取决于阳光穿透上层树木的程度。照进来的阳光越多，密度就越大。热带雨林主要分布在南美、亚洲和非洲的丛林地区，我国云南、台湾、海南地区也有分布……"此时，她的声音又萦回耳际。

　　"朋友们，走过前面的小桥就到了船行屋。海南省地处中国最南部，众多岛屿、礁滩分布在海南岛以南和以东的南中国海辽阔的海域。居住在海南的少数民族主要是黎族和苗族，多聚居在中部的五指山。黎族的原始民居，因为它形状如船篷，当地人也称之为船形屋。苗族民居大体与黎族类似，多采用船形屋。当地人民喜欢圆拱造型，因其利于抵抗台风的侵袭；架空的结构还具有防湿、防瘴、防雨的作用；茅草屋面也有较好的防潮、隔热功能；而且能就地取材，拆建也很方便。正是由于具有这些优点，船形屋才得以世代流传下来。朋友们，累了吧，可以坐在前方的木凳上，免费听听苗家小伙为你吹奏的苗家音乐吧！"

还有许多知识性的景观我就不一一介绍了，有机会你就亲临吧！取名为"踏瀑戏水"，也是呀喏达雨林谷项目之一。全程约1500米，惊险、刺激、挑战自我，这是为小勇士准备的，比如说我的儿子！穿红色衣服的就是他！他要比后面那个游客小三岁呢！

看到悬崖飞瀑了吗？哗哗的水流倾泻而下，抬头望望瀑顶，很危险。除了我儿子，在场的大人小孩子都一个个退缩了。瞧！教练在喊："你儿子太棒啦！"

"老婆，给我和小勇士拍个照吧！"哈哈……瞧这小勇士，陶醉在喝彩声中！

（五）尖峰岭

尖峰岭热带原始森林位于海南岛的西南部乐东黎族自治县境内。原以为从家开车两小时左右可以到达尖峰岭天池度假村，没曾想用了将近四个小时才到目的地。

下了高速，沿着笔直的马路一直延伸至山底隐约瞧见了尖峰岭，那山巅就像喙食尖削的鸟嘴，似乎要穿破云层。冲着鸟嘴我们的车开始翻越一座座山，笔直的路消失了……路越来越陡，车越来越慢，挂上二挡还需将油门踏板踩到底；弯越来越大，坐在车内两手必须牢牢抓住把手才不会侧身倒下。虽说弯处有透视镜但我还是不停按着喇叭，生怕撞着，那后果将不堪设想。

不经意间车驶错方向，开至百米后路两旁的树木越来越密，我们不敢下车也不敢停下，只听见树枝刮着车的"刷刷"声，空气渐渐潮湿起来，那水滴落在脸颊上，冰凉的，我的内心感到恐惧，似乎幽暗的丛林深处有无数的眼睛在盯着我们，开始犹豫是否前行。一阵寒风吹来，听见儿子说，前面有白色的房子。失望的瞬间开始燃起一点希望，只得关上车窗屏住呼吸继续前行，车至山崖戛然而止，那些别墅原来位于对面的山峰之巅，我儿子开始叹息，开始盯着我俩。别怕孩子，我们用安慰、镇定的眼神回应着。我开始往后一点点、一步步地倒车，到稍宽点儿的地方将车小心翼翼掉过头原路返回。

三个多小时的路程让我儿子有些不耐烦，车下山时他开始透着喜悦，我们不知身处尖峰岭的哪个地段，眼前是千山万壑尽披绿装，飞瀑流泉如银蛇在绿海中蜿蜒舞动。开至谷底前方出现了一湾盈盈湖水，红色瓦房围湖而建，不知是白云还是雾，一簇簇、一片片在湖中、山中飘荡着。莫非这就是40公顷的高山湖，名曰天池？神仙居住之地？

两大神仙带着一小神仙醉饮神仙酒，神仙做的山兰酒真贵啊，在我的老家江西也就卖2元1斤，七仙岭卖15元1斤，他们卖30元1斤，先上一壶，喝！干！替我们仨压压惊。最后我们醉卧神榻，香气四溢，习习山风，美妙无比！

清晨，调皮的山雀将我们从睡梦中唤醒。吃过早餐，我们三个飘进了原始森林，消失于茫茫林海之中。

阴沉的天气，行走在浓密的森林里，我无法消除内心的担心与害怕，山蚂蝗、红色的毛毛虫、幽灵似的蓝蝴蝶、树丛里的"沙沙"声……令人毛骨悚然。

更令我触目惊心的是森林里的绞杀现象。在我眼前那棵被绞杀的树已奄奄一息了，它的血液将被慢慢吸干直至死亡，绞杀者正一天天、一月月、一年年实施它更大的、更宏伟的计划，它要独木成林！

你为何要计划如此残忍的阴谋呢？为什么你们俩不能相互欣赏呢？我分明听见被你死死缠着的树在诉说着。

因而，我不喜欢眼前的一幕，就像现实生活中的男人与女人相互纠缠直至把对方置于死地，其实我们完全可以相互欣赏，不带任何私情杂念，不要想着喜欢某人就要完全拥有他，世界上优秀的人太多了，又怎么能爱得过来呢？就让我们以一种平常心态去欣赏一个人，就像欣赏一幅画，你会很坦然，你也会很快乐！

（六）三角梅

三角梅是三亚市的市花。

秋天，怒放的三角梅迎接着全世界来三亚旅游的朋友们！

随处可见姹紫嫣红的三角梅，叶连叶、枝连枝，鲜亮热烈，在开得最绚烂的时候，那红色的、紫色的花朵中间几乎找不到绿叶的影子。然而，这么热情奔放的花朵，花语却是"没有真爱是一种悲伤"。

我的真爱，对自然的爱是真心的。

继续学习拍摄，终于可以拿出稍稍满意的作品了。

（七）凤凰花

我想变成一朵凤凰花，只是为了一个梦想。

长在高高的枝上，乐呵呵的与风一起摇摆，又在新生的叶子上跳舞。我的朋友，你会认识我吗？

有一天，你来到开满凤凰花的城市寻我，你要是叫道："我的朋友，你在哪儿呢？"我暗暗在枝头笑，不发出一丁点声响。

凤凰花开，不在山岗，也不在校园，更不在路旁，它就选择开在你的窗外。

当你午睡起来，坐在窗前的书桌读巴金《随想录》，凤凰木的阴影落在你的头发上、衣服上，而花影就落在你的眼睛看到的那一行字上。

傍晚时分，当你漫步树下，一阵风过，我随风飘零，飘零……

只为，落入你的掌心，当你手捧火红的花瓣，不知是何种心情？

2010年10月6日

8 白 鹭

白鹭又称鹭鸶，是湿地里的白色精灵。

白鹭天生丽质，身体修长，它们有很细长的腿和脖子，嘴也很长，脚趾也是如此，它们全身披着洁白如雪的羽毛，犹如一位位高贵的公主。

坐在公园湖边的榕树下，欣赏着成群结队的鹭儿们。它们步行时颈项收缩成S形，飞时颈项亦如此，黑而发亮的脚向后伸直，超过尾部。它们张开硕大的翅膀翱翔天宇，时而听见阵阵清脆的鸣叫，趁我不备，它们能在高高的天空来个急转身俯冲而下，快接近湖面时，又将身子倒转，双脚平地站立在浅湖上，泛起层层涟漪。最令我惊心动魄的是，它们凌空俯冲的瞬间，似乎站立在半空，翅膀左右180度摆动，两脚像钟摆一样晃来晃去。

我从未见过如此奇妙优美的舞蹈，忍不住拍手叫好！

其实，在我国古代《毛诗·周颂》中就用"振鹭于飞，于彼西雍"来形容它们飞翔时的气势不凡。

捕食的时候，白鹭轻轻地涉水漫步向前，眼睛一刻不停地望着水里活动的小动物，然后突然用长嘴向水中猛地一啄，将食物准确地啄到嘴里。那真是"天空一碧如洗，水田清澈见底。白鹭悠然站立，口叼小小银鱼"。一幅绝美的画轴呈现我的眼前。

如果我们仅仅是在诗句中感受到"一行白鹭上青天"的意境，难免有些遗憾，当你真正与此景融为一体时，那是多么的惬意啊！我正在享受大自然赋予我的恩惠。

2011年10月23日

9 迷上摄影

2008年初在那场大雪来临之前我结束了朝九晚五的生活，从那时到现在，我感觉自己每天都在变，每天都是新的。

喜欢上了摄影，爱上了瑜伽。

大自然像吸铁石，不断地让摄影人的心感受她的美好。

打麻将多了会上瘾、吸烟多了上瘾、喝酒多同样上瘾。

拍摄多了也上瘾。

所不同的是，前者让你失去斗志，走向萎靡。

后者一定会让你健康向上，走向灵性。

手机摄影方便，人类的智慧造出了手机，复制出大自然的美景。

不一定要多高级的相机，真的。

> 初秋、黄昏
>
> 我与夕阳在同一个方向
>
> 顺着光的指引
>
> 淡蓝的天
>
> 簇拥的树木
>
> 如镜的湖面
>
> 水中的倒影

我的家就在山峦的后面，每天都要开车出山去市里、去海边的瑜伽馆。天天贴着山脚前行，满山都是一种不知名的树，枝繁叶茂。

满山遍野由绿转鹅黄了，那是秋天来了。

那些黄是如麦穗般盛开在树的每一个枝丫上，飞扬跋扈，似乎就在一夜之间，让你毫无准备。

秋天来了！

当你面对着夕阳按下快门

就会出现这样的剪影

凝固的景象

富有诗意的画面

宁静的湖面镀上了金色的光芒

年少的男儿似乎沉静下来

面对

渐行渐远的夕阳

在想什么呢？

顺光、逆光

每一个角度拍出的效果都会不一样

你试过吗？

黄昏、清晨、正午、阴天

每一段时光都会有不一样的故事

你感觉过吗？

将粉色的花儿放进银色的波光里

你想在自然界里撷取怎样的色彩呢？

所有的都向你敞开了

你的心在哪里?

抬头望天吧
将你的镜头对着天空
这一刻
晚霞为你舞动
好像画家打翻的颜料
随意的、朦胧的，泛着光晕的
天与地、近与远，单调与绚烂
你想表现什么?

这垂下慢帐的天际呀
将我们吞没在无尽的虚空里
真想留住天空的淡雅
真想永远这样的淡然
没有正午的骄阳
没有夏日的酷暑
没有忙碌的人们
黄昏、初秋……

2012年8月23日

10 和谐的美

绿色盆景在卧室的窗台上生活两年多了，第一次为它拍照，第一次如此细细地欣赏它、观察它。

粗壮的根部，树枝小而细却多得数不清。俯瞰盆景顶部，满眼的嫩绿、深绿色的树叶，这些在晨光下舒展的绿啊，那些小树枝就不起眼了。

坐在床前更远一些望着它，感慨园艺师为其设计的造型，如亭亭玉立的少女。

铁锈红椭圆花盆外沿涂上一长条的土黄，而铁锈红色的"山川毓秀"四个字在土黄的底色上犹为突出。

我欣赏盆景，如实地将自己的感觉写出来，我在琢磨用怎样的词语更贴切地表达我内心的感受。

我想说，我的世界不仅仅是瑜伽，还有许多美好的事情。最近我很爱看电视相亲节目"非诚勿扰"，常常情不自禁一个人在客厅大笑，有时看到那个作家吴瑜又讨厌得不行，真的不喜欢她那种类型的女人，哈哈，各有所爱嘛，见着阳光的、成熟稳重的男孩子，自然又会夸奖一二。

"假设你我素不相识，如果你喜欢我超过喜欢我的书，那将是你的遗憾；如果你喜欢我超过喜欢性格色彩，那将是你最大的损失。"

通过别人的言语来反观自己的生活状态，当然这里写的"我"不是"乐嘉"而是"瑜伽"。

一个人的状态不是永远好，也不会是永远差，总是在变。关键在于你是否有觉知，觉知到好继续保持，觉知到差那就应该调整到好的位置来。如果差的时候执迷不悟，那只会越来越差，一切都有因果。

当我的状态不够好，我的那绿色盆景就会跟着我受累，它不能按时喝上充足的水，有一顿没一顿的，那时它的叶子枯黄，渐渐地只剩零星的树叶、光秃秃的枝，因为它过于重，所以一拖再拖没有扔到垃圾堆里。

紧张的生活会让人失去很多的美好，繁忙时"山川毓秀"这几个字很难进入我的内心深处了，而今天，它映入了我的眼、我的心。

山川毓秀。

人与自然的和谐才是最美的！

2012年5月17日

第四章　紫涵思绪

11 蜻蜓随想

蔚蓝的天空，飘着几丝云彩，秋之深邃，充满着诗情画意。

一只淡绿色的蜻蜓停歇在卧室的纱窗上，它好像疲倦极了，一改往日的活泼机灵，静静地用纤细的爪子钩住纱网，沉浸在自己的世界里。

这可不是宋朝诗人杨万里笔下的"小荷才露尖尖角，早有蜻蜓立上头"的那只蜻蜓，也不是杜甫描绘的"穿花蛱蝶深深见，点水蜻蜓款款飞"的那只蜻蜓，这小精灵不想以生动的画面来吸引众多的游人为它驻足，更没有以自在地穿花、点水、深深见、款款飞的绰约风姿来炫耀自己的本领。

十分欣赏它淡定从容的姿态，于是，我手握相机，记录下恬静的一刻。

点阅着定格在我相机里的蜻蜓似乎还不过瘾，开始哼唱起童年时代妈妈教我的歌："晚霞中的红蜻蜓，请你告诉我，童年时代遇到你那是哪一天……"唱着唱着，歌词记不清了，"滴滴答答"上网寻红蜻蜓的踪迹。"晚霞中的红蜻蜓，请你告诉我……"音箱里传来女孩子稚嫩的哼唱，惊异地发现这孩子是歌手何静之女。

听着红蜻蜓的歌，想一个人的人生。何静，一个敢爱敢恨的女孩，她是怎样一边唱着"喜欢你，喜欢你，就与你一起飞"，尔后看着丈夫与千百惠一同飞走而暗自神伤。再婚后她丈夫却因诈骗罪判无期，在承担巨额债务的同时又要独自抚养女儿，可她并没有知难而退，只是默默地承受着。

如今，音乐与女儿成了她的挚爱，我似乎看到何静牵着女儿的小手漫步于池塘边、青草地，唱着《时光的邂逅》款款而来。随着时光的雕刻，岁月的积淀，她的歌声变得淡然甜美，充满着母女情深的极致感觉。

打开窗，我要将屋里的蜻蜓放飞，我知道，短暂的休憩是为了展现一个更加完美的自我。它与歌声一同飞扬，瞧！它在大自然中穿花、点水、深深见、款款飞。

2009年9月10日

第四章　紫涵思绪

12　栀子花开

　　清晨，我漫步在绿树成荫的院内，四处弥漫着栀子花的幽幽暗香。那棵栀子花就隐藏在静静的庭院里，不必刻意寻找，它那醉人的香味就把我吸引过去了。那些纯白的花瓣一圈一圈绽开着，它们镶嵌在翠绿色的叶片之中，有的也离开叶子探出白色的小脑袋，清新、淡雅、妩媚动人，那可真是"佳人如拟咏，何必待寒梅"呢！

　　"栀子花开，漂亮又洁白，这个季节，我们将离开，难舍得你害羞的女孩，就像一阵清香，萦绕在我的心怀。"多么清纯的歌声，唱起时，感觉栀子花已将我们带回青春的年代！"栀子花开，如此可爱，挥挥手告别欢乐与无奈，光阴好像流水飞快……"歌声中又夹杂着时光的无情。

　　一阵风吹过搅动着一树摇曳的栀子花，"真香啊！"心里感叹到，这沁人心脾的香味赶走了歌声里的惆怅与哀怨，那淡淡的味道渐渐沉入心灵。"花似人"，我陶醉在花香的世界里，被这花儿的"情"牵绊着。

　　夜晚，饮着淡茶，闻着花香，欣赏着央视《红色箴言——诗歌朗诵会》。著名的艺术家们通过精彩的演绎还原了革命先烈们视死如归的精神境界！先烈们的遗作重重地叩响了我的心门，当艺术家凯丽如泣如诉地朗诵革命先烈赵云霄写给襁褓中女儿的遗书《铁窗摇篮曲》时，噙在眼里的泪水再也无法抑制住了……白天被栀子花萦绕的神清气爽的心情现在仿佛凝固了，变得沉重起来。

人可贵的精神是永恒的! 这点永远不会改变。

窗外的栀子花悄无声息地随风飘逝，终将入土为泥。

花儿开了，花儿又谢了，人来了，人又去了……那又如何?

他们已沉入我们的心灵，植入我们的心底，一代一代，源远流长。

五月盛开的栀子花是为他们而怒放的!

2009年5月5日

第四章　紫涵思绪

13 念念秋

十月的北国，花儿凋零，叶儿枯黄，秋风瑟瑟，秋雨霏霏。

我的朋友，你是否一人独守火炉，温一小杯烈酒，细品酒的浓香，将身体燃出灼灼火焰，在我跳跃的泪光中开出璀璨的花朵。

而我，离你是那样的遥远，你也无法带上雪花来赴约，雪从来就没有造访过这座亚热带城市，她不敢，稍纵即逝的生命经不起烈焰，甚至经不起双手拥着的温度。

十月的南国，阳光灿烂，风轻云淡。

车站旁的榕树上有鸟鸣，却不见其身影。仰望树梢，零零散散的枯叶从枝头飘落，发出点点声响，那是落叶在做着最后的告别吧。

望着望着，发现树叶是千姿百态的，那酒红、橙黄的是枯叶，那嫩绿的、嫩黄的是渐生的新叶，那朱红的像玉兰花苞的是即将绽开的叶苞。那些如黄豆大的果实引诱着鸟儿们欢快地啄食。自然的景象吸引着蜻蜓的小驻轻留，清洗着我浑浊的眼眸。

多么奇特的一棵树啊——春的萌动、夏的热烈、秋的沉淀、冬的凋零——展现在一棵树上。它就长在人来人往的车站旁，静默着，不声不响地更换着五彩斑斓的衣衫。

拥抱粗大的树干，聆听你无声的语言，惆怅、念想、郁闷早已了无踪影，藏留于心的是你风情的舞动， 一抹新绿，一抹鹅黄，如望见新生儿的笑脸，无法抑制的感动。

虽然没有北国的秋那样满地厚厚落叶的悲壮，但这样的景象好似秋波盈盈的美人在翩翩起舞，难道不能与北国的秋相媲美吗？

我无数次按下相机的快门留住大自然馈赠我的礼物，以浅浅的文字记录下感恩的心。

也许过些日子，就在电视里雪景出现的时候，我又会觉得我的世界缺点什么。

长靴子、羽绒服，冷落你们不是我的罪过。

念秋，念南国的秋，念北方的秋。

念念秋。

2009年10月10日

第四章 紫涵思绪

14 茉 莉

那日，你像个纯洁无邪的女子端庄地立于古朴的青石桥边，淡淡的香气留我细细地赏你。

那月，你的身影不时地造访我，心再一次净了又静。

此刻，读到一段经文，意思是："如果你能约束心灵不起涟漪，你就可以体验瑜伽了。"

我知道，你轻而易举就可以达成目标，仙风道骨如你。

想你，静静地生长，给予绿叶与花卉，何曾想过生命的长短，只懂默默地绽放飘落。

想我，私心杂念与你不约而来，二者驻扎于我心。

听，他的声音随风而来，美好的记忆再一次让心起了波澜，低眉间，只身一人，如你却无你的轻盈自然。

往后，要多念你，念你的纯、你的净，清雅脱俗如你。

今宵，吟一曲《一念心清净》，一遍遍、反反复复，欣赏多了，念颂多了，聆听多了，方知心净了才能静。

心净、心静。

15　习惯与改变

　　嫩黄的叫花花，翠绿的叫瑞瑞，这对"夫妻"虎皮鹦鹉在我家生活了近一年半了。天一亮它俩就不闲着，"叽叽喳喳"地相互打斗、调情、争抢谷物。

　　可爱的小乖来我家七个月了，这调皮的小狗可会拉拢人心了，会撒娇、会看家、会表演……招法无数，令人难以招架。这样一来，冷落了花花和瑞瑞，索性将它们放飞自然吧。

　　我轻轻地将木制的笼门打开，特意将门口朝向绿绿的草地，可是瑞瑞根本不愿意迈出笼子一步。花花却大摇大摆地走出来了，兴奋地在阳台、草地飞起来又落下，接着又飞回来站在笼外引诱瑞瑞与它"私奔"，它站在笼口处，脖子伸得老长冲着瑞瑞嘀咕一阵。然而，无济于事。

　　瞧着瞧着，我的眼睛有些湿润了，你这惹人怜爱的小东西啊，你是舍不得这里吗？你难道不知道崭新的生活正在等待你尝试吗？你想在这狭小的鸟笼里过一辈子呀？

　　相比之下，花花的心野些了，胆子大多了，我想，它的一生可能更加丰富多彩。

　　其实，改变一种习惯有时也是很难的，甚至有时是不可能的。

电影《生死朗读》里的女主角Hanna在出狱的前一天晚上自杀了，为什么？我觉得是Hanna出狱后无法自由地生活。多年来，她习惯了在高墙内的饮食起居及坐在墙角聆听Michael从录音带里传出的朗读声音，要改变多年的习惯她将无所适从，心灰意冷地窒息了。这样的结束让我想起电影《肖申克的救赎》里的那位狱中老者，如出一辙，所不同的是，他尝试着在改变自己，我想，那一定是一次痛苦的蜕变。

读一百多年前邓肯的自传，在她的文字里感受到一位现代舞者为钟爱的舞蹈艺术和憧憬的爱情与自由疯狂地呐喊，穷其一生！她可是一个藐视世俗陈规的精灵，征服了具有古老传统的欧洲舞蹈界，她改变了人们几百年来只观看芭蕾舞的习惯，所以她不朽。

坚持良好的习惯，改变陈旧的、不健康的习惯，这看起来只是非常简单的话题，真要做起来那是相当的不容易。

我这样安静地想着，不知道什么时候起"叽叽喳喳"的鸟叫声停止了，鸟笼里空空如也。

16　特别的呢喃

秋声四起，枯黄的落叶悠闲地飞抵树的根部。无风的傍晚，我与主人漫步于落满了夕阳余晖的白鹭公园，无数蜻蜓自由自在地盘旋在路两旁玫红的夹竹桃上，河边茂密的红树林枝头上站满了白鹭，似一朵朵纯白的小花点缀着三亚河两岸的自然风光，如此的奇观醉了来来往往的游人。

停停走走、走走又停停，我与主人形影不离。主人对我怜爱有加，无论去哪，她都愿意带着我。今年的清明节，我坐着主人的车一路跋涉到烟雨的江南，短短的七日，青山、秀水、蒙蒙雾、潇潇雨，一切都令我的主人恋恋不舍、悠悠忘返。

于是炎热的夏季与主人坐着飞机又一次抵达了梦中的江南，我寸步不离跟着她；她寸步不离陪着母亲。日日有谈不完的心事，夜夜有诉不尽的衷肠。

现在，她坐在电脑屏前，一一回想、一一记录。我，就趴在她的脚下，聆听着如山泉般的"滴答滴答"的声响。

主人喜欢用手指在键盘上舞蹈，也爱一边开车一边听广播。很多人劝她这样不妥，很危险，她不听。

现在又是如此了，她一边开车一边听"叶文有话要说"的节目，电波里传来了真实的婚姻家庭的故事，说的是一个少女的父亲去世不久，就被妈妈送至奶奶家，奶奶年纪大了不愿意看护孩子就出了钱让姑姑养，姑姑也管不了就来找叶文讨教该怎么办。主持人叶文劝姑姑收留可怜的孩子，毕竟是自己的血脉啊，现在是孩子成长的关键时期，不能让孩子流浪街头！可是，那姑姑却说："我管不了啊，她现在总是在网吧待着。"电波中传来叶文愤怒的、伤心的言语……此时，我感觉车速慢了下来，噢，主人的双眼迷蒙了，她将车停在椰树下，轻轻地将我搂在怀里，哽咽着说："世上怎么会有如此狠心的亲人呢？"

少女被亲人无辜抛弃而沉迷于网络，这是一个多么可怕的事实。她还不如我呢，我是主人百般疼爱的小狗，我的名字叫小乖。

2009年8月19日

17　博美小乖

　　初秋的早晨，站在阳台感受温和的阳光，因为它的降临，使得我眼前博美狗狗的毛发更加有光泽，像镀了层金色的佛光；草叶上的露珠更加透亮，就像无数的小水晶一样。

　　我第一次带宠物狗小乖来这块大草坪上玩耍，它特别的兴奋，围着凤凰树、菠萝蜜树打着转，累了四脚往草地上一趴，昂起头冲我做怪样，好像在说："我本事大吧？"又好像说："我不想回家！"也可能在说："我饿了。"我总是这样猜测它的想法，一句句地与它对话，它不可能回答我，但我喜欢这样自言自语。我深深陶醉在和动物在一起的自由和洒脱中。

　　前年底因为工作繁忙，不小心弄丢了那只白色的小乖，我和家人感觉特别郁闷，那种滋味真的不好受。眼看就快过年了，持续的焦虑烦闷的心纠结着，我的眉心起了好几颗小痘痘。我是一个瑜伽爱好者，知道"活在当下"是一个怎样的境界，可当我不练习瑜伽的时候不由地会想起那只白色的小狗，无法遗忘，好像只有再养一只小狗才能消除内心的苦恼。就好像你失恋，只有当另一个人占据你的心时，才会减轻对前一位恋人的思念一样。

　　确实如此，初次见一个月大的博美小乖，它如一只小肉球跳到我的身边，它的眼神是可爱的、调皮的、灵动的。它完全将我的心吸引，好长一段时间我的心只专注于它，那些烦恼的事瞬间抛之脑后。我对它温柔疼爱，就好像是一个母亲拥有了一个小小的女儿一样的感觉。

一大早我出门工作，它站在阳台边，两个前爪攀在玻璃上，它那温润如珍珠似的眼睛流露出对主人的不舍。有一次，我故意开车在远处停留十分钟再回家，开门，见它叼着玩具甩来甩去的，我安心地离开了。

无论我何时回家，它还在送我的位置，攀着迎我，这个时候，它黑黑的鼻子下那张嘴是咧开上翘的，黑珍珠似的眼睛变得有神。我一步步往家走，心里却满是它蹲在门内急切的期盼的眼神，推门的瞬间它迅速弹跳起来，它的两前脚触碰到我的大腿，我顺势将它抱起，它用粉红的舌头舔我的手臂、脖子，甚至想要来舔我的嘴，我只好将头高高地抬起，不停地说，好啦、好啦，我回来了，乖……十几分钟它才能安静下来，然后就寸步不离跟随着，到卧室、到厨房。我洗澡时，它就守在浴室门口，在门缝看着或是趴在脚垫上耐心地等待。吃饭时，它认真地蹲坐在地上，头高高地抬起。它喜欢新鲜的食品，胃口好得就像小饿狼，我一直宠着它，不停地满足它贪吃的心，而我那颗宠爱之心在它一岁半时也就是上个月得到了惩罚。在那个夜晚它不停地呕吐，第二天不吃东西了，中午开始吐出点点血丝，医生说是肠梗阻需要开刀。

我在手术室一直看着医生抢救小乖，全身麻醉、用手术刀拉开雪白的肚子、肠子，取出无法消化的食物……它一动也不动，全身瘫软……

一个多小时过去了，我轻轻地擦拭着周边的血迹，轻轻地叫着它的名字，它那无助的、痛苦的眼神永远地刻在了我的心里。

146

最让我感动的是它生宝宝的一幕。我听见了它在黑夜里大声地惨叫，第一个宝宝顺利出生，它把狗宝宝脐带缠在腿上，利索地咬断。可惜最后的结局不好，还有两只是剖腹产，都夭折了。

它可以让宝宝在伤口上吸吮乳汁！它懂得按时喂养宝宝！当宝宝不幸离它而去，我不知道用什么语言来描绘它的悲伤，它那忧郁的表情，好长时间它不再咧嘴微笑。

想起一句话"你还不如一只狗"来骂那些只生孩子却不养孩子的女人，真的是如此。

我经常微笑着对小乖说，你要是会说话该多好啊，我先生听得多了，说我贪心。

有一次我先生突然给我电话，说梦见我们的小乖会说话了，我听了大笑起来，我那得意忘形的笑声惊醒了熟睡的小乖，它好奇地望着我。

第四章　紫涵思绪

18 我的小乖

国庆节假期第二天的上午，接到朋友的微信息："在干什么呢？"

"和小狗玩呢！"我回了句。当时我正和妞妞、乖乖玩自拍。

拍完就爱翻看与欣赏瞬间的自拍作品，发现五岁的小乖在镜头前的表情和主人是如此的相似，嘴张得大大的笑、抿着嘴的笑。

我在电脑前写作的时候，小乖静静地趴在桌子下那一堆电线旁睡觉。

我在院子里练习瑜伽体式时，它会在周边的草地上玩耍，等我进入静坐时，它就会悄悄地趴在瑜伽垫上，它是否也会进入冥想的状态呢？

夜晚我们睡床上，它睡床底下了。

吃饭的时候，它不乖了，总会跳起来讨吃的，都是因为我没有"教育"好。

每天我都会带它外出散步，总是会碰到一些母亲或父亲对孩子说："离狗远一点，它们会咬你的！"记得有一次说话的母亲离我很近，我说："你不要这样教孩子，其实狗不会无缘无故去伤害任何人。它的吼叫，是因为它感觉到自身的不安全做出的本能反应，如果它看你有攻击它的行为，它才会为了保护自己采取攻击。反之呢，它是会友好的对你，你尝试过吗？"

我觉得任何动物是否都是如此呢？让我们从文字的描述来感知动

物的内心活动吧！我在《克里希那穆提自传》里读到的："我怀念在奥哈伊的山丘上一个人散步的时光。我不知走了多少路，一整天都没有吃东西，在荒野里聆听和观察周遭的一切，也同时反观自己的内心活动。我邂逅了野熊和响尾蛇，可我当时没有任何身体和意念活动。它们看到我时只停了一下，感觉到的是空寂的眼神吧，由于它们感受不到恐惧，也就放心地转身而去。"

与狗接触，感觉到的是一种简单而美好，大大超越了与人的交往之复杂与多变。

前几年有位瑜友找我聊天，说半天我都不知道她要表达什么意思，我蹦出一句"和你聊天太累，我更愿意和小狗玩。"到如今，我有自责，我相信我的直白一定深深地伤害了她。当时的我是自私的，对方一定经历了不同的生长环境，让其有了如此戒备与不安的心理，想表达又有许多的顾虑。

事实上，我真的在与狗交往的过程中，感受到内心的纯真、轻松与自在，没有任何的阻隔。

六年里养狗的经历，不仅仅让我的心得到释放，而且真的与它们进行了深入的交流，感知它们的一切。

我亲眼看见小乖咬断脐带产下小宝宝，不需要人去帮助它，一切自理。

它爱抚与照料孩子比很多人都强千倍万倍。

它失去孩子时满脸的忧伤，不再咧嘴笑了，常常端坐在阳台门口望着远方发呆。

……

现在想起我以前还吃它们，感觉阵阵的恶心，想吐。

对不起！我永远不会那样了！

19　台风"山神"

　　赶着周末台风"山神"要来了。冒着阵阵的风、潇潇的雨带着儿子去了高知园学习声乐，老师很吃惊我们还能坚持来上课。

　　听着风雨中的钢琴声别有一番滋味，站起来走到窗边，园内嫩绿的草地上飘落满地小黄花，有的还飘在半空中，如一只只黄色的蝶。

树木与台风搏斗着，我想起了鸟儿们，它们躲在哪儿呢？

　　"花非花，雾非雾，夜半来，天明去，来如春梦不多时，去似朝云无觅处。"儿子的歌声将我的思绪从无情的"山神"那里拉回来，听着歌声我翻开新买的《德国小镇》，慢慢品读起来。

　　中途接到好友小覃的电话，说在开车从海口赶往三亚的高速路上，下午请我到琦人养生馆做按摩，一起聊聊天叙叙旧。

　　下午，我出门赴约。"山神"更近了，肆虐着三亚城，根本无法打伞，有些根植不牢的树已经卧倒在地了。将雨刷器打在最强的一档，身上感觉阵阵的寒意，我又将空调打成热风，这才好些。

　　上车来我们俩诉说着"山神"的恐怖，进了养生馆不知不觉又忘了"山神"。馆里隔音效果不错。不知不觉三个小时就过去了。当我从玻璃窗向外望去，我的车被堵在院内无法离开了，也找不着人，店铺都早早关门回家躲"山神"了，我开始有些着急，儿子又打来电话，问我什么时候回去，说家里已经停水停电了。

没办法请朋友帮忙坐着越野车回家，车缓缓地行驶着，根本见不着水泥地，我们好像开进了泳池。只见马路上的铁栅栏一一倒下，更多的树卧倒在地。朋友有些不想送我回去，让我和她们去喝酒，我很坚决地拒绝了，我想着我的儿子一个人在家呢，那多不放心呀。

"他爸爸呢？"她们好奇地问。

"二级防台，这种时候，我从不指望老公。十几年，习惯了。"

终于回来了。没到六点天已经很黑，我点上四根蜡烛，儿子就趴在离蜡烛不远的地方看小说。我直奔厨房。用煤气灶蒸上两只大闸蟹，细心地将上午卤好的牛肉切成薄薄的片，整齐地摆放在瓷盘内，又做了份西红柿蛋花汤。

我们的烛光晚餐就这样开始啦。

喝着热汤，品尝着卤牛肉。

"这次的卤牛肉，妈妈做得最成功了，你说呢？"

"嗯！"儿子一边吃一边应着。

"前腿的腱子肉最适合做卤牛肉，你呀太瘦了，这段时间脸色也不大红润，要多吃牛肉补血，长力量！"

"嗯。"儿子慢慢地享用着，以往匆匆吃饭的状态淡然无存了。

有电的时候，我做好饭叫他，他总是对着电脑依依不舍，好几次我们发生争吵，他很不情愿来到饭桌前吃饭，非常匆忙，根本没品出啥味来就咽到肚子里。话也不多，有时干脆不说话。我不知道儿子感受到妈妈的苦恼没有，那是妈妈在为儿子担心，担心儿子的身体。

现在，听着儿子讲在学校里发生的事，看着儿子细嚼慢咽，我感觉特别满足！

吃完了，儿子把蜡烛挪往屋内封闭的窗台，那个窗台离床很近，他继续读他的小说。我忙完了，就在他的身边读《德国小镇》。

我相信，多年以后，我不会记着"山神"，我却能记住烛光下的儿子。记住那个温暖的夜晚。

2012年10月30日

20　阅读《安娜·卡列宁娜》感悟之一：情欲得到满足的背后

"欲"为形声字，表示羡慕地流口水的"欠"为形，"谷"为声。欲的本义指"贪欲也"，即贪图得到，就是欲望。欲也，指贪欲、情欲，用作贬义，又表示希望、想要，用作动词。而我所想要描述的是男人女人婚后的情欲。

今天，欣赏完了俄国作家托尔斯泰的文学作品《安娜·卡列宁娜》。其实，我在少女时代就听我的语文老师专门为我们读过一段关于安娜外貌的描写片段"穿着黑色的、领口很低的天鹅绒连衣长裙，露出秀美的、如象牙雕刻一般的丰满的肩头和胸部……"，从老师诵读的声调及表情中感觉到我的老师被安娜的雍容华贵、优雅大方所深深地吸引着……那是在飘满桂花馥郁香味的假日里我与美丽的安娜初次邂逅。

时隔20多年，独自一人品味着安娜的一生，并非某个片段，她卧轨自杀的悲惨结局令我愕然……20多年后再与可怜的安娜灵魂相碰撞触动了我的情感神经，引发了自己对婚后男女间情欲得到满足背后的思考。

　　安娜有着优越的外表及内在的天赋。而她内心的情爱欲望在遇到风流倜傥的渥伦斯基后无法控制而引爆。她抛弃了由父母包办大他20岁的丈夫及孩子而依附于渥伦斯基。

　　当她的情感欲望得到满足之后，她面对着整个上流社会的敌意；她的丈夫为了声誉拒绝与她离婚，并且不让她接近朝思暮想的孩子；而她的情夫渥伦斯基，得到安娜之前就像是追逐美丽的彩虹，然而当他拥有之后，才发现那只不过是一湾平凡无奇的水，毫无滋味。于是他又开始寻找社会欲望及初露端倪的原始欲望。

　　可怜的安娜在漫长的等待中饱受着精神的折磨，希望在等待中幻灭。最终，她走上了自杀的不归路，成为社会制度与观念在劫难逃的牺牲品。

　　回到现实中来，假如安娜生活在当今年代悲剧就不会发生了，因为离婚是一种普遍的现象，甚至于泛滥！

　　再想想，如果安娜控制住自己的欲望，少一些天真与幼稚，多一些理智与淡定，或像电影《廊桥遗梦》的女主角弗郎西斯卡为了家庭而痛苦地跟与之有过性爱与情爱的罗伯特·金凯分手，结局一定会被改写！

　　无休止的欲望是悲剧的源泉！有多少人明白这个道理呢？有多少人为满足自己的情欲使得原本幸福的家庭崩溃呢？又有多少人重复上演安娜的悲剧角色呢？

　　欲望的力量是强大的，它可以让不可能拥有的成为现实，又可以让得到的在拥有后坍塌。

　　安娜的情欲得到满足后却毁灭了安娜的一切！

2008年11月11日

21　阅读《安娜·卡列宁娜》感悟之二：列文

读小说看电影，成为我生活的一部分。

可以说，小说与电影就是我们生活的一面镜子。作家们就像拿着一把手术刀出奇冷静地剖析人物的灵魂，作品里的人物时而惊世骇俗，时而浅吟低唱，时而空灵神秘，时而真实动情，令我沉醉与着迷，恍惚中自己就是故事里的人物，而故事里的男人与女人就生活在我的身边。

列文是《安娜·卡列宁娜》里第二位男主人公，他是一位乡下农场主，也是这部作品中我最欣赏的男人。

列文勇敢执着地追求美丽温柔、天真善良的贵族小姐吉蒂。

"我是想说……我是想说……我来是为了……请您做我的妻子吧！"憨厚腼腆的列文终于对吉蒂说出了自己想要说的话。

"这是不可能的啊……请您原谅我。"吉蒂心里想着风流倜傥的渥伦斯基拒绝了列文的请求。失落的列文觉得一分钟以前她跟他是多么的亲近，她对他的生命是多么的重要！而现在她变得多么生疏。然而列文并没有因此而萎靡不振，他也没有像渥伦斯基那样不可救药地纠缠安娜。他将炽热的爱投入劳动，融于自然；投入亲情，照顾关心自己的哥哥。他甚至期待听到吉蒂结婚的消息，这样，他可以像拔掉一颗让他疼痛的牙一样，彻底治好他的病。

列文深爱的女人吉蒂与安娜的美相比，如果说吉蒂是棵美丽的小树，那么安娜是座森林；假如吉蒂是一座宁静的河湾，那安娜便是大海。安娜的出现，使得花花公子渥伦斯基忘记了吉蒂的存在，吉蒂失去渥伦斯基是必然的。列文最终得到了吉蒂。两人深深爱着对方，在乡下，吉蒂爱着列文的安静、亲切、殷勤好客；在城里，列文举止高雅，对妇女彬彬有礼之中略带几分老派和腼腆，他体格强壮，面部棱角分明……吉蒂愿意如此深情、仔细地欣赏着自己的丈夫。

托尔斯泰巧妙地安排列文与安娜的会面，两个善良的灵魂撞击出心灵的火花。长期受情感折磨而有些变态的安娜特意诱惑列文，酒后的列文没有逃脱美貌性感的安娜的诱惑。他在与妻子的谈话中流露出对安娜的怜悯和些许的迷恋后，妻子愁苦的表情使他猛然惊醒，清醒后的列文从心里给了安娜一个"荡妇"的名分。列文通过沟通坦白自己的过错求得妻子的原谅，以实际行动找回了妻子对自己的信任。

作品的第六部分第十五章节，列文与吉蒂的爱情结晶将降临人间，听见吉蒂惨痛地喊叫，列文不知所措，吉蒂受的苦列文认为是自己造的孽，他虔诚地在向上帝祈求饶恕他的罪过。

"我快要死了！"是吉蒂最后的一声叫喊。列文的举动更是震颤着我的心，列文已经不想要这个孩子了，甚至开始憎恨这个孩子，他希望立即停止这种可怕的痛苦！

仿佛时光回到十年前，回到自己分娩的十几个小时的挣扎中，生命与生命的剥离难以忍受的疼痛一阵阵袭来，当医生举起哇哇啼哭的儿子，让气若游丝的我看时，我把头扭过一边，大颗的泪滴流过冰冷的鼻梁、脸颊，当时我是和列文同样的心理。

　　自然分娩的剧痛能泯灭坚强而且令人失去理智，会渴求大夫要求剖腹产。当今，大部分理智的丈夫可能会哄骗妻子说，医生正在准备，下一个就轮到你剖腹产。而列文不是这样的表现，他与妻子一同失控，他要妻子瞬间停止痛苦，他只要自己的爱妻好好地活着。

　　一切恢复平静后，他没有先去看婴儿，而是跪在妻子床前，把妻子的手举在唇边，热泪盈眶。列文的心里与恢复理智的妻子的心里同样地觉得闯进了22个小时神秘、可怕、玄妙般的世界，一眨眼间，又回到了原先平常的世界里，然而这个世界此刻闪耀着的是一种崭新的、幸福的光辉。

　　很多的妻子渴望得到的一种全身心的爱在列文身上得以体现。

　　如此重情的列文如何能叫我忘怀。优秀的作品总是能感动宁静的灵魂，为之落泪、为之向往、为之喜悦，为之流连。

　　　　　　　　　　　　　　　　　2008年12月10日

22　阅读《安娜·卡列宁娜》感悟之三：安娜

　　电影《安娜·卡列宁娜》里的列文并不是我心目中的列文，他的模样和我想象中的列文相去甚远，书中好多精彩的章节都被导演像修剪树杈那样——砍下，剩余的是树的主干。

　　导演却将这棵大树修剪得几乎完美，他挑选的悲剧主角安娜的扮演者苏菲·玛索令我为之叫绝！苏菲·玛索就是真正的安娜，是我心目中的那个美丽的、温情的、性感的、忧郁的、沉醉的、疯狂的、失控的安娜！她倾情的表演让我再一次发自内心地感慨。

　　苏菲·玛索淋漓尽致地融入角色之中，在影片的最后她走向站台仿佛在梦游，绝望到即将晕厥的表情，彻底让我明白何谓演技，就是演员在银幕里无声无息时，投入剧中角色忘我地演绎让观众明白其表达着怎样的心情！她让我身临其境，顷刻间与其一同沦陷！

　　安娜，我懂你的，你时而微笑时而目光呆滞的面容告诉我，当你在遇到渥伦斯基之前都是被别人宠爱着的，可你并不幸福，因为你并不爱他们。

　　安娜，我懂你的，渥伦斯基火一样的热情让你激动、害怕、迷乱，你想"火中取栗"，为有生以来真正的爱情而活一次，在片刻灵肉的结合后使你忘却种种现实的无奈，可梦醒后却依然被痛苦包围。

安娜，事实上，我们都渴望得到爱情，那是一种如此美妙的感受，爱情能让我们焕发青春的光彩，重现动感的灵魂。

安娜，既然你选择了渥伦斯基，为什么不坚持自己的爱呢，为什么要以死而唤醒别人的同情，我不同意你如此对待自己，更不赞成你因失意而酗酒，更糟糕的是用吗啡来麻醉自己的意志。

安娜，你付出全部情感，不给自己留一点点的退路，这是充实的、有意义的人生吗？

安娜，真想时光倒退，让我们成为朋友，把你从死神的魔掌里抢回来。告诉你仁者不忧，智者不惑，勇者不惧这些实实在在的道理！

待我清醒后，想想其实安娜不过是作家虚构的人物而已，可她确实牵着我的心，我也感觉类似安娜的女人就生活在我们的身边。

2008年12月25日

第四章　紫涵思绪

23 明天又是另外一天了

假如你有足够的资本，我是指外貌，那你有勇气选择做一名如经典名著《飘》中的郝思嘉那样的女人吗？

她特别善于利用自己年轻貌美的外表吸引男人四顾茫茫的目光，但是并没有将初恋情人卫希礼的目光锁住，为此，她从16岁至28岁都念念不忘、耿耿于怀，哪怕有一线希望她都在争取得到卫希礼的心。

战争从不可怜思嘉，夺走了母亲的生命，父亲变得痴傻。思嘉为了保住父亲的塔拉庄园，为交上300元的税款嫁给了自己一点都不爱的弗兰克，她为了土地成功地欺骗了一个男人的感情与金钱。

我行我素就是思嘉。按照当时亚特兰大传统的思维，她本应该安分守己、相夫教子，可她偏不！趁弗兰克生病接管了店铺，还私自买下锯木厂，当上了名副其实的女老板。她对周围所有人的闲言碎语置之不理，继续朝着自己的目标——赚取更多的钱而不懈努力！

思嘉为了自己和庄园的利益可以把爱情和婚姻作为交易。但同时思嘉又是勇敢、坚强的，对爱情有着火一样的狂野。我想这正是吸引瑞德的地方，他搂着思嘉说："我之所以爱你，是因为我们太像了……"没错，就是因为长久的得不到思嘉就越是想得到，得到思嘉的瑞德改变了原来放荡不羁的性格，体贴宠爱着思嘉，一心一意抚养可爱的女儿。可思嘉呢？她从内心抵抗着瑞德，她还贪婪地梦想着与初恋情人卫希礼共入爱河。

当女儿邦尼不幸从马上摔下，瑞德失去唯一的精神寄托后，终于向思嘉表明自己心里积郁的伤痛："我的爱已磨灭了……你固执得像一头猛犬，无论什么东西不弄到手，决不罢休。"瑞德不愿意让自己的心再次冒险，决定离开思嘉。在饱经沧桑后瑞德发自肺腑的叹息更是让人不禁与他那颗受伤而憔悴的心一同哭泣，为他那冷酷强悍外表下的脉脉温情而动容。

思嘉在失去了女儿邦尼不久，又失去了最挚爱的女友梅兰妮。梅兰妮是思嘉初恋情人卫希礼的妻子，失魂落魄的卫希礼终于让思嘉明白卫希礼深深爱着自己的妻子，根本就不爱她，她失望极了，可是，唯一疼爱她的丈夫瑞德也要离她而去……天哪！她该怎么办？可思嘉却可以流着泪哽咽着说："明天又是另外一天了。"

你有越战越勇的秉性吗？回答肯定的话我想那你就是当今的思嘉了！而我，只会模仿思嘉悲惨的声音，过把配音演员的瘾罢了！我不喜欢她的性格，从她16岁一出场我就不喜欢她，盛气凌人，矫揉造作。

她看重外表、土地、钱财。

手里有了瑞德心里却想着卫希礼。

那就让我们记住她的优点吧，她那从不向命运低头，为了家人肯吃苦耐劳的可贵精神。

这篇文字发表于2009年6月4日的网易博客，当时还上传了我的配音文本请博友欣赏。现摘录部分博友听配音后给我的留言。

x0818/ 蓝鸟-许多：

欣赏。难度很大。既要让情从心里流出来，还要对口型，同时还要受女主人公表情框架的束缚再创造，难为你了。你向着专业挑战了。恭喜。

莲：

我与你的观点同出一辙，女人太贪婪一定没有好下场！紫涵，你的声音真美！

uky2009：

你的声音很温柔，我很喜欢。但我觉得思嘉刚出场的时候，呼唤"瑞德"的感觉应该更急迫一些，因为明白了谁是最爱她的人以及她真正爱着的人，她不想失去真爱，应该是万分焦急和迫不及待地找寻瑞德的。我喜欢这部影片，喜欢那句"Tomorrow is another day"让人在困境中充满希望……

暗夜精灵：

你的声音比思嘉温柔多了，如果思嘉如你一般温柔，瑞德也不会最后离她而去了。

我喜欢思嘉，喜欢她的坚强、独立、我行我素、敢爱敢恨，她并不是"手里有了瑞德心里却想着卫希礼"，她是一直爱着卫希礼的。很多时候，爱是说不清楚的……

2009年6月4日

24　迷你裙

在南方小城与20岁的小妹逛街购置衣物，我们停留在一家少女装专卖店，淡粉、纯白、鹅黄的色调将小店渲染成了童话世界。一条洁白的短裙吸引着我，忍不住伸出手抚摸绣在上面的花骨朵，而后又轻轻地抓捏精致的裙摆，布料极柔软、手感舒适。

这条裙子待在我的衣橱里将近半个月了，还没有找到合适的上衣搭配，时不时地拿出来试穿却怎么也找不出那天在店里试穿时兴奋的感觉，后悔将其带回家中，据为己有。

想起20年前我的粉色迷你裙，想起穿着它时羞涩的心情，那一道风景永远地留在了山清水秀的小山镇了，也深深地留在了我的心里。

我是一个特别怀旧的人，我写的那些文字就是最好的证明。有人说，当你开始回忆过去，足以说明你已加入了日渐老去的行列。

其实，很多的中老年女性都不愿意别人评价自己日渐苍老的容颜，千方百计地在服装上、皮肤上加以修饰，将逐渐发白的头发染成黑色或亚麻色，为朋友的一句，你还是如当年一样年轻漂亮而顿感心花怒放。

不服老也是一种值得欣赏的心态，逼人的青春气息阵阵地袭来，如此的状态迷惑着你的眼睛，这是一种芳龄的暧昧密码。

不可否认，走在大街上也有不染发的，也有穿着得体、素面朝天的中年女人，远远地欣赏，也不失优雅。我觉得，传统的气息同样散发着值得推敲的稳重和深厚的底蕴。

十年前陪伴近50岁的上司及日本友人高桥先生外出观光，活动快结束了，忽觉得应该单独为上司拍一张照片，可是，他一只手挡着照相机的镜头果断地拒绝，那时我感觉特别疑惑。

现在细细想来，他是想以拒绝的方式来遗忘岁月的流逝吗？不愿意留下刻在脸上岁月的印迹？可是，拒绝不等于遗忘，就像我们无法拒绝冬天的来临，岁月不会因为你不关注它而停下周而复始的脚步，所谓岁月无情就是如此。

事实上，真正的年轻是心态的年轻，再高级的化妆师也不能将妇女变成少女，要知道，一张脸的衰老就好似一个人坠入情网，没有办法的。

曾经的粉色迷你裙，并没有离开我的视线，就在我写下这些文字的时候，曾经甜美而灵气的自己就在眼前闪现着，它叩响了心灵深处的沉默。于是，再一次逛服装店，为躺在我衣橱那件白色的迷你裙，找到一件与之相配的上衣，就算是作为青春的祭奠。

白色的迷你裙，如同天空飘下一场浪漫的春雪，你的到来，出人意料地为我安排了一次青春岁月的旅行。

2009年8月11日

25 随 想

我毫不犹豫地花了68元购买了周国平写的《妞妞》，这是一个父亲为纪念逝去女儿的札记，全书共十六章，到现在为止读至第六章"因果无凭"。也许有人问，没读完写什么呀？可我现在不写心里的所想，感觉就不能全身心地投入、细品这部作品。

干扰我思绪的是出现在《妞妞》自序第二页的一个名字"柳松"。周国平先生在自序中摘录了报刊评论中关于读者阅读《妞妞》的一些感言，其中就摘录了柳松在《南昌晚报》上发表的感悟。

当我的眼触碰到这两个字时，勾起了青春往事的点点滴滴，我沿着时光的河逆流而上，寻找渐行渐远的记忆。

我在今年夏天回到南昌曾经就读的学校时，见过柳松老师，我是先在光荣榜上见到他闪亮的名字而后再遇见他的，也仅仅是看到了他高大的背影，远远望着他，还是18年前的模样，还是那样年轻、英俊、儒雅。其实又何止是外表没有变呢，听我留校的同学介绍，得知他的事业蒸蒸日上，家庭也美满幸福。

其实我对柳松老师是陌生的，我都不知道他教哪一门课，我只听过他的演讲，好像是关于《厚黑学》，仅有一次简单的对话是在学校的"庆元旦"会演中，我俩站在学校的舞台上，绚烂的灯光围绕着我俩，台下一片欢呼声后突然又安静下来。

主持人柳松趁机随和地问我"你好，今天要为我们演唱什么歌呢？"

接下来，我怎么回答的，记忆就此搁浅了。

脑海里随之出来些断断续续的片段，那是周末的黄昏，夕阳西下，柳松老师陪着我的班主任金石名老师来到女生楼与我们一起观看学校男足赛，因为我们楼下就是学校足球场，视野开阔，面对激烈的争夺赛，我们一起欢呼，一起叹息，那可真是一个清晰的周末黄昏。

记录这些有意义吗？我问自己。也许这样的文字上传博客、论坛，那些爱好朗诵的朋友读到，又要问我这是你第二个暗恋的男人吗？有朋友认为前一个我暗恋的男人是《小镇》里的那个年纪轻轻已逝的哥哥。

我想说的是，我没有暗恋过他们，你信吗？这是一种思无邪的美丽，与天真相仿，是质朴、纯净，是不染一丝杂色的蓝天。你懂吗？

虽然我没有和小镇已逝的哥哥说过一句话，但欣赏他的泳姿，欣赏他不惧怕寒冷的精神，因为他使我有了冬泳的可贵经历。他拥有健康的体魄、良好的学习状态。

我欣赏柳松老师的从容淡定，那时候学校一些老师迷恋麻将，还传出一些老师的绯闻，有的老师收学生钱来交换考题，有的老师与女学生不正常来往，我觉得不可理喻！

而柳松老师没有随波逐流，他洁身自好，过去与现在都没有听说他一丁点儿不良的传闻，一路走来，18年了，至今光荣榜上有他的名字就证明他的优秀，对教师事业的执着，是一派青山不老的从容。

我欣赏他俩，只是在向读者传达一种对健康生活的向往，不是暗恋。

1997年柳松老师读《妞妞》记录下自己的感言，是真实的。

　　2009年我读《妞妞》，记录下自己的点点回忆，却不是关于读《妞妞》的感言，但，一字一句都是真实的。

2009年9月23日

第四章　紫涵思绪

26　独处的时光

　　在现实生活中，有些人喜欢交往，有朋友前呼后拥，抑或灯红酒绿，歌舞升平，热闹非凡；有些人却喜欢独处，独自感受大自然的无限风光，抑或一杯淡茶，一本书就可以找到内心的恬静与充实。

　　独处的时光，与自然为邻。登高望远，海天一色，鸥鸟戏浪。仰望湛蓝的天空，洁白的云朵，微闭双眼，将思绪凝成淡紫色的花朵，悄然绽放于心田之上。

　　独处的时光，与书为友。捧着它极轻的身体，眼神触碰的却是凝重而深邃的灵魂。书有时令我心情愉悦又伤感万分，有时令我疑惑不解又豁然彻悟。默默地思索……我的友人啊，知道吗，你让我认识了一个真正的自己，和你在一起，我是宁静的、淡泊的、天真的、无邪的。

　　独处的时光，与宠物狗为伴。清晨，它唤我早起；傍晚，它陪我漫步小径。我的内心感到轻松自在、悠然自得。

　　独处的时光，将所思所想变换成文字输入冰冷的电脑屏上，将所见美景定格在相机里，从不寂寞的独处时光。

　　独处的时光，恋恋不舍如此美妙的花开心灵的日子。

2009年10月30日

27 阿 珍

阿珍，28岁，未婚，是一名瑜伽老师。

通过电话询问26岁的单身男军官是否愿意与阿珍交朋友，特意强调大你两岁呢，但对方一听说是瑜伽教练，二话没说答应了。我想，那一刻，浮现在他眼前的一定是一位身材性感、妩媚动人、一袭白色瑜伽服的女性吧。

他们做了普通的朋友，原因很简单，不是任何的瑜伽教练都是他想象的那样，有着让人无法抗拒的外表。

我却欣赏有着普通外表的阿珍。她那系统专业的瑜伽教学令学员们刮目相看，她那柔柔的瑜伽解说词带领我们进入愉悦的瑜伽世界，循序渐进地练习，内心充满无限能量。

她好似一朵纯白的荷花，不抹胭脂红粉，不喷任何香水，淡雅脱俗、洁白无瑕。

又好似沙漠里的骆驼，面对白茫茫无边无际的沙漠依然一步一个脚印镇定自若朝着绿洲前行着。

更像一杯绿茶，越品越有滋味。

她很适合做一名军人的妻子，耐得住寂寞、有自己的事业、烧得一手好菜，不知这朵花将落在谁的手心。

　　无意间，我们聊到"无烟艾熏"，通过温和的艾条熏身体不适的穴位，会疏经活血，减小或消除疼痛。其实我一直用这种方法治疗小病痛十多年了，所以，对这套中国传统的艾熏养生疗法深信不疑。她又告诉我通过与精油按摩的搭配，效果更佳。

　　呵呵，一言一语的，真是一个爽心的下午茶。

　　阿珍希望我能接管瑜伽馆，添上新的项目，将三亚唯一一家"专业、新颖"的女子养生会馆办得红红火火。

　　阿珍，她有可能改变我的生活轨迹！

此篇文字写于2009年底

28　小　莉

　　小莉，年轻貌美的瑜伽老师，她的爱人12月26日随海军舰艇编队从三亚起航赴索马里执行护航任务了。这个冬天，这个新年，相信她会无数次对着冰冷的电视、电脑搜索自己日夜思念的亲人，那颗煎熬的心会随新闻报道内容的变化而起伏跳跃，那些激动的、酸楚的、凄凉的、渴望的泪水混合在一起，那是为三个月后凯旋归港的幸福泪花做的铺垫。

　　24号那天上瑜伽课，她比学员来得都晚，脸色失去了原有的光彩润泽，但并没有失去美感，那是一种凄美的表情。我悄悄问她是否哭了，她悄悄告诉我说和老公连续两晚聊天至下半夜2点。她勉强对我笑笑说，没事的，过两天我妈妈从山东老家来。

　　她来自于山东武术之乡，从小习武，第一次见她做一些高难度瑜伽动作就感觉她体内有十足的力量，我想，这都和她从小习武有着紧密的联系。上瑜伽课我愿意靠近教练，一方面全方位模仿动作，一方面全方位欣赏她的美，那是柔与刚相结合的美。

　　当她第一次听说我是山东青岛来的，满心欢喜的表情及言语似见着亲人一样地兴奋不已，话也多了。我们俩在从无严寒的三亚一起回忆山东冰天雪地、寒风刺骨的冬天；回忆阳春三月那嫩叶从干枯的树枝冒出的第一抹新绿；回忆秋天满树挂着似红灯笼的柿子；回忆起母亲包的荠菜饺子，不停地述说着各自在山东感受到的视觉、触觉、嗅觉及味觉。

暂时地失去与离开会觉得原先拥有的是如此珍贵。怀念欣赏过的风景，思念曾经如胶似漆的亲人。

800余名官兵们赴索马里亚丁湾巡航的任务是那样的公开、透明，每天都可以知道舰艇进展及安全情况。然而有多少次的分离是没有轰轰烈烈的呢，都是秘密地执行着国家安排的航行任务，无从知道他们什么时候走，什么时候回，更不要说他们处在哪个方位了！

一次次的分离，一次次的重逢，一次次的考验，心将一次次的坚强！

2008年12月30日

29　默默地陪伴

瑜伽学员旋儿，高档床上用品的代理商，一位虔诚的基督徒。

她端坐在瑜伽厅翻看《瑜伽》杂志。

为她送杯迷迭香花茶，相互微笑，再一次拉近我俩的距离。

"你读过《活出全新的自己》吗？"她问我。

"没有。"我说。

她指着杂志里张德芬的照片，告诉我是她写的。

"她默默陪伴我好多年，每次碰到心灵的困惑，纠结于某件事，我就会翻开这本书找到解决之道。我相信，这本书拯救了许许多多迷茫的灵魂……"

《活出全新的自己》在我的床边陪伴我好多天了，可是，翻看几页后就没有一口气看完的冲动了。我不喜欢这样的文字书写风格，感觉有些幼稚。

然而，作者张德芬的人生经历引起我莫大的关注。

华语世界首席心灵畅销作家。台湾大学企业管理系毕业，担任台视记者、主播多年后，在美国UCLA（加利福尼亚大学洛杉矶分校）取得MBA学位。2002年开始，受到启发与指引，辞去高薪的工作，专心研修瑜伽以及新时代的各类心灵课程。多年来，学习了各种不同的心灵成长及心理治疗方法，通过每日的瑜伽练习和静坐，体悟了许多灵性及个人成长方面的心得。

其实，我也有默默陪伴我的——《朝圣的心路》。

我喜欢周国平写的书。

工作室、床边、飞机上我都捧着它。

空虚、迷茫、无聊时我会久久凝视着它。

深深地吸气，感受到它的暖流，缓缓的，流遍全身，呼气，吐尽，所有的纠结，不快，随着清凉的气息消失得无影无踪。

2010年5月21日

30 蜕 变

　　年轻女子练习瑜伽，多是抱着减去身上赘肉而来的；稍年长的女人，踏进瑜伽馆有着双重的目的，修身养性；能长久地坚持瑜伽修炼者，少之又少，杏子是其中之一。瑜伽小课、私教课、心灵课堂都少不了她积极的参与。电脑会员档案里显示杏子消费数目排名第一。

　　她，抱着何种目的而来呢?

　　我的VIP瑜伽工作室——实木与玻璃围起的精致屋子，屋顶飘着洁白的纱、周围种满绿色的植物——永远是为她敞开的。瞧，她迎着朝阳在反复练习拜日式，双手伸出感觉是触摸太阳的光辉；双手下垂，掌心撑地，身体的折叠，那是膜拜太阳无私地赐予我们温暖……双膝跪地、臀部后推贴在脚跟、双手向前延伸、前额着地，呵，大拜式放松呢。

　　杏子一直这样"放松"着，许久也不见她抬头，屋子里弥漫着导师灵性的梵文唱颂。轻轻的问候并没有回应，回应我的是她满脸的泪水，而后她起身离开瑜伽馆。

　　昨天，我收到她的邮件:

　　"紫涵，别惊诧于我的泪水，我好好的，放心吧。

　　感谢您安排的每一堂课程。知道吗? 瑜伽的体式使得我的身体日渐有力量，瑜伽的静坐冥想内观使得我放下多年来沉积在心里的伤痛。

以往，读书帮助我得到理智，但是，那只是短暂的理智，物质世界的诱惑，又开始令我身不由己。在您这里，我得到了长时间的安宁，我的灵魂终于有落脚的地方了。

我再一次地流泪，是我又一次碰到诱惑，我在与之抗争，可我觉得我不是孤零零一人在抗拒，有一个高尚纯洁的灵魂在鼓舞着我，弃不洁之心，大拜式感谢灵性导师为我引路，我的眼泪为了感激他而流，他是灵性路上的一盏明灯。杏子合十，继续上路。"

2010年5月23日

31　我就这样活的

没有一个人过着相同的生活，正如院子里一位业余女作家刚刚完稿的自传《我就这样活的》。

早睡早起，我这样活。与有共同语言的人敞开心扉地聊，我这样活。

不工作的女人又整天不出门，不会友，不玩牌，她在家做什么？这样的女人时常被周围的朋友问起："你一人在家不闷吗？"

品茶、写作、读书、养狗、欣赏大自然、听音乐……你觉得这些还不够吗？

自己陪伴自己你做不到吗？和自己对话很难吗？

当这些话得到知己的认可，随着谈话的深入，语调变得更加富有节奏，字字玑珠。

我们俩站在大操场上互诉独处的美妙感受。

这样一个清晨，空气似乎更宜人，那样的夜晚，星星始终不愿睡去。

我的朋友，50多岁的智慧女人，说起创作的快乐，眼睛折射出迷人的光芒！说起创作中回忆生活的艰辛而搁笔嚎啕大哭，我深深地理解，因为自己也曾经那样。

我喜欢她用《我就这样活的》为书名，很个性，像她。她是怎样活的，我想，不久，这本书将会带来南北军营不小的轰动。不仅如此，她坦率以文字的形式说出自己是如何活的……她的坚强不息，她的默默奉献，她与爱人的事业有成。我想，对于许多军人的妻子是一个好的榜样，对于许多独处的女人更是一种激励！

我告诉她，其实你只是没有练习瑜伽的体式，然而精神的健康与独立就证明你在默默地进行着瑜伽修行！假如再习瑜伽的体式，那么，会在身体与心灵上统一，每一种体式都有特殊的意义，通过呼吸与体式配合，与大自然同呼吸，身体的能量得到提升！

又是一个清晨，我和小狗说："走，我带你约会去！"去和将军的女儿的小狗作伴，相约布满朝霞的天际下，它俩尽情地在绿油油的草地上打闹着，追逐着。

2010年6月10日

32　道无言

三亚的雨季，风一阵雨一阵，一会儿阳光明媚，一会儿阴雨绵绵。

80多岁的母亲来回地收衣服，嘴里在轻咒着老天爷犯神经病。看着母亲，我在一旁偷笑。

而我，宁静之心并未受干扰。

听着风声雨声开始习练流瑜伽，如流水般的体式真可以唤醒内在的能量，最后的头倒立，展现内醒的能力与外露的力量。

练习完体式感觉精神愉悦，开始坐在卧房细心聆听母亲的言语，母亲望着我说："你将头发盘起来和你的外婆一模一样呢，你还记得你外婆吗？"

当然记得，我记得她细小温和的声音，记得她86岁离开我们时骨瘦如柴的样子，记得道士为外婆凄凉吟唱的夜晚。

不知道为什么，我愿意单独和母亲在一起，不愿意任何人打扰。

我开车带着她去大小洞天，我们一路走着一路说着，来到海边山顶的一座庙前，母亲要我为她买香，然后虔诚地叩拜龙王。

我带母亲坐游览车登上高高的山顶"玄妙阁"，俯瞰海洋，宽阔无边，点点帆船若隐若现。

酸甜的菠萝古老肉、香辣的椒盐海虾、清爽的蔬菜。

母亲用手抓着虾一点一点地撕碎再一点一点送到嘴里，样子好可爱！

母亲漫不经心地问我："你为什么不叩拜神呢？"

我笑着说："你拜的龙王我没读过他写的书，对其不了解，所以……"

我从包里拿出刚刚在庙里购买的《道德经》，我指着老子的画像，告诉她如果这里有这位圣哲的话我会下跪膜拜的。

其实，我在练习瑜伽体式之前必须叩拜一位先哲，他的圣名叫巴坦加里，但我没告诉母亲。

人类还没有文字时，瑜伽就存在了，而印度的巴坦加里是第一位以文字形式总结出瑜伽的八支法：持戒、自律；遵守、奉行；体位法、调身；呼吸控制法、调息；感官内敛、摄心；注意力集中、凝神；冥想、入定；三摩地、沉思、禅定。

"道生一，一生二，二生三，三生万物"。老子所说的道便是大道，二即是天地，万物自不待言。

细细看来，道字，从首从辶，首是我们的头脑，辶是行走的意思，头脑在行走？

习练瑜伽体式，能够使自己拥有更加健康的身体，恒定的思维，通过细细的思考所得到的宇宙观、自然观、世界观也应该是道。

双手合十，深深吸气……呼气低头，向圣哲老子、巴坦加里致敬！

33 身在天涯心在哪

我是2008年初来的三亚，在这里度过的每一天都是新鲜的。

三亚的天极蓝，蓝得一望无际。这里山林茂密，有一种不知名的树，它不似松树那样挺拔，不似翠竹那样苍劲，但它飞扬跋扈地占领着一座座山。进入秋季，多大的狂风暴雨也没见它们倒下，充沛的水分使得浓密的树叶牢牢地与树干连在一起，而且还从枝桠上开出黄色的花，整片整片的山坡被这花儿染黄了。白鹭一天天多起来，它们在山林间自由自在地飞翔着，煞是好看。

三亚不分春夏秋冬，年平均温度20多度，美女们从不吝啬肌肤与太阳亲密接触，满大街都是身着吊带、短裤，10月了还是如此。这里的夏天对于只有几天炎热的青岛来说真是太漫长了！

我总会从季节变化来回忆、比较、思念我曾经生活了十多年的四季分明的青岛，特别是在秋季。

青岛的秋季与三亚的秋季有着天壤之别，空气有着干燥与湿润的区别。青岛的秋季，早晚的风略带寒意，身体素质差的女人，如果不穿长裤膝盖会痛，嘴唇不抹润唇膏是会裂的。

每年深秋中山公园都会举办菊展，花匠们将一盆盆小雏菊摆成"热烈欢迎"的字样摆在公园的大门口，公园里开放着颜色不同、品种不同的菊花。看着那一对对、一群群赏菊的人们，一股浓浓的亲情、友情、爱情与菊淡淡的香味弥漫在空气里。

在三亚我连菊花的影子都没见着。菊不喜欢温暖湿润的气候，它总是开在寒风里来显现它傲气凛然的秉性。

从青岛的中山公园出来，沿着马路走，看到八大关站牌再往海边就可以欣赏到火红火红的枫叶，叶子被多日来的秋风风干了，然后脱离枝头漫天纷飞，似一只蝴蝶在空中舞蹈。看着满树的红、满地的红，心情会突然莫名激动，走在满是红叶的地上，没有理由不开心，因为那是一年只有一次的景致，是经过了漫长等待才出现的，就像青岛五月盛开的樱花，既短暂又美丽！而现在，我只能是想象着、回味着……

我还喜欢青岛秋天的海滩，那时游客骤减，他们的离去还原了青岛海滩的宁静。刚退潮的海滩显得那样宽阔、绵长，这时可以光着脚丫在石老人海滩沿着海岸线尽情奔跑，去年10月这些快乐还都是我触手可及的，我的办公室离石老人海滩也就是200米左右。

夏天，我很少去海里游泳，因为游客太多，太吵，我不喜欢，那样感觉不到自己的存在。而秋天就不同了，我会利用中午休息时间下海游泳。我害怕在海里潜泳，总感觉深不可测的海里有大怪物，所以喜欢蛙泳与仰泳，蛙泳至防鲨网后翻身平躺在水面，双脚轻轻地上下拍打着海水，我可以保持这种姿势很长的时间，此时每每感觉是那样的惬意，没有人来打扰我，有的是盘旋蓝天的海鸥，耳听清脆的鸣叫，眼望着它们飞来又远去的影子。蓝天下，感受着渺小的我被海水拥抱着、抚摸着，此时，我不再孤独，海是我心灵的保护神。

海里游泳与泳池游对我来说完全是两种概念，在海里我感受自己的存在，感受大海给予我的温情；在泳池里仅是锻炼身体与体验速度。

人的内心可以孤独但不能无感悟，不能没爱心。现实中有些人可以不去爱，但可以爱海爱自然，投入自然的爱同样是一种深爱，海不会觉得你在烦它，随时可以与它交流、对话，潮水一遍遍拍打着礁石，似乎涤荡你浮躁的心灵，海以它的博大容忍你的一切，与大自然融为一体，女人则会变得更优雅、更从容。

身在天涯，心却想着另一片海，那片曾经伴我走过十多年的海洋，如果我忘记，就是一种背叛！抑或，我已经不存在这个世界了。

2008年10月27日

第四章　紫涵思绪

34 昨天今天

每天有静坐的习惯，在庭院、在卧室、在飞机上、在车上。

什么都不想，就是静静地坐着。

午睡起来，雨后的清风吹动着淡黄色的薄窗帘，望着窗外翠绿的竹叶又有了静坐的向往，当我合上眼帘，那绿色慢慢地融进内心，心一下子静下来，却不经意间没守住，思绪渐渐地转移。

也许，离我出行的日子越来越近了，才会这样不安。

原来慢慢沉入心底的记忆被回家的脚步声唤醒，那些被剪辑的片断开始浮出心海，凝思片刻，竟然化做泪水溢出眼眶，流淌起来。

"知人者智，自知者明。"读老子，是为了更好地了解自己吗？

"你，特别的安静。你已经走在灵性的道路上了，健康的你，境界中的你。"有人遇见我时这样对我说，这是今天的我。

而昨天，却没有人这样评价我。绝大多数时间被亚健康、浮躁所占据，那是昨天的我。

同样的一颗心却是如此的不一样。

原来"心"是最复杂的！有时候你任由"心"摆布，当你失控时，再素雅的外衣也无法掩饰。

今天的泪滴也许是在诉说着我昨天面对困难时些许的失意，但更意味着我今天些许的淡定与从容。

　　生命好似一本书，我将她分为四个章节，现在回忆过往，翻开第二章节就好像是诉说我的昨天，读着有些酸楚；当我细细读第三章节的前半段，好似优雅的转身，点点的甜又如冲了蜜的凉白开。

　　我要好好书写第三章节与第四章节。一切都围绕身体的健康、心的纯净来展开。

　　感谢瑜伽，Namaste!

2011年6月29日

第四章　紫涵思绪

35　青岛之行

　　飞机在缓缓下降，透过舷窗俯瞰大地，整齐的红瓦房，成片成片的，马路似白色的哈达绕着山绕着河绕着房。眨眼间，大海跃入眼帘，心为之一震，又被那些小小的浪花轻轻地安抚着，柔软起来。

　　三年多了，很多事都发生了变化，唯有念着回青岛的心思没变。

　　短暂的日子里，我和儿子在最熟悉的环境里回忆着过去的喜怒哀乐。

　　青岛的七月，满眼都是绿。我们俩停留在长长的古田路，欣赏着院内一棵无花果树，大大的叶子长满整棵树，绿色的无花果就长在枝桠上。两行高大的梧桐树矗立在道路两旁，每一棵都像绿绿的伞，它们的树叶在道中央汇合，无私地为路人遮挡阳光。

　　因为在青岛逗留的时间有限，每一分每一秒都显得异常宝贵。静观眼前的一切，大雾弥漫整座城市，自己好像生活在一个巨大的帐篷内。站在石老人天街上，正感叹无法欣赏海天一色的景色……没想一阵风来，轻轻掀开盖在海上的一层薄纱，波光粼粼，赏心悦目！四周眺望，雾气随风飘向远处，山顶的八角亭若隐若现，仿佛置身于仙境。

　　双手合十于胸前，久违了，青岛的山水，青岛独特的醉人的自然景观。

　　几天里没有一一去会朋友，更多的是感受自然，更多的待在瑜伽馆里，因为习练瑜伽成了我生活的一部分。

六天上了六堂瑜伽课，五堂体式课，最后一堂是禅修课，马丽老师吐出的每一个字都是我在哲学书和瑜伽经书上读过的句子和论点。当这些言语通过面对面传授的时候，我感觉到内心渐被温暖而不再孤独！

我强烈感受到，真正的瑜伽是用来验证自己那颗现实中的心的，你的心安稳了？还是失控了？

哲学原意是"爱智"，而真正的智慧来自生命的试炼！我觉得哲学会说明一些道理，会给心理层面带来健康与光明，但是，身体层面的健康如何来完善呢？正如亚里士多德曾说的那样，哲学的思考，是必须在吃饱以后进行的事情。而瑜伽容纳的是整个"爱智"的过程！瑜伽的八支，瑜伽的伟大在于为人指明了身体层面与心理层面的健康与完善！

身体就是你心灵的庙宇，保持庙宇的整洁，让你的灵魂安住其中！

瑜伽体式确保使大脑平静的生命能量（也可以叫做生命力）均匀分布。瑜伽练习者面对生活不是一个牺牲者，而是一个掌控者，他或者她能够控制自己生活的状态、环境和条件。

体式可以平衡呼吸系统、循环系统、神经系统、内分泌系统、消化系统、排泄系统以及生产系统。身体内在的均衡带给精神层面的平和，从而促进内在的智慧清明显现。

只有练习过的人才有发言权，因为我所说的知识需要你用身体去实践，去证明。

身心融入自然、静心研读哲学、专心习练瑜伽、真心面对生活。

我在青岛！面朝大海，春暖花开。

2011年7月18日

36　夏日小语

喜悦，像晨光中花的颜色；喜悦，像雨后树叶鲜绿的颜色；喜悦，像天空的彩虹；喜悦，是那驰骋广袤草原的马儿；喜悦，是瑜伽后脸庞滑下的汗珠；喜悦，是你回我一个灿烂的微笑。

喜悦，来自你日复一日吐故纳新，纵情自然。

只有自然的心，才能读懂作者的思绪；只有自然的心，才能清晰洞察你所爱的人。

读懂了，清晰了，放下了，捡起了，心境就来了。

儿子，今天我们一起看动画片《海绵宝宝》；暑假里你对网络游戏"不离不弃"的劲头噢；在有些闷热的体育馆内，你又是大汗淋漓。

当你握着手中的笔，想写关于"翅膀"的话题作文时，眉头紧锁，无语。

吃饭？睡觉？游戏？干家务？读书？锻炼？听音乐……我的翅膀在哪？儿问母答，笑声连连。

身的翅膀、心的翅膀，亲情的翅膀。

情，儿子与母亲的亲情关系是唯一的，像永远剪不断的流水。

而友情真的有些神秘，那是茫茫人海里两颗相类似的灵魂碰撞而引起的化学反应。

人对自然产生的情又属哪一类呢？

如果你愿意在心里留一块地，让自然在你心里生长，

如果你愿意减弱你对权力欲望的无限追求，

如果你愿意放下金钱对你的捆绑。

傍晚，静默于夕阳之下；清晨，仰躺于草地之上；常常，放眼于自然之中。

那么……

其实，自然的情一直驻扎在你的心里！

2011年8月17日

第四章　紫涵思绪

37　三角梅

认识王致兵先生是在《南岛晚报》三角梅专刊。

虽然报纸里大部分内容我都会浏览，也只是了解而已，但三角梅专栏我会细细地品。如同品味绿茶，慢慢咽下，细细体会茶在舌尖的甘苦。

"致兵落笔"可谓是《南岛晚报》为我们读者供奉的一道极品香茗，字里行间透着香气，透着生命气息，氤氲着读者对人生的思考，平稳中有着感人的力量！

他将人比作树，从外表看不出谁的内在之"根"深浅，只有在"台风"中，才能区分出来。这个台风就好像是"诱惑"。生活中有无数诱惑：金钱、权势、功名、美色，人能否把握好形形色色的诱惑，如树木一样台风过后依然挺立，在于我们内在的定力。

当我读完这些文字，就有想提笔写作的冲动，我想表达的是，如何来修炼内在的定力，通过有效的方法来达到身心坚强。

多年练习瑜伽，多年来与自己的身体对话，掌控身体掌控欲望，感慨习练瑜伽就是在修炼内在的定力，会使得内心强大，当狂风暴雨来临时，临危不惧，从容应对。

而今天再一次读到致兵先生的《泰拳手》，又一次激起内心的浪花，汹涌不已。昨天的思虑在今天得到一致的答案，冥冥中有着默契。

茫茫人海，有人爱上泰拳，致兵先生喜欢太极拳，而我偏爱瑜伽，同样的修炼心智，只是不同的法门而已，身心的健康就在日日的修行精进之中。毫无疑问，天长日久的练习，一定会让我们的心更柔软，身更矫健！当艰难险阻来临时，心之稳定，波澜不惊。

三角梅，在三亚一年四季都怒放着，街边、海边、桥边，处处可见，白色的纯、粉色的魅、红色的火，"三角梅"里的故事充满灵性的美，在读者的心里悄悄绽放。

品读"三角梅"，享受禅意人生。

2011年10月18日

第四章　紫涵思绪

38 不同的世界

周五下午接儿子回家度周末。

他上车没过两分钟，就大声告诉我，卡扎菲临死前还喊反动口号。

"你怎么知道的？"我好奇地问。

"是我们班的走读生说的。午休的时候，我们还激烈地议论。"

晚上我先生回家也说："卡扎菲死了。"

"卡扎菲，非常熟悉的名字，他是干什么的？"我问。

爱人吃惊地望了我一眼。

他不搭理我了，静静地坐在舒适的藤椅上看电视。

爱人回家来电视机才开始发挥它的作用。

我们俩最爱中央电视台第九频道，憧憬着他有歇息的机会带我走遍千山万水。

来广告了，广告他也在仔细欣赏，他随意地问我："那漂亮女人是谁？"

我同样以不屑一顾的眼神回敬他！

停留大概五秒后，我抿嘴笑了。

笑他不认识国内著名主持人杨澜！

同时也是在笑自己不懂卡扎菲。

此刻，感觉我们好像生活在同一个屋檐下却在不同的世界里。

周末上午，阳光暖暖地透过窗台抚摸着我的背脊。品着咖啡浏览着报刊新闻。

卡扎菲，当初以一个下级军官的实力举手间颠覆伊德里斯王朝，一些被压迫者希望他改变这不公平的社会，然而卡扎菲建立起来的，却是一个更加专制更加不平等的社会，新的不满、反抗和革命，最终令卡扎菲时代"死亡"。

革命，死亡，夺权，暴力，残杀，面目狰狞，血流成河，满目疮痍，这些会使人的内心无形中产生负面情绪。

卡扎菲！我不知道你又何妨？

不知道你的世界是什么样子，但是，不管你如今活得多么潇洒，也不管你活得多么无奈，最终我们会到达同一个终点。

人的一生就是得到和失去的过程。

不如将自己的心交付自然，清晨接受太阳的沈礼，傍晚目送太阳远离。

2012年我和先生在广州

不如沉下心来为家人做几道精美可口的饭菜。

不如闲暇时读些美文。

不如背着相机复制美不胜收的景色。

不如全心关注自己的事业，朝目标稳步前行。

美国权威圣经学者哈罗德·康屏预言2011年10月21日为世界末日，虽未果，但你可以每天都告诉自己明天就是世界末日，以此来珍惜我们当下的时光！

2011年10月22日

39 悠游南山寺

三亚海上观音，一体化三尊造型，宝相庄严。

一面一手持佛珠，象征慈悲心；一面一手持经书，象征智慧；一面一手持莲花，象征和平。

傍晚，烧香的人少了，大山脚下的寺庙里僧人们开始上晚课了，平和的诵经声顺着红木窗向外传得很远很远……

想起青岛湛山寺那个年少的僧人，身着土黄色僧衣，面目清秀，嘴角轻合，整张脸是那样冷俊，过目就无法再从心底抹去。他不诵经，在众僧人的吟唱中，他轻盈地踏出门槛外，又轻盈地随风飘向右边，再轻盈地定住，左手持一白色瓷碗放在胸前，他那冷静的眼神随着右手轻沾白水，当他的右手食指将水珠弹向空中时，那一刻，眼神也跟着水珠的方向飘向了天宇……听旁人小声说他在作法，为跪在大殿前的女士家人超度亡灵。

其实，我不是头一次去三亚南山寺，但这一次给了我别样的感觉。

这一次回来有了要写点、记点、悟点的意思。

上次来别院是个正午，香火旺盛，整个别院烟雾缭绕，光善师父在和一些有钱香客做汇报，那些香客告诉我因为光善师父来了广结善缘，这里不再杂草丛生，这里变了。

这一次天刚亮我就去了别院，到别院时天已大亮，扫石阶的老伯为我开了另一扇红门。开始没见着光善师父，一位小尼见我带着小狗，看她的样子是特别喜欢我的小乖，问了好多问题，我见她喜欢就告诉她要是生了小宝宝就送她一条，她更开心了。我眼前的小尼，大概20岁，比起湛山寺里的少年僧者，她的脸色红润很多，她喜欢微笑，喜欢说，还告诉我她原来在广东一座山上的庙里就养过一条小狗。

光善师父来了，听我说要送小狗来，她蹲下来唤着狗的名字，在它的头上抚摸着，嘴里嘀咕着我听不懂的言语，光善师父抬头望着我说："叫它'妙乖'吧？"

无论他们怎么说在这里跪拜有多灵验，我都没有去这样做，我的内心总是保持着一份警觉，我看、我悟，我从不麻木。

临走时，光善师父送我《认识佛教幸福美满的教育》，是净空法师讲解的。我将从这本书了解佛法、佛教以及佛法修学五大科目。

我能看懂这本书，谢谢师父！

书的第一页，净空法师说："正确地认识佛教，对于初机很重要！"很多的同修对佛教的认识是错误的，所以我们广泛地印行、流通此书，帮助初学者，把佛教的正确观念树立起来。虽然言未完全尽意，但是真诚的供养、真诚的发心、希望有缘同修，都能喜欢，并得到真实的受用和法益！

书的第二页净空法师说："佛教是佛陀对九法界众生至善圆满的教育。"

释迦49年所说的一切经，内容就是说明宇宙人生的真相。人生就是自己，宇宙就是我们生活的环境。

知觉名佛菩萨，不觉名凡夫。

修行就是将我们对宇宙人生错误的看法、想法、说法、做法，加以修正。

　　佛教的修行纲领是觉正净。觉而不迷，正而不邪，净而不染。并依戒定慧三学，以求达到此目标。

　　修学的基础是三福，待人依六和，处世修六度，遵普贤愿，归心净土。佛之教化能事毕矣。

2011年10月27日

40　遭遇占星术

早在胡因梦女士的博客里就见过"占星术"这三个字，但不懂什么意思，当时也不想去看懂它，因为它和我的瑜伽无关。

从未谋面的芳华约我参加英国某大师通过舞蹈治愈身心的讲座，我说，你要是请胡因梦我就去。

没过多久，一个周二的下午我在曼影馆授完流瑜伽课后见到了芳华，这是个年轻灵秀的北京女孩，在北京某出版社工作，她自豪地说她们已出版了好几部胡因梦翻译的书。

我们聊到了占星术，随即她打开电脑，要为我占卜。

她将我的出生年时间和地点输入电脑后，星盘上出现了我一窍不通的星图，她却不紧不慢地一边吃着火龙果，一边细细地欣赏着我的星图。

过了一会儿，她的手一边指着星图，一边用眼神和言语为我解释，一一描述我的事业、情感、身体、与父母的关系以及我的性格和我最适合的工作，我开始半信半疑地听她叙说着我的"本命盘"，随后我的眼睛随着她的叙述越瞪越大，以至于控制不住，我开始兴奋激动起来，甚至有些语无伦次。

占星术太不可思议了！真的好像我的命运上天早就安排好了。

回想从前，我在胡因梦博文看到 "占星术"时还认为是迷信。我现在觉得，对于任何一个新的事物都应该保持客观，不要随意地下结论，就好像有些人说瑜伽是邪教，多么的愚昧无知！

　　占星学，或称占星术（Astrology），是星相学家根据日月星辰的位置及其各种变化，来预测人世间的各种事物的一种方术。占星学认为，天体，尤其是行星和星座，都以某种因果性或非偶然性的方式预示人间万物的变化。

　　通过一段时间我开始冷静下来，开始思考，就算占星术可以定位我的"本命盘"，但它绝不可能操纵我的命运，一个人的命运是可以改变的，能够通过练习瑜伽将自己一直以来弱不禁风的身体、常年手脚冰凉的四肢成功地转换。就算我的本命盘事业会很明亮，但是，如果我不珍惜不去努力不抓住机遇是否一样会擦肩而过呢？

　　而我们在情感上，大部分人都会遭受重创，有人走不出来而有人却可以扭转。其实我们应该利用占星术的预测，来观察觉知我们的情感，更好地把握好自己感情线。

　　占星学是人类最古老的信仰之一，也是迄今为止延续最久的信仰。它之所以能够延续这么久，可能是因为它将一个人的生命直接与整个宇宙联系到一起，从而给予一个人一种特殊的、完整的感觉。

　　但我们要切记，命运掌握在自己手里！

2011年10月24日

41　碧玺与佛珠

　　碧玺的颜色大多较为鲜艳，所以很轻易地使人有一种开心喜悦及崇尚自由的感觉，并且可以开拓人们的心胸及视野。碧玺可以放射出亲和力磁场，对于有领袖气质的人，自然可吸引更多的人往你身边靠拢，并且可融化人与人之间的隔阂。据历史记载，清朝慈禧太后的殉葬品中，有一朵用碧玺雕琢而成的莲花，重量为36两8钱，以及一个西瓜碧玺做成的枕头。

　　有人对碧玺情有独钟，可我对它没有一点感觉，它在我的眼里就是一堆五彩缤纷的玻璃。

　　今年我得到一串佛珠，就如林清玄笔下描绘的那串凤眼菩提珠一样，色泽精致古朴，每一粒上面都有一颗美丽优雅的眼睛。

　　手中的褐色菩提珠应该跟随我的师父好多年了，如果是新的它的色泽应该偏黄色些。

　　师父亲手为我佩戴，细心地将佛珠缠绕在我的手腕上，我望着师父纯净的眼神，阵阵的暖流遍布全身。

　　情不自禁地将手中的佛珠小心地取下，一颗一颗生硬地数着，感觉着佛珠的纹理。师父教我用大拇指和食指转动每一颗佛珠，心里默默地记数，当我转到最大的那颗，师父问我除了母珠，刚才数了多少颗，109颗，我说。你的心还不在当下，师父告诉我。

"静虑离妄念，持珠当心上。"师父用一句诗来解释念珠的含义。

在寺庙里的僧人，吃斋念佛，自然没有那么多烦恼，而我们生在凡尘，家庭、事业、婚姻等处处都有烦恼，深爱一个人是一种烦恼，痛恨一个人也是一种烦恼，人在贫困的时候可能会忘记慈悲心，不择手段追求名利，而人在富有的时候又可能忘乎所以、目中无人、欲望难以控制，人处在焦虑的状态下，一辈子都难以安静，更别说清静。

每一次盘转菩提，会使我们的内心纯净，一心在菩提，心心在菩提，无语的菩提，语说无穷！

师父送我的是一份清静，一颗澄澈之心。

2011年10月26日

201

2013年6月紫涵在三亚小月湾度假

第四章 紫涵思绪

42   太阳与灵魂

有的时候，火红的太阳高高地挂在天空。

有的时候，满天的云彩如海浪般层层叠叠，太阳半掩着面。

有的时候，雷雨交加，天空黑压压一片，寻不到太阳半点踪迹。

有的时候，沙尘暴来了，太阳的金色光芒像被黄色的纱巾挡住了。

而有的时候，太阳陪伴着彩虹将天空装扮得无比旖旎。

云彩、雷雨、沙尘的入场，使得我们无法感受到太阳，但是，太阳它明明是在那里的，不是吗？就像灵魂永远都在你的心里一样，不对吗？

人们经常在不知不觉中将灵魂丢了。

虽然亚里士多德说："人是理性的动物。"可是你闭上眼想想，在现实生活中理性的人同样会做出许多非理性的事，可见，还是有许多行为是难以预见的。

都喜欢张爱玲的小说，我也喜欢。

张爱玲那种既热衷于世俗人生又对人生感到无助的描写，也许，共鸣于此也。

活在红尘，爱物质、爱感官上的享受。

何时能见诸景而心不乱，难啊。

灵魂，一直都在那里。

2011年11月18日

43　波澜不惊

　　埃及人饮宴作乐有个习惯，当酒至酣处、兴致方浓时，将一骷髅置于美味佳肴之间，让食客保持清醒。其实不需要设置如此毛骨悚然的场面，我们心里也明了醉酒对于身体的伤害。也许当你到了因为长期饮酒过度与死神擦肩而过的那一天，才能停止自己不可控的行为。

　　不可控的行为在我们日常生活中比比皆是。比如说，在我们心里清晰地知道人体的生物规律与自然的规律有着内在联系，这种人体的生物规律称为生物钟，生物钟的正常运转是人体健康、长寿、益智、欢愉、增美的保证。可是，你习惯、喜欢在深夜十点开始秉烛夜读、思绪翩跹，很多唯美的、哲理的字句在那些时间出炉，你甘愿以自己的身体为代价来换取这些成果，20岁你是这样，30岁你还是如此，35岁也可能更早些，气色暗哑、阴虚津亏、手脚冰凉、内分泌失调……我想应该会这样的。

　　自从我过上瑜伽的生活，我开始对不健康的生活异常敏感。

　　朋友们看到我健康而充满活力的身体状态和良好的自控能力，他们总是带着羡慕的眼神向我取经。我说："你可以做到吗？"我并不是要求我的朋友如我一样做头倒立、双手撑地八支扭转式，每天不少于两小时的锻炼时间。我只是希望你有规律的正常的生活而已。

可能你懂了，但不一定将其运用到自己的身上，你放不下赚钱的快乐、舍不得与朋友喝酒K歌开心到极致地释放自己，美味的菜肴让你控制不住猛吃一顿，有心仪的帅哥美女在你的跟前时，更无法抵挡对其的爱慕与追求。

原本波澜不惊的心，因人的眼睛、耳朵、鼻子，也就是你看到的、听到的、闻到的、感受到的事物产生了牵挂，于是心跑出身体来寻找满足你的欲望，其实那只是身体某个部位的欲望而已，并不是本真的你想要的，你要懂得。

学佛之人问我，为什么吃肉身体感觉不舒服呢？

我并非僧人，但却学佛多年。我想大乘佛教经典明文指出不得食一切众生肉，从因果转回的理论上阐明了食肉的过失；众生生生死死，轮转不息，曾经都是父母兄弟，男女眷属，乃至朋友亲戚，如何忍心取食而之。 慈悲为本的菩萨思想深深植入学佛人的灵魂里，但是，你的味蕾是对那些美味有记忆的，味蕾会和你的心来一场打斗，无法战胜时，你听从其指挥，可是真实的你开始后悔莫及，这种心的难受无法用言语表达。

有些瑜伽基础的徒儿想在我的指点下一个月后做一名瑜伽教练，并且愿意以双倍的钞票来实现自己的愿望。放上钱就可以实现吗？哪有那么容易的事情！

也许相同不可控的场景频频在你身边出现，你试着来观察你想要实施的动机，能否改变你的习惯，不听身体里某一器官的使唤，想想你顺从了，你的心会怎样呢？就在你思考的时候，心会悄悄地发生变化。

感觉一下你在不可控的场合下你的心跳有比平常加快吗？如果快了，请你做深吸气、缓呼气，深吸气时感觉你的内在的空间慢慢充盈，呼气时放松的感觉传遍你身体的所有角落。保持吸气与呼气频率为三秒。

身体静止，而体内的能量循环不止，那是一种阴与阳的结合，动与静的联结。我们应该每天都练习瑜伽呼吸，其实人的生命是以呼吸的次数来决定的，你呼一半那么你的寿命只有一半。狗的寿命只有十几年，而乌龟长寿，就是这个道理。

缓慢呼吸时你的表情是稳定的，你的思绪是可控的并且充满智慧。

瑜伽的呼吸仅仅是瑜伽八支里的一支，能够在瑜伽师的指导下练习好这一支已经很不简单了。

双手合十，迎接你波澜不惊、静如止水的心吧！

2011年11月27日

第四章　紫涵思绪

44 修 行

我带母亲去南山寺别院。

当我听光善法师说,她年轻时身体不好,因了常常拜佛,有时108遍,身体在不停朝拜中健康起来。

我也常常地拜,每天都练习瑜伽的拜日式,身体同样的健康起来,专注地拜,放下所有杂念拜。

师父拜佛,我拜日;师父念经,我唱颂"OM";师父盘珠念"阿弥陀佛",我盘珠就数珠"1、2、3……"

我练习瑜伽拜日式请师父欣赏。

这一次的拜日比任何一次都轻盈飘逸!

我练习头倒立给耀妙妹妹看,感觉自己内力无比强大,比任何一次都稳定!

修行,不同的法门。

修行,在精进中身体与心灵的纯与空。

45　母亲不念阿弥陀佛

　　子曰："吾十有五而志于学，三十而立，四十而不惑，五十而知天命，六十而耳顺，七十而从心所欲，不逾矩。"七十岁是主观意识和做人的规则融合为一的阶段。在这个阶段中，道德修养达到了最高境界。

　　84岁的母亲，活得自然，静心。

　　佛法不在于文字与语言，而在于是否有清静心。

　　为什么要求神拜佛？目的是什么？

　　当你有了清静心为何还需求与拜？

　　母亲就是佛。

　　母亲说她有时也拜，表示尊重，有时不拜，心里记着。

　　也就是说，如果你的身与心按照圣人的言语而行，那就是最高的敬重。

第四章　紫涵思绪

　　　　　　　　　　　　　　　　　　　2012年1月12日

46 少说多写

说多了就没啥要写了，我发现了这样一种规律。

每当我长篇大论，一定是我长时间孤独所致。

当我对着电脑说话，字字句句都是肺腑之言，可以淋漓尽致地畅所欲言！

当我对着某人说话，那就不一定有如此的酣畅淋漓了，不是每一个人都拥有相同的观点，如果我是以某种身份在和对方说话，那就更加拘束了。

其实，要了解一个人，那就从他的文字开始吧！

比如你要了解我。

可是有人是不喜欢文字的，因为他无法安静下来，静下来是一件很恐怖的事，你身边没这样的人吗？怎么可能？

有人也不喜欢写字，有人没时间写字。有人不喜欢看别人写的字，就愿意面对面地，你一言我一语地神聊。

神聊可能只了解一个面，而你耐心地读文字，会在短时间全面了解一个人。

我是一个喜欢写字的女人，你来我家，是紫色的小花迎你，门永远敞开着，就等你来找我。我从不关门，永远也不。

照片就别放了吧?

为什么不放呢,健康的照片有什么不能放呢。

电话号码也放了?

公布两年多了,方便全国各地来三亚感受阳光、想与我习练瑜伽的朋友呀!

不怕别人骚扰你?

迄今为止还没有。

全都放在这里,等我老了死了还在这里。

2012年3月6日

第四章　紫涵思绪

47　谁是你的唯一

当对方信任你时，他自然会在你面前笑与哭，感染着你走进他的内心世界。

女友在我的面前情不自禁流泪，我会为她递纸巾，会耐心听她说，会建议她如何处理遇到的问题，我不会陪她流泪。

她深爱丈夫，常常做好饭等待丈夫回家。其实丈夫经常不回家，但她忍不住打电话给丈夫，轻柔地问，老公，回家吃饭吗？

丈夫说，今天不回家了，要陪客户吃饭，她失望地流泪。

当有一天丈夫说，一会儿要回家，她又流泪了，那是激动的泪水。

我们女人是水做的，不信不行。

他的生意做得好吗？我问。

不好。

不好就对了，女人是水，水是财。我说。

你是个温柔如水的女子，你将他视为你的唯一，他的冷漠无情令你失去自我。

我的父母是我的唯一，没有父母就没有我，必须孝敬父母报答养育之恩。

我的孩子是我的唯一，给予孩子爱，让他感受家的温暖。

这两者是无条件地去爱，不是嘴上说说，要实际行动来证明。

夫妻间应该相互欣赏，相互促进，互敬互爱，白头偕老！

自己是唯一的，爱自己做好妻子的本分，爱事业站稳脚跟。

自己做好了还感觉不到爱，放弃，找个相互爱慕的生个你们的唯一。

女人不能太"柔"，阴气太重，变得弱不禁风，遇事失去主见！

女人不能太"刚"，阳气太重，变得盛气凌人，无平静之心遇事容易冲动。

做一个中性女人吧，我觉得应该如此，阴阳平衡，淡定从容。

记住什么才是你的唯一。

2012年1月15日

第四章　紫涵思绪

48　释光善师父

兔年，师父说，有时间就来寺院里住吧。好！我随口就答应着。

龙年，我真去南山别院住了一晚。

傍晚时分我开车离开三亚，当车开进幽静的南山寺时，天已经全黑了，两行通明的路灯为我引路，风吹着椰树"哗啦啦"直响，偶尔听到不远处传来一声狗吠，我那两只狗被惊醒也狂吠起来，它们的声音打破了宁静的夜晚。

石阶，青瓦，红门，菩提树，大殿就是南山别院。

从门到大殿是一个四方形小院，小院左右是尼房。我今晚就住在大殿右边的客房内。

临睡前，我带着狗轻叩耀妙的房门，我们盘坐在蒲团上，因为爱狗，我们走得很近。光善师父推门进来，她伸手要抱黑妞（狗的名字），奇怪的是，它先来个"下犬式"拜见师父，再让师父抱它。此一举动，师父开心呢，她又让黑妞背朝自己，接着一手抓一只小脚，教小狗朝拜礼，它学得很认真。两只小狗得到师父无限宠爱，都"皈依"了，师父给取了名字，一个叫"妙乖"，另一个叫"妙静"。

晚上10点，我躺在硬板床上，做着"摊尸功"，吸气时感觉身体膨胀，屏息再缓缓吐气，就这样，不知不觉进入梦乡。

"嗒、嗒、嗒"我被清脆的木板声叫醒，五点了，师父用此方式唤醒尼们上早课。

洗净、更衣、焚香、唱颂、叩拜、绕佛……

木鱼声声，佛音袅袅。

桂圆白米粥、几盘斋菜，我们的早餐。

一会儿我们去放生池吧？师父说。

好！我随口就答应着。

师父抱着"妙静"抬起胳膊，一会将"妙静"转到左边，一会又将它转到右边，一边和我说，哇！它一点都不害怕呀！

师父满面红光，她的快乐心境感染着我们，年轻的我们。

放下"妙静"后，她开始有节奏地用手掌一边走一边拍打着左右大腿，她说这样感觉身上发热。哦，手掌上有很多穴位，连着心连着肺连着肾呢！我和她一边走一边交流着。"哦，你上课也讲这些吗？"她问我。"不说这些。"我说。"我也去上你的课吧？"师父认真地说。我教课的时候都是上瑜伽体式课，很累人的，年轻人喜欢减肥！我们一起练习呼吸就好。

师父带我们来到了偌大的放生池，池边上栽种着各种树木，错落有致。师父将双手高高举起，用她有力的击掌声呼唤她的鱼儿们，龟儿们！那些红色的、黄色的、白色的精灵们听着师父的呼唤，都从四面八方游过来！师父开始吟唱《大悲咒》，娓娓动听，余音绕梁。我的眼睛开始模糊，眼泪盈满眼眶，按相机快门的手颤抖着，拍出的照片和我的视线一样模糊不清。

成千上万只鱼儿来到师父面前，它们摆出如太极一样的造型，聆听师父的佛语，等待师父赏赐食物。

师父叮嘱我食物扔得慢些，要让全部鱼儿都分享到。

绕着南山寺漫步，太阳也跟随着我们的脚步，三三两两的游客不停地朝我们望。在路边我们遇到上亿只蚂蚁搬家，无法找到它们的老家，而终点却是在草皮底下，师父观察着、研究着。"强大的组织能力！"师父说。

我们行走在枝繁叶茂的高大酸豆树下，几只松鼠令我们惊叫不已。随着我们的叫声它们一溜烟没影了。

望着满树的酸豆果，师父说起她去过的新西兰，那里家家户户独门独院，家家户户种果树，果实累累，路人却没有随意采摘的。当我打手势向主人讨要果子尝尝，主人特别热情地爬梯子为我摘果子。

师父总是面带微笑，她告诉我行走在新西兰的路上，那里的人们相互看见都是面带微笑相互问好，师父此刻将脸转向我："Good morning!"

南山别院当家人释光善师父带我坐在海边大树下的秋千上，她将我推向空中！感受无限快乐与美好！

独自一人时，回忆起在寺庙的清晨，我站在门槛外远远地看着师父在木鱼声和佛声中无数遍的朝拜、绕佛。她从来没有叫我和她一起做她喜欢的事，没有让我必须这样，必须那样。我们自然地相处，相互地微笑，静静地交流。

热爱花草树木、喜欢小动物，两颗心融入自然的酣畅，那是一种无法用文字可以表达出来的美好。

2012年2月17日

49　清静心

生命与生命之间会互相吸引。设想，在一个绝对荒芜、没有生命的星球上，一个活人即使看见一只苍蝇，或一只老虎，也会产生亲切之感的。

这只是哲学家的设想。当你睁开眼，睡醒起来，你面对热闹非凡的世界，心如何能安静得下来呢？

甚至到了夜晚都还在延续白天的思虑，无法深深地入眠。

日复一日的热闹会累，会疲惫，会无法理解什么是真正的清静心。

还以为清静心就是对世界不闻不问，是一种自我固执的表现。还以为清静心就是没有了激情，弃世，无责任心，只是陷入自我的人。

拥有清静心与无清静心时表现出来的状态是不一样的。

自尊心容易让你失去清静心，当下属不听你的命令，而且还和你当面顶撞时，你强烈的自尊心无法容忍，开始发怒或者闷闷不乐。假如你保持清静心，开始思考，是我哪里做得不够好，让其不尊重我？是我下达的任务过分，还是其无教养？保持自我的清静心结果会明了。

虚荣心容易让你失去清静心。七夕，身边的女友都收到鲜花、巧克力，还有被邀请去浪漫的烛光晚餐，为什么我没有？失落、悲伤的情绪让你失去了清静心，多年来身边现实的爱与关心都被这周围的气氛所掩埋。其实，丈夫什么不是你的？可你却非常在乎情人节的一支鲜花。因为那支鲜花而你失去理智。其实你也可以把心放柔软，给丈夫打个电话，娇滴滴地说："老公，节日快乐。晚上准时回家吧。"或者，买一支鲜花主动送给他，那会是什么结果。谦卑些，放低自己。女人太"刚"，容易变得盛气凌人，不好。要像女人的样子，少些虚荣多些安静吧。

好胜心容易让你失去清静心，工作能力明明不行，非要通过各种手段坐上那个位置，其实你真正到那个位置就会懂得你无力掌控局势，将自己的缺点向更多的人展示，那样你还能心安吗？为何不能一步一个脚印，踏实地登上山顶，而非要在一刻间用尽全身的力量腾空而起，然后坠入谷底呢？

自卑心、自以为是的人……难有清静心。

如果你的情感时常超越理智，那么你的人生最苦、最累、最艰难、最易受伤、最易失败。

清静心需要修炼。

你的情感会影响清静心，你身体的病痛同样会影响你的清静心。

身心的修炼，你不一定非要练习瑜伽来强健你的身体，气功、武术、静坐、漫步、游泳等专心的运动，可以让你的大脑得以休息。

但，坚持练习瑜伽最容易拥有清静心。

每次的练习都会有静坐，刚开始是无法安静下来的，更无法来关注自己的呼吸。通过一次次的练习就可以了，刚开始只能保持15秒，虽然念头不断被打扰，后来1~3分种虽然也有念头不断地围绕着你，心却静多了。还可以用数息的方式来让自己不去想那些念头放下烦躁，有时数到3就乱了，一次次你就会战胜你那些念头，让那些烦乱的思绪成为你的俘虏。

专注地唱诵"OM"深深吸气，让纯粹的能量从你的核心散发到周身，振动你每一根神经，释放你时常纠结的情绪，彻底让你放松，快乐是简单的。

体式有时会让你流汗，有时不流汗，并不是流汗多了才好，有觉知的练习最重要，觉知你的身体，觉知因练习的变化，是否需要调整？觉知体内的能量，觉知你的呼吸越来越深，当你启动肺部时，你身体每一个角落都逐步跟随、扩散。

不断地练习，觉知，快要发火时觉知到了，深吸，调整，发火不好，保持清静心来处理问题。

让古老的经文开导你：五色令人目盲，五音令人耳聋，五味令人口爽，驰骋畋猎令人心发狂，难得之货令人行妨。是以圣人为腹不为目，故去彼取此。佛教把我们的感觉器官分作六类，叫做眼、耳、鼻、舌、身、意，各种感觉的是外界的色、声、香、味、触、法等六种尘境，然后形成了喜、怒、爱、思、忧、欲六种意识。这些意识把我们的心灵分割开来，真性被遮蔽，欲火焚烧起来，煎熬着我们的灵魂，从而深深地陷入苦海火宅之中难以解脱。你要懂得没有永久的安宁，不要目的性太强地去工作，"为腹不为目"，不要追求那些不切实际而且还会伤害人的东西。常常闭上眼睛，守住你的心，少贪婪，好像是你的感觉越来越迟钝，好像是你没有什么进取心，其实你越来越清明了，你以这样的心态去工作，不知不觉拥有了清静心。保持清静心来做菜，保持清静心来摄影，保持清静心来爱一个人，保持清静心来读书。

……

壁立千仞，无欲则刚。

境明，千里皆明。

2012年9月3日

50 享受孤独

满脑关于独处的美妙，不想与另一个人诉说，但又想表达。

写作绝对是孤独所致。

当心中的念头变成文字了，是一种轻松的自在，这和与某个人聊天完全是两种感觉，只有写作的人才可以懂得聊天与写作的区别。

如果你已深深地被独处的美妙所吸引，又因为某种原因，长时间都回不到孤独的状态，你一定会变得焦虑不安，无所适从。

沉浸在孤独中的人不会再去爱某个人，孤独就是情人，在此，心的空间无限大。

沉浸在孤独中的人不会再去恨某个人，孤独就是美好，而恨会让美好转身，不值得。

喜欢孤独的人你将其放在一群人里，其眼神一定会与周围的人不一样，这个人的视野宽阔，明白事实的真相。

当你把这个人放到大自然中去，他会心花怒放，他能体会鸟儿的喜怒，能参破走兽的言语，能感知水流的欢畅。为什么呢？深知，植物与动物不会抢走这份孤独，在大自然的面前可以随心所欲。自然界是孤独的，孤独与孤独相撞、相融、相知、相爱。

一个喜欢孤独的人却要与一个爱热闹的人成为夫妻，那是特别的不幸，深表同情。这份感情需要随着某一个人做出一点点让步才会和谐，否则，不是吵闹就是分离。

婚姻不应该是改变对方，而是让对方有独处的时间，有自己的心灵空间。虽然两个人生活在同一个屋檐下，但完全可以一个在书房写字，一个在客厅品茶读书；或者一个在练声，一个在练习体能；一个做好吃的，而一个在看电视；虽然一起散步，却可以不说话，都在念着自己的呼吸。婚姻不是坟茔。婚姻是两条并进的乡村小路，都有着自己的风景。

每一个人都有着这份孤独，一出生就有，婴儿通过哭、笑来展现，慢慢长大，会忘记自己拥有孤独的能力，习惯了不再孤独的生活，甚至害怕一个人，好像是一种不幸，孤零零的可怜相。守住一份孤独非常不容易。

其实，末了不就是孤零零的终结此生吗？

能够守住孤独的人一定是一个内心强大的人！

孤独人的朋友，是自然、书籍以及那些不会抢走他孤独的人。可能这个人会变得越来越吝啬，对自己时间加以保护，他在长期的孤独之中感受到时间的有限，生命的有限，浪费时间是可耻的。

夜幕降临，书房被那盏淡黄的灯光氤氲着，你看到的是孤零零的一个人捧着书，其实他的内心是动感的，就像水流，在体内循环不止。

"知人者智，自知者明。胜人者有力，自胜者强。知足者富，强行者有志。不失其所者久，死而不亡者寿。"老子在告诉孤独人，懂得别人的人是一种智慧，但了解自己的人才是高明，所谓知己知彼，百战不殆。你能够战胜别人，那只能说明你有力量，或者有条件与机会，并不证明你自己就真正的强大。只有那些能够战胜自己的人，才能够称做是真正的刚强，是真正的强者。人呀，就怕不知足，不知足的人会不停去追逐，即使富甲天下，仍然是一个穷光蛋！而对于一个知足的人来说，是幸福的，是富有的，幸福不幸福在于你是怎么想的。人人都想长生不老，但肉体却是谁也无法让其永恒的。老子说，真正的长寿，是一种精神的无限。否则，一个人什么好事情都没有做，肉体，像那枯木朽株一样，即便能够长生不老，那又有什么意义呢？

……

孤独呀，就是被这些文字所瓦解的。

一旦找到孤独的突破口，将变得贪婪，似乎被孤独所俘虏。

孤独是一种境界，修行得之孤独。

2012年9月8日

51 觉一空间

我的瑜伽课堂吸引了国外的瑜友，对于只有初中二年级英语水平的我，想让异国瑜友更深入具体地知道真正的瑜伽很难，我不想将瑜伽只做成体式，虽然自己也曾摸索自学，感觉进步很慢。

一直关注为艾扬格瑜伽大师做翻译的唐一杰老师的博客，当看到瑜伽英语培训班的通知时，心里一亮，可又想，五天的时间我能学到什么呢？带着这样的疑问我报名参加了唐一杰老师的第二期瑜伽英语培训班。

从三亚到北京距离漫长，但再长的路也阻挡不住我渴求自我能力提升的脚步。我从南海来啦！寻觅在繁华都市里的觉一空间。

2012年9月22日上午8点30分，冰冷的电梯门一开，就闻到淡淡的檀香，它引着我踏进"觉一空间"的屋内。

绿色的植物、古朴的鞋架、水墨画的纸质玫瑰花吊灯、书架上有免费结缘的禅佛书籍、神台上供奉着希娃神、有一间瑜伽教室还摆放着古琴，雪白的墙上是僧人的笔迹。

"抱朴归真"、"道法自然"。

槛外槛内，喧闹静谧，恍如隔世。

老师让我们做简单的自我介绍，长条形的瑜伽教室坐着来自深圳的、山东的、湖北的，还有本地的瑜友们，有的是瑜伽老师，有的是瑜伽爱好者。唐老师随意说起他是2006年接触到瑜伽的。心里感慨道："短短几年就可站在如此的高度，令人叹服！"

他教我们如何打破死记硬背的旧模式，如何利用视觉记忆法及图像记忆法来学习瑜伽英语。

What is Yoga?

Yoga dates back thousands of years to the time of the Vedic culture —around 2800 BC. Having developed as one of India's philosophical traditions...（瑜伽可以追溯到几千年前……）老师开始带我们走进瑜伽的哲学，瑜伽的历史，带着我们一句一句读，为我们详细解释每一句的含义。

间歇时老师以肯定的眼神说："大胆读出来，不要在乎别人怎么看你，只有上帝才有资格评判你。"

可还是有一位瑜友感到困难，在瑜伽哲学及历史篇幅里没有几个单词是熟悉的，她开始打退堂鼓，开始如坐针毡。

"其实，人的自信，是自己给自己的，你觉得行就会行，你觉得不行那就不行。"老师对我们说。

我喜欢老师的言语，我来之前就有了些许的心理准备，也想到了可能会是怎样的结果。我来到这里，不仅仅是学习瑜伽英语，其实也想听一位在瑜伽界资深的老师讲解瑜伽哲学，瑜伽的所有……

况且是第一天呀，怎么这么没耐心，瑜伽是练心的。

我不愿意离开，这里，对我有吸引力。

世间所有相遇，都是久别重逢。

就像此刻，您读到了我的心声。

哪怕只是读上两三行。

如心生欢喜，就一起去探究"觉一空间"的秘密。

如未能感动，请放下，允我低眉合十，道一声"珍重"。

拿起，放下，皆缘。

第二天。"当你的身体上热下凉时，话多就会伤喉，没有将身体调整过来，你就是吃再多的含片，此症状都不会消失。

我们来练习让丹田能量上升的方法，饶舌、叩齿，将唾液徐徐咽下。

当你的身体处于下热上凉时，喉咙不良的症状自然就会消失。"

记住了，我们按着老师说的话开始实践着。

"嗓子有了滋润感，Open your heart! 继续我们的瑜伽之旅吧！"

"很好，不错，舌头越来越灵活了。"

……就在我这样写着的时候，老师温和鼓励的话语一遍遍萦绕在我的耳畔。

老师带领我们看瑜伽体式片，练习我们的听力，听一段解释一段，再连着听一遍，通过读、听，不断地刺激我们对英文迟钝的大脑，唤醒，起航。

外教Cam讲英文基础生理解剖，"chant/belly/chest/hips/knee...stretch/relax/twist...Stretch your arms! Together palm...是不是很简单呀？"他的笑容是如此纯净，眼神清澈。他还让我们组成瑜伽小组，一人说瑜伽体式的步骤另一人来演示，有趣易懂。

第三天。每天踏进槛内，就像回家，没有人向你推销瑜伽用品，当你自愿选好喜爱的商品，她们会说，八折就可以了，当你预约上中午的瑜伽课程，前台会告诉你50元就可以了。她们有时也会问你，吃些点心吧？或者说水烧好了，鲁老师说，好佩服你们在里面学习的劲头。

怎么会没劲头呢，每天都有新鲜的课程，老师准备得充分，课前还邀请何伟瑜伽师为我们介绍他学瑜伽英语的方法。

课前还"实战演习"呢。老师让一位瑜友用英语带瑜伽课程。

上一届的瑜友可可老师为我们开了个头，听着她流利、简洁的瑜伽英语，我们的心跟着进入，肢体跟着她温柔的声音进入瑜伽状态。

轮到我了，不知怎的，心跳得厉害，不是我想要的结果。其实我经常出现这种情况。

老师鼓励我们说，可以拿着上来念，只要说出来就好。

我们每一个人从台上下来，老师会给我们建议。他语气平和，总是面带微笑。

"你如果将元音发得再饱满些就更好；很不错，有自己的特点，有味道；非常好，很纯正的！再大胆些……"

今天记忆最深刻的瑜伽知识，关于身体脉轮：

Muladhara(根轮)，它的种子咒，Lam；

Svadisthana（腹轮），种子咒，Vam；

Lam，Vam，Ram，Yam，Ham.

"老师，为什么我呼唤Yam(心轮)感觉不强烈？"我不由地问。

"当我们还是小孩的时候，抗体会在胸骨内形成，起着对抗疾病及外来入侵的作用。如果在童年时得不到父母照顾，这部分能力便不能健全发展，长大后会变得很胆小，害怕黑暗，害怕犯错，唯恐别人伤害。此中心的右侧，反映父亲方面，父亲失职或过分专制，此中心之右侧会逐渐受到阻塞。"

听着听着，我开始走神了，自言自语地说我已经不怕黑暗了，我也不再惧怕蛇了，但我还是有些胆小。

在这之前我一直以为是我长年坐办公室的原因，使得我的右侧肩膀总是痛疼，现听老师一解释，如醍醐灌顶，恍然大悟！

我们的心在碰到痛苦、压力、辱骂时就会自然收紧，以此类推，任何内脏器官都是如此，喝酒多了，肝会收缩来保护自己，肌肉自然也会紧，肌肉僵硬没有弹性时，血液循环就不顺畅就会痛。

下课了，夕阳透过玻璃窗，似乎在向我们告别。可老师还和我们在一起。唐老师免费为一位肩膀痛的瑜友做着按摩，为另一位肠胃不大好的瑜友进行了针灸。

我羞涩地请老师为我诊疗，我俯卧在瑜伽垫上，老师温热的手放在我的右肩膀上。

他轻轻地说："已经恢复得很好了，没有硬硬的壳。你有几个兄弟姐妹呢？"

"七个，我是最小的。"

"那应该是最幸福呀？可以不用坐在墙角，也不用上台来感觉到胆怯的。一边说着，一边手放在腰的部位，噢，这里湿气严重。"

他在我的膝盖内旁侧按压肾经的穴位。

"……太痛了！"我已经忍不住喊道。

"将痛慢慢呼出来，将残留下的苦都统统呼出来，没什么大不了的，……其实，你已经很棒了……你已经很少回忆苦难了，再没有人可以伤害到你，你有超强的把控力。"老师的声音很缓慢，分明是老师在说，可我却感觉是过去的我在和现在的我对话。

不知不觉中，我的眼泪流向脸颊，经历过怎样的苦我很清楚，有眼泪并不代表我柔弱，手心脚心都开始冒汗，我发抖的身体并不代表我不坚强，接纳自己的过去，看清自己曾经的无明。

就在这一刻，在老师智慧的点拨中，我想明白很多问题，为什么走到今天这一步，为什么我喜欢写作，为什么我前两年喜欢写回忆录，写得畅然，写完好像就放下了，写作是在释放自己，将自己放飞！飞向另一座山，那座山不再枯草遍地，而是鸟语花香，林木茂盛！

我为什么那样喜欢练习体式、冥想、静坐，聆听禅佛音乐，诵读瑜伽典籍，因为我感觉在那种状态下的美好，那是超越物质层面的美妙。

我还有一次这样不知不觉的流泪，那是三年前，一位灵性老师带着我和一群瑜友唱诵，唱着唱着就忍不住泪流满面，其实唱的什么意思我根本不清楚，都是梵文，我不明白为什么会这样？那位鹤发童颜的灵性导师告诉我说："你回到家了。"

这两种泪是不同的，在"觉一空间"的流泪，是因为我再一次看到过去的自己，勇敢接纳，不再回避。

"我们会言不由衷，但我们的身体就像个记事本，记录了我们过往的伤痛和经历。人体是一个整体，透过身体，行为模式来整体了解人的状态。"这句话是"觉一空间"的杨玉彬老师说的，我深深懂得了这句话的含义。

在后两天学习过程中，老师变着花样来教授，读着读着突然让我们其中一个接着读下去。

"声音好小。"他说。"我们来劈柴！""我们来学狮子吼！"
课堂内笑声满满！方法即刻奏效。

要结束课程的那天下午，上一期的可可老师为我们沏茶，我们围坐在一起，好温馨呀。黑茶冲了好几遍，可我还觉得甜滋滋的。

和老师告别的方式也很特别，记得以往参加完培训课后都是要和老师合影留念的，可老师总不下课，还有滋有味地带着我们看国外瑜伽体式碟，不急不慢地一边读一边讲解。

我们只好一个个悄悄地走到老师面前与之告别。

在心里与唐老师合影了，相信还会再见面，聆听老师智慧的言语，感受老师稳重不失可爱的个性！

老师的心就如缕缕阳光，即使我在遥远的三亚，也能感受到温暖！

觉一是什么？觉一之觉，是觉知，是觉醒，是内在生命的无限延展，是个体与浩瀚宇宙的联结相应。

觉一之一，由缘起，由缘灭，由纷扰复归于清净平等，由风云际会于当下守中抱一。

觉一，无限可能，无限开放……

觉一空间。

2012年9月29日

227

52　九个小时

从北京回到三亚，就向北京的朋友发了短信报平安。

"刚到吗？为什么要那么长时间呢？"

"因为北京机场大雾，所以在机场逗留了几个小时，这次行程共计九个小时才抵达三亚凤凰机场。"

我是如何打发这九个小时的呢？

那天10点15分我到达北京机场就听到飞机晚点起飞的消息，不知怎的我并不在意这些，不急不慢换好登机牌就坐在候机大厅，拿出我的iPad开始记录和瑜友在一起的点点滴滴。

回忆聚焦在最后一天的中午。

我们围坐在一个大大的圆桌旁，你一言我一语聊着。

有人建议再一次作详细的自我介绍，包括年龄、星座、是否单身。

写到这里，瑜友们美丽的脸庞浮现在我的脑海里，她们自信的表达令我无法忘怀：我来自深圳，巨蟹座；我来自武汉，金牛座；我是辽宁的，双鱼座；我是山东的……

回忆整个过程，发现自己更喜欢聆听，对于星座、婚姻、情感的内容我已不再感兴趣，我也不再和与我有不同观点的人去辩论，但我会用一句话来概括我的观点。

我觉得只要你是一个有血有肉的人就会有苦有乐，就会爱别人和被别人爱，如果你了解自己又能够把控自己，无所谓什么星座，你也不会在意别人说，呀！你是双鱼座，花心的人。

并不是说你想找一个怎样的男朋友就可以找得到，在于你拥有怎样的内在与外在。善良的？活泼的？泼辣的？阴险的？才华横溢？见风使舵？沉着稳定？……高贵就会配高贵，庸俗自然配庸俗。

在瑜友们辩论的时候，我在她们身上看到我过去的影子，二十多岁、三十多岁正是经历恋爱、婚姻的日子，极少数人一帆风顺地驶向幸福的彼岸，都是需要经历苦与乐，是一个从错误到正确，从幼稚走向成熟，浮躁走向淡定的过程。

不经历风雨怎么见彩虹。

抬头环顾周围，旁边的游客见我抬头冲着我微笑着，我也还了一个淡淡的笑脸。他一直想和我说话来着，我能感觉到。见我不理睬他，就开始打电话打发时间。那对老夫妻一同在看着一张报纸。有一位父亲端着重重的相机朝着五岁的女儿抓拍。还有的闭眼睡着了。

……

伸伸胳膊伸伸腿转转头，快下午一点了。

我又重新起了文字的开头，因为我接下来写的主题与前一主题没有相同之处。

我还要记录打动我的"觉一空间"瑜伽养生会所。那里的人，那里的景，那里的事。我先记录我要写的大纲……就在我敲着大纲时，听到广播传来从北京去往三亚的飞机即将登机的消息。

坐在靠窗的位置，丝丝小雨吻着玻璃窗，雾慢慢散去。那对老夫妻就坐在我的旁边。他们在抱怨飞机还是不能起飞。

听着他们的唠叨声我闭眼查着自己呼吸，借由这样的方式让身体进入休息的状态。

我的身体感受到猛烈的摇晃，飞机终于起飞了！

飞机慢慢升高，穿过厚厚的云层，越飞越高，再要看那些云层，就需低着头了，像一张大大的雪白的毛毯，云际的边缘是金色的光芒。

我感觉到平稳了，就开始读《禅》。

通过转心来转境，《觉林菩萨偈》中讲，"心如工画师，能造诸世间。五蕴悉从生，无法而不造。"这个心，不仅指我们当下能观察的到粗浅的前六识，还包括第七识以及目前我们无法透视的更深层次的第八识。从业感缘起的角度，我们可以说，一个人的相貌、命运和所处的环境、人际关系等，是由他自己的心感应而来的，反过来说，相貌、命运、环境和人际关系等，在一定程度上是认识他心灵状态的一面镜子。

这种心、境互相感应的道理并不神秘，只要我们认真反省，在日常生活中，它是无处不在的。比如，你用阴冷的心对待他人，他人就会用阴冷的态度对待你，你就会感召到阴冷的环境和阴冷的命运。你用光明的心对待他人，他人就会用光明的心对待你，你就会感召到光明的环境和光明的命运。你拒绝环境和他人，环境和他人就会拒绝你。你温暖他人，他人就会温暖你。总之，你用什么样的心态对待他人，他人就会用什么样的心态对待你。你用什么样的心态对待人生，人生就会向你呈现出什么的色调。你用对立的心对待这个世界，那么这个世界就会充满对立；你用圆融的心对待这个世界，那么这个世界就是和谐的。

……转头望着窗外，读着这些禅者的心声，心里又浮现出以往的自己，曾经的过往，曾经的快乐与痛苦，快乐是怎样出现的，痛苦又是怎样产生的？

关注当下的自己，为什么眼里盈满泪水，因为老师瑜友们为我呈现出的是温暖、是爱、是无私，所以心被感动。我参加过不少培训，老师对瑜友的各种态度都呈现在我眼前，正因为有比较才会懂无私与自私的区别。

生活、婚姻、工作处在顺与逆都可以检验觉照能力，逆缘与烦恼缘的特征是矛头直接是针对"自我"的。

我默默读着这段文字：

> 逆境界易打，顺境界难打。逆我意者，只需一个"忍"字，定省少时，便过了。顺境界直是无你回避处，如磁石下铁相偶，彼此不觉合作一处，无情之物尚尔，况现行无明全身在里许作活计者。当此境界，若无智慧，不觉学知被他引入罗网，却向里许要求出路，不亦难乎！（《答楼枢密》）

合上《禅》书，盘坐，闭上眼睛，盘起沉香佛珠。

感悟、写作、读书、盘珠。

无心想时间。

睁眼，咋这么快就到了，在天上的感觉很美妙！

2012年9月30日

53 初冬的暖阳

2012年12月忙我的印刷本《瑜伽紫涵》，使得眼角布满血丝。

我从三亚悄悄地回到江西，在短短的一周内，不再写字、不再读书、不再思考。

我喜欢这样的感觉，悄悄地离开，悄悄地归来，静静地回忆匆匆的过往。

"送你一本书。"我对母亲说。

"又送我书呀！"她咧着嘴微笑着回答我。

她随意地翻开一页，"哎呀，怎么有我的相片呀？"她很疑惑。母亲拿着书又找来老花镜，坐在沙发的一角开始翻书解惑。她的嘴巴合拢，苍老的脸上那些皱纹不再舒展，仿佛凝固的条条沟壑，眼神是专注的。

我的额头和眼角有了细细的皱纹，心理学书上说，是曾经的苦痛遗留在脸上的印记。可我的母亲满脸都是皱纹，那是数不清的苦。

母亲从什么时候开始慢慢苍老，我并不知晓，留不住的岁月如同百年的树，长满了层层的年轮和斑驳的树痕。

我拥抱母亲，就像拥抱我的孩子，她薄薄的嘴唇笑起来是那样天真无邪！

我开车带母亲攀登千年的历史古迹"郁孤台"，短短的台阶，母亲却停顿歇脚好几次。

嘴里喃喃地说："好累，腿没力气了。"

每一次停歇，我就将自然的美景定格在我的手机里：绿色草坪上金黄色的银杏树，从墙角探出紫红的三角梅，屹立在山顶的古老楼台，还有那烟波浩渺的章江水。

游人不多，寂静得可以听到清脆婉转的鸟鸣，一阵风来，檐角的铜铃发出"叮叮"的声响。

我站在南宋词人辛弃疾的雕像前，轻轻地吟诵《菩萨蛮·书江西造口壁》：

> 郁孤台下清江水，中间多少行人泪！
>
> 西北望长安，可怜无数山。
>
> 青山遮不住，毕竟东流去。
>
> 江晚正愁余，山深闻鹧鸪。

"他写的呀？"母亲指着雕像问了一句。

"对，'众里寻他千百度，蓦然回首，那人却在，灯火阑珊处。'这一句也是他写的，你听过吗？"我的母亲不说话只是摇摇头。

我的母亲，她坐在了石阶上，暖暖的冬阳笼罩着她的背脊。

她对"郁孤台"无任何的感慨，一直保持着淡然的神情，平静地眺望远方。

我们沿涌金门古城墙行走着。青灰色的砖高耸着，它在这里伫立了千年，那些砖隙间的绿苔仿佛藏着许许多多的故事。

我背靠城墙，闭上双眼，似乎有种无形的力量，让心在瞬间沉静下来。缄默不语的古城墙，让我懂得生命的无常，世间万象得到的、希望的、作为的、知道的，终究都会是空性。一切的相都是一时的组合，不是永久不变，我们的享受、我们的欲望、我们的作为、我们的明了，和看到的、听到的、闻到的、尝到的、触摸到的、感觉到的，一切都是虚妄想法造作的。没有什么办法让得到的存在的东西永恒，所以没有什么可以真正拥有。

古城墙不是佛像，我无法膜拜你，就让我以一种敬仰的目光凝视你。

我将脸贴向湿冷的城墙，丝丝的凉传遍整个身体，就像是接受一场禅意的洗涤。

我陪母亲坐在小树林边的长椅上。

"我和你最合得来了，对吧？"我问母亲。她只是微笑。

"我最爱在自然界里行走，你也是。"我又补充了一句。

"嗯，外出散步和吃饭睡觉对我来说一样重要。无论多大的不开心，只要一出门，心就静了。总是待在家里围着人转的人，俗气。心不静浮躁的人命短病多。"我母亲的话多起来。

我依偎在母亲身旁静静地聆听她的言语。

远处的天空香火缭绕，那一定是你想去的寿量古寺了，我对母亲说。

香火旺盛，香客如流。每一个香客心里都藏着心愿跪拜在庄严慈悲的佛祖前，缥缈的烟雾里是一对对祈盼的眼神。

这是一所香客与方丈零距离的寺庙，免费进出的寺庙。方丈领着僧人居士上早课，木鱼声、诵经声传遍寺院的角角落落。在这一刻我亲眼目睹了方丈走出大殿为每一位香客泼洒圣水，以往只有在电影里见到过这样的情景。

当我走近免费结缘的小屋，仔细翻阅佛典小册子，"万法皆空，因果不空！"心为之一振！我对文字有着深深的眷恋，恋上是因为懂得了文字里所述说的含义。

烧香、叩拜、念佛、绕佛、读佛经都是为了了解自己、解脱自己。

我站在"净土道场"的门边寻找我的母亲。

我的母亲就静静地坐在有阳光的菩提树下，等我领她回家。

这一晚，我们睡得格外得沉、格外得香甜。

"12月了，天气越来越冷，和我一起回三亚过冬吧？"我不止一次地邀请母亲。

"不去了，今年我感觉走路特别累，不想动。我就在这里等你们回来看我。今年过年你要不回，清明一定要回呀！"母亲也不止一次地嘱咐我。

2013年12月6日

235

第四章 紫涵思绪

54　自费印刷《瑜伽紫涵》的感悟

不得不承认女人是感性的。总喜欢按照心里所想去做一些事情。当印刷厂的负责人通知我印100本的价格是110元/本时，我目瞪口呆。

脑子里蹦出六个字："完蛋了！太恐怖！"

这样的结果与我的心理价位相差太大。

"你想想你复印一张多少钱？你想想你洗一张照片多少钱？"印刷厂的人解释216页（包括彩页）的《瑜伽紫涵》共计多少钱。

"如果你印1000本就合算了。"他们告诉我。

可我不想要1000本。因为这是送给我亲人的书，送给真正欣赏我的人，对我文字有着浓厚兴趣的人。用不着1000本！

《瑜伽紫涵》对于我的家庭，我的孩子具有深远的影响。

书的前三章都是记录我的家族从辛酸走向甜蜜的过程。后四章记录因遇瑜伽后我蜕变的过程。除了后附两篇禅佛博士后致兵老师写的关于紫涵的文字，其余的都是我的文字作品。

照片是根据文字所需而配的，珍贵的结婚照、其乐融融的全家福、我的头倒立、我的四肢扭转、我授课时的状态。

值得我的家族世世代代珍藏的一本书！

几本就足矣！

儿子为我出主意："妈妈，我们贷款吧？"

我从来没有见我儿子如此渴盼的眼神。

他说："妈妈，我又发现一个错字。妈妈，我觉得你应该每一篇文章都写上年月日。你想想，我五年级写的文字怎么能和我初三写的文字相比呢？如果写上日期，别人就不会觉得你前后的文字水平怎么相差甚远。"儿子还说："如此的印刷价格，作家还怎么过日子呢？"

"出版社认可的作家，他们会出所有费用来推销作者的作品。"我说。

儿子一边读着我记录他小时候的文字，一边说："其实我们班有很多富有的家庭，他们在我小时候就住100多平方米的房子，我们那时候还和别人合住。"

"你有没有觉得委屈呢？"

"没有呀。"儿子笑着说。

"真正的幸福是什么呢？"我问。儿子的手放在了胸口，这个时候我们只需用眼神交流了。

我特别感动！感动于这本书真正的价值与意义！

"其实人的一生不是要学多少技能，真正要学的是智慧，所以，妈妈从来不逼你去做不喜欢做的事，你要成为你自己！"我告诉儿子。

"妈妈，知道夏洛蒂·勃朗特吗？就是《简·爱》的作者，她一生就写了一本书却一直被读者所珍爱！有人写了上百本，随着时间的推移却石沉大海！"

"对！妈妈觉得那些明星书和所谓的畅销书就如快餐。为了迎合读者的口味而出现在市场上，人们读这类书只会是一种迎合而并不能得到提升。而一本好书，一定经得起时间的考验，《简·爱》、《约翰·克利斯朵夫》，要与好书为邻！要找到你喜欢的作家，沉稳、不浮躁的，让你懂得人生的真相却依然热爱生活。跟随他的眼光，深入下去，如此，你会将他们的资源变成你的资源，这是妈妈读书的感悟。"

思考在弥漫。

55 鸡足山金顶寺

无数次去三亚的南山寺，可我没有一次跪拜在佛前。

……为什么？我在问自己。

为什么我又会情不自禁地跪在鸡足山金顶寺的佛像前？

自从遇见瑜伽大概第三年，我不自觉观察自己的言行，且随着时间的推移，这样的警觉越发次数多起来，甚至就在我要做某件事的时候都会先想想该不该去做。

有的时候我会在心里理一遍事件的原委，有的时候会用文字分析，就如此刻。

2011年元月，藏传佛教徒索南带着我们四位瑜友行走在寂静的鸡足山森林里，正午的阳光透过茂密的树叶散落在我们身上、路旁野花上。

海拔3248米的金顶寺呀，我们从山谷慢慢靠近你。

在崎岖的山路上我目睹了身着粗布长衫一步一叩首朝圣的老者，心为之颤栗。

半山腰时我买了些野生小板栗充饥，味道甘甜，天然的食物进入身体为登顶铆足了劲。

就在呼吸都有些困难时，听见山上传来清脆的藏歌，歌声越来越近，眼前的歌者却是中年藏族妇女，她的笑容如歌声一样甜美，她毫无顾忌地一边下山一边大声歌唱，还冲着我们微笑，"扎西德勒！"吉祥的问候令我至今难忘。

下午，在山顶上吃过午餐后，索南带着我们挂经幡、向天空抛撒五彩缤纷的风马。仰望蓝天下随风飘飞的风马，心如孩童般欢呼雀跃起来。

索南要带着我们进大殿膜拜佛菩萨。

每当去寺院同行者要做此事，我总是这句话，"我就不去了。"

当他们进殿了，我就站在山顶的铁围栏旁鸟瞰绵绵的群山，欣赏绿涛翻腾，聆听风吹经幡呼啦啦的景致。这里没有嘈杂的人群，这里没有俗事缠身，这里没有什么艳遇，这里没有垃圾。蓝天净土如天堂般圣洁无瑕，真正令人感受到生命的渺小，自然的博大。

我的思绪被钟鼓声唤醒，那钟声顺着缕缕轻烟飘进我的心里，感觉一种无形的力量牵引着我来到大殿的槛外。僧人们穿着袈裟，微闭双眼，面容安详。我抬头仰望佛祖，慈悲庄严，宁静，气度不凡的禅定形象，在这寒冷的冬天心生阵阵温暖，我轻轻地跪下，双手合十，久久地凝望着佛像。我终究是一个凡尘中的女子，会哭、会笑、会悲、会乐，逃脱不了俗忧俗虑。

"我想你会帮我渡过难关，让我的付出有所回报。"

我的叩拜伴随着木鱼声声，梵音悠扬，在我的记忆里显得弥足珍贵。

2012年的元月，我再一次来到金顶寺，还是下午的时候，僧人们在院外晒太阳，我悄悄跨进槛内，再一次跪拜在金顶寺的佛祖前，整座大雄宝殿只有我一个凡尘女子与仙人对话。夕阳透过雕花的木头窗照着佛像的脸庞，禅定的笑容，强大地震慑着心房，平静与崇敬的心情油然而生。

这一次我没有求佛祖给予我什么，我发愿此生不为金钱所累。利他助人是我活着的证明。

　　商业化的寺院又怎能达到如此的心境呢？

第四章　紫涵思绪

56　傻女人

　　一个懒惰的女人与一个勤劳能干、性格温柔的女人在一起生活不一定会产生矛盾，因为温柔的女人会包容懒惰的女人，其实那是在害她！假如与一个勤劳能干性格刚烈的女人在一起就不一定会是这种结果。在性格刚烈女人的人生字典里没有"懒惰"这两个字！她的生活因为勤奋而变得殷实，大半辈子就是靠勤奋而出人头地，对一个家族而言是多么荣耀。她们在一起一定会发生"战争"。

　　懒女人从来没有被别人这样骂过，她也不相信对方骂的人是自己，还在心里夸自己："我很好呀，怎么会像你骂的那样如此不堪？苦呀！"寻找各种理由为自己开脱。这懒女人不但不悔过，反而诅咒对方去死！为什么有的人需要一位师父呢？因为她深陷自我无法自拔，需要通过借助外力超越自我。对于自大的女人，师父送上门来，她一脚就将师父踢出门外，她永远要在痛苦里轮回，她一定会被越来越多前行的人抛弃，做什么都不会成功。

　　如果你不醒来，你不觉悟！你无法得到解脱！幸福离你很遥远。

　　总是这里痛那里痛的女人，她有可能就是个懒女人，她无法掌控自己的身体，爱睡懒觉，肌肉松弛，脊柱当然就"摇晃"，所谓骨不正筋不顺，就是这个道理，疼痛就不请自来了。

懒女人气虚，身体变形，总是直不起身子。

懒女人总是抱怨，总是郁闷，总是需要别人的安慰，总是打不起精神。

这样的女人家里人不喜欢，单位的同事不喜欢，能量低下，容易跟着感官走，无法做身体的主人。

万法皆空，因果不空！你的懒、你的傻一切都会印证在你现实的生活里，身体痛、心里痛一样也逃不了。

都是你自己的原因，和别人无关。

这些天在网络上总是遇见傻女人。

"老师，你心情低落时是怎样调整心态的？怎样才能保持时刻的心态平和呢？"打开QQ后收到这样的信息。

"为什么情绪低落呢？是身体的原因还是心里有事想不开的原因？可以和我说说吗？也许我可以帮你解惑。"

"一言难尽呀老师，我儿子今年刚四岁，两年前因为他父亲有外遇我主动提出离婚，孩子跟父亲，为了孩子我离婚不离家，现在我们还是住在一起，虽说他和外面的女人断了，但至今两年内我们一直过得不平静，我现在真的无法在孩子的幸福和自己的幸福之间找到平衡。"

我迅速回复了我的看法。

离婚不离家的女人傻呀！你们在一起是不合法的，你没有任何权力干涉前夫的自由了！因为你不是他的妻子。

假如他有另一女人了，纯属正常，因为你们都是单身了，你同样可以有新的男朋友。

这不是乱套了？你能心安吗？

还想住一起必须重新领证。你不领证，对方认为你有别的想法，自然不会对你全心全意。堂堂正正做夫妻多好，不做没有名分的女人。

要不坚决离开！过自己的日子，有自己的事业，有自己的家庭。勇敢地承担自己的所作所为。

醒醒吧！觉悟吧！觉悟到不对就改变自己吧！

一切在于自己。

并不是每一个女人都会犯同样的傻事。

"老师，你听说过佛教里过午不食吗？"瞧这一位不一样吧。

"怎么，你要过午不食？"

"我太胖，过午不食会降低对食物的欲望，不知道科学不？"

"我了解的女尼都没有过午不食的，深患重病的女尼会喝肉汤来恢复身体。"

"为什么非要肉补？红枣不好吗？"

"肉生血枣活血，身体没血怎么去活血？"

"老师，你肯定爱吃肉戒不掉吧？"

她是在嘲笑我吗？没有关系，每个人有每个人的理解，不要求别人达到自己的理解能力。包容对方，这也是一种觉悟的证明吧！

我是个凡尘女子，我需要照顾家庭需要去工作，我的身体需要怎样的饮食，清晰明了。

女尼们清心寡欲，吃斋念佛，遵循着教规。

我不是女尼，也没有进入任何的教派，自然地活着，如万物自然地生长与消亡。

不执着任何的形式，深深懂得一切的身份与地位终究化为泡影，一切都是虚幻，淡淡的来，淡淡的去。

人与人之间最大的不同，不是物质拥有多少，而是意识的不同。

我曾经是个傻女人，因为一个男人喝过大半瓶白酒，那时不懂得那是在伤害自己，与别人没有任何关系。傻呀！

我还干了何种傻事，——在心里忏悔。

智慧女人与傻女人的区别就在于意识不同，所以就有了快乐与痛苦的区别。

转变你错误的意识，觉醒！

2013年02月23日

57　背诵《心经》

前两天与居士们参禅悟道，多关于《心经》的话题，感受到他们的智慧深不可测。

山尼居士聊起我们曾读过弥兄写的《心经》的力量，可我竟然忘了写的什么内容。

虽说我聆听邝美云吟唱的粤语《心经》一年多了，在日常生活中，没有感受到《心经》的威力，我与《心经》是陌生的。受师兄师姐的影响，我下决心背诵《心经》。

2013年的清明节，我会背《心经》了。

260字的《心经》，学背的时候想一口气背下来，有些难，五段分意背就容易多了。

第一段："观自在菩萨，行深般若波罗蜜多时，照见五蕴皆空，度一切苦厄。"智慧的菩萨，觉悟每一个当下，悟到人生的本质是"空"性。我们生活在世间，因缘变化无常，成就了如幻的万象事物，如果我们能如菩萨一样观照发生在当下的万事万物，契入缘起性空的道理，就能获得如幻三昧。

接着下一段是自由自在的菩萨将智慧言传于舍利子（佛弟子的名字）。

第二段："舍利子，色不异空，空不异色，色即是空，空即是色。受想行识，亦复如是。""舍利子，是诸法空相，不生不灭，不垢不净，不增不减，是故空中无色，无受想行识，无眼耳鼻舌身意，无色声香味触法，无眼界，乃至无意识界，无无明，亦无无明尽，乃至无老死亦无老死尽。无苦集灭道，无智也无德，以无所得故。"菩萨告诉我们看透人生的本质是"空"！

我读这一段时，就仿佛菩萨在唤我："紫涵啊，色不异空，空不异色……"进一步描述"空"性，乃至于世界万象都是空性，没有任何的办法让得到的东西永恒，没有什么可以真正的拥有。

第三段："菩提萨埵，依般若波罗蜜多故，心无挂碍，无挂碍故，无有恐怖，远离颠倒梦想，究竟涅槃。"依此法修行的结果。

第四段："三世诸佛，依般若波罗蜜多故，得阿耨多罗三藐三菩提。"

第五段："故知般若波罗蜜多，是大神咒，是大明咒，是无上咒，是无等等咒。能除一切苦，真实不虚。故说般若波罗蜜多咒，即说咒曰：揭谛揭谛，波罗揭谛，波罗僧揭谛，菩提萨婆诃。"

弥兄啊，我可以流利顺畅地背诵《心经》了。

我终于可以如唐僧一样轻轻闭双眼念念有词了。

我终于懂得唐僧是如何一路逢凶化吉，遇难呈祥安全抵达印度了。

我是谁？我不是悟空，我更不是八戒，我有点像那个沙僧吗？

当静坐、体式、行禅的时候，我是安静的，当我和别人相处时呢？我是傲气的。"假我"随着因缘法在运动、在变化。事件过去后真我开始反省，反省自己的慈悲与宽容心去哪了？

背诵《心经》，悟"空"性，就如清泉流进心田洗净你心灵的尘埃。

背诵《心经》，契入"空"性，它那智慧之音，就如寺院里钟声，会让我们迷茫的心回归本真。

背诵《心经》，生命与空性融为一体，无我，才能与大道合而为一。

如果我们只懂练习瑜伽体式，追求高难度动作，那样离真实的瑜伽越来越遥远。

紧紧抓住人、我、众生、寿者四相不放，一切从强化我执为出发点，修行就不会相应，即使能出现一点静境，最终也会走到误区。

我会背诵《心经》了，仅此而已。

也不知道我理解的对不对。

就好像我学习了一些开车的理论，我到底开车的技术如何呢？上马路就知道了。

2013年4月10日

58 三阳开泰

北京的瑜友在微信上发表感言："很多年不工作了，到了周五，还是觉得轻松，为什么呢？"

我迅速以文字回应："可能工作时压力大，或你不爱那份工作，或你对那份工作特别执着。无论是哪一种状态，都已植入你的内心深处，残留至今。身在过去，心在未来，如何让心安住当下呢？"

说到工作，想到是周围工作的人，感悟颇多。

光大银行的马经理爱着自己的工作。她不练习瑜伽，但她的气色极佳。这份工作如阳光，阳，生之本也。每天沉浸在喜悦的心情中，气血循环顺畅，肤色自然靓丽。

什么叫"三阳开泰"呢？

我们练习瑜伽体式，是一种动生阳，动摇则谷气消，血脉流通，病不得生。

所谓善能生阳，一是语善、二是视善、三是行善，不难理解吧？

古人说，喜则阳气生。想开心的事，听自己喜爱的歌，看自己爱看的书。

阳气旺盛的人不会受到病邪侵害，还能使人的精神平和愉悦，心想事成。

相反，比如那个办理工商登记证的小姑娘，对待我们办证的人态度相当差。能够明显感觉到她很厌烦这份工作。头一回接触就怀疑我开瑜伽会所的能力。还一次次为难我，旁边的工作人员点拨我请她入会。

自私、贪婪、阴险、怀疑的不良心理都让她占了，善从何来？相由心生，脸色阴暗，眉毛纠结，嘴角下沉。

老子说："罪莫大于可欲，祸莫大于不知足，咎莫大于欲得。故知足之足，常足矣。"意思是说，罪过莫大于欲望膨胀，祸害莫大于不知道满足，凶险莫大于欲望得以放纵。所以，知道满足的富足平衡心理，是永远的富足。

回家来和老公叨唠，我还头一回碰到如此态度恶劣的人。

老公说你在二十几岁碰到比她还狠毒的人，丈夫说你为他们工作近两个月却没拿到一分钱的人，你忘了？

天哪！我怎么把这么痛心疾首的事给忘了呢。

忘了好呀，证明我修行有了精进。

证明我身不在过去，安住当下。

动生阳、善生阳、喜生阳，三阳开泰，灵丹妙药也！

2013年5月12日

第五章　瑜伽紫涵

多年练习瑜伽，欲望越来越少

我的身体却健康起来，精力也充沛起来

我到底需要什么

我向所有热爱瑜伽的朋友展现自己，带她们练习呼吸、体式

传达瑜伽哲学思想

正面的能量不断地投身过来

这种感觉真的太美妙

自然的喜悦来了，那是灵魂的苏醒

1　Yoga

Yoga一字，是从印度梵语Yug或Yuj而来，是一个发音，其含意为"一致"、"结合"或"和谐"。瑜伽就是一个通过提升意识，帮助人类充分发挥潜能的体系。

因为腰酸背痛，我走进了瑜伽馆的大门。

练习瑜珈使得性情宁静，晚上临睡前开始欣赏《安娜·卡列宁娜》，勤劳朴素的列文喜欢乡下生活，他认为劳动是人生一切乐趣的源泉，他讨厌城里的男人们留着长指甲，吃一顿饭需要花费很长时间，与城里人待在一起，他生怕玷污他的心灵……

列文的影子跟随着我，开车去往瑜伽馆的路上更加留意两旁田里的水稻，这已是第二季了，它们在我的眼里从秧苗、抽穗到开花、长谷、嫩绿、青绿、黄绿地变化着，此刻水田里有一对头戴尖斗笠的夫妇拿着镰刀弯着腰收割着黄灿灿、沉甸甸的谷子。

我忍不住停下车来，透过车窗望着他们的身影想着列文。列文好像在对我说，劳动是快乐的。接着又笑着对我说，要是那对夫妇知道你去瑜伽馆，肯定会笑你吃饱饭没事干练什么瑜伽。

列文笑我，我还是得去，那大厅柔和的灯光、原木地板、舒缓的音乐在召唤着我。除了这些原因外，更主要是练习Yoga后自身状态的改变。瑜伽厅正面的墙都被玻璃镜子覆盖着，镜子里的自己一天天在变，头发富有光泽、脸色红润、体形更匀称。

练习Yoga必须集中意识，使身体在某姿势下静止保持一段时间，从而达到身心统一，内分泌平衡，身体四肢均衡发展，进而全身舒畅，心灵平静，内在充满能量。

如果身心无法脱离生活、工作带来的烦躁、郁闷、贪欲、愤怒，就无法进入Yoga状态，体会不到Yoga带给自身奇妙的感受。这两种感受我都尝到过。

运动着快乐着，劳动也是运动，乡下人与城里人都在按照自己的方式运动，乡下人忙田、忙菜园、忙鸡、忙鸭，城里人忙打高尔夫、打网球、跳拉丁、爬山。

其实，都在延缓衰老。

然而，乡下人可能不明白这个道理，也就只有城里人吃饱饭没事干就想这些累人的事。

2008年10月14日

2　曼特拉

瑜伽语音冥想又称"曼特拉"（Mantra），"曼"（man）的意思是"心灵"。"特拉"（tra）的意思是"引开去"。

"曼特拉"的意思是能把人的心灵从某种世俗的思想、忧虑、欲念、精神负担等引离开去的一种特殊语音，关注语音就能逐渐超越愚昧无知的品质，而置身在善良的品质高度上。

我们听到最熟悉的是惠兰唱诵"哈里波尔尼太戈尔"。这则瑜伽语音的每个组成部分向来具有以下含义。

哈里（Hari）：状美、吸引。

波尔(Bol)：冥想语音、说话、曼特拉（Mantra）。

尼太(Nitai)：永恒、长存。

戈尔(Gaur)：金色的、光辉灿烂的、清净或纯洁。

经常做这则瑜伽语音冥想的习瑜伽者，心会逐渐得到净化，有时候也会流下爱和幸福的眼泪。

让我们一起来吟唱"哈里波尔尼太戈尔……"

印度《博伽梵歌》是这样解释瑜伽："所谓弃绝，即是瑜伽——上接至尊，人除非弃绝感官享乐，否则不能够成为瑜伽师。"

我觉得俗人很难做到完全弃绝感官享乐。

只有神才可以做到，因为他没有肉身，人与神之区别也。

朋友，你信神吗？我觉得那是真善美的化身，我们不停追求那样和平的境界。那是一种至高无上的意识。

喜欢电影《阿凡达》，坐在影院，又似乎在另一个世界，那是人格自尊首神奎师那的世界，就是这样的感觉。

2010年3月26日

3 走火入魔

　　我在清晨醒来，脸对着太阳，盘坐着迎接太阳从山岗冉冉升起。

　　最美是凌晨，听到的，是鸟儿纯纯的鸣叫，像是民族音乐里清脆的笛声，昆虫们就如悠扬的扬琴、古筝共同演奏着晨光曲。

　　静静坐在窗前，海风吹拂淡淡的孤傲与浅愁，不经意间想起昨天黄昏瑜伽课后一名学员问我："我听别人说练习多了会走火入魔？"

　　我笑着说："就你这样练习会走火入魔才怪呢。"

　　眼神飘浮不定，不说你魂不守舍，那也是心不在焉。

　　与之相反的是，整堂课学员A的表情专注，伴随气息伸展手臂，耐心对待着自己。我分明感觉到，她像一只小猫在伸着懒腰；她像一棵小树亭亭玉立在路旁；她像婴儿一样躺在大地妈妈的怀里，释放全身的压力及不快……

　　我还没有研究真正的走火入魔会是啥样。但我知道身体想与瑜伽同路时，而心却不在，练习后会头晕、恶心。

　　瑜伽的生活，是一种健康的生活，有规律的生活起居，不是整夜泡吧、玩牌、打麻将、酗酒。

　　瑜伽的腹式呼吸，按摩内脏器官，吐故纳新，调节情绪。

　　瑜伽的饮食讲究，食宜清淡，味薄神魂自安；饮食有时，不饥强食则脾劳，不渴强饮则胃胀；适温而食；食要限量；食宜缓细。

练习瑜伽打坐、体式的意义是让我们定心、静心、明心、悟心。

走火入魔与瑜伽无关。

2010年7月13日

4 静坐的练习课堂

我深深感受到瑜伽教学的基础是建立在自我长期系统地练习之上，每一堂课传达给会员的都是我平时练习的感受，体式的练习先从自己开始，自我的身体起了变化，才有说服力。不做"言语的巨人，行动的矮子"！所以，我每天练习瑜伽。

每天感受调息静坐冥想的快乐。这在以前是不可思议的。

想到早晨的静坐，我会在头天晚上十点前入睡，六点半起床，先练习拜日的数遍热身，而后盘坐于院内的休闲长椅上，或在家里通风良好的位置，静静地迎接晨光到来。

轻轻舒展眉心，微闭双眼，舌尖轻触上腭，联结任督两脉，脸部表情放松，嘴角轻轻上扬，觉知随着吸气脊柱垂直地面，一节节舒展开来，呼气时脊柱自然放松曲，觉知脊柱两侧平衡后，放松大腿，感觉整个上身都落在了坐骨之上。开始将意念放在呼吸上，将呼吸带到鼻腔（感受吸气时清凉与温热）、带到背部（感受吸气时背部的饱满，呼气时肌肉自然的收缩）、带到肚脐以上的腰腹部（感受吸气时肋骨扩张，吐气时腰腹部肌肉自然收缩），每到一处地方，静静聆听自己的呼吸20次。专注呼吸。不经意间鲜活的养分遍布身体每一个角落。

心累，是因为你"看外界太多、看自己太少！"和我一起呼吸，感受自己片刻的安静，通过呼吸与自然联结，通过呼吸与自然相互传递能量，感受一天的美好。

左图是无辅助工具时的坐姿：双膝高于髋骨，上体的重量落于后腰部，久而久之，后腰受伤，且骨盆空间变小。

这种不正确的坐姿无法久坐，你的心总是纠结在大腿的酸、麻，总是想调好，心无法静下来。

下图是通过辅助工具完成正确的坐姿：通过辅助物垫高臀部，骨盆空间变大，舒展了腰背部，上体完全落于坐骨上，坐骨感觉深陷地面，这样的坐姿感觉舒适，完全将注意力放在呼吸上。

脚跟收回到根部，脚跟尽量前后垂直，再让尾骨紧贴在后墙，让腰椎、胸椎、颈椎一节节贴墙而上，眼睛平视前方后再舒展眉心，这也是一种有效的坐姿，如此静坐呼吸才有效果，脊柱才不会受伤。

姿势坐好后，将呼吸带到鼻腔内，感觉吸气时鼻腔的清凉，呼气时鼻腔的温热，一呼一吸为一息，数息10次；再将呼吸带到背部，吸时感觉背部饱满及脊柱伸展，呼时感觉肌肉收缩及脊柱放松，数息10次；最后将呼吸带到肚脐上方腰腹的前后左右，吸时感觉肋骨及肌肉自然扩张，呼时感觉肋骨及肌肉放松及收缩。

切记：坐姿的根基在骨盆！腰背无压力。数息的次数因自己的身体情况而定，可长可短。身体虚弱的朋友、呵欠连天的朋友，说明你阳气不足应该深吸浅呼，身体阳气足想减肥的朋友可以浅吸深呼。

2011年5月27日

第五章 瑜伽紫涵

5 回答小路瑜友的提问

昨晚小路发QQ信息给我，十几分钟抛给我一堆问题，她的打字速度好快啊。

今天，我从头到尾看了聊天记录，思考了一会儿，写下这些文字，希望对远在天边的小路瑜友有所帮助。

想做瑜伽老师的小路参加过两个月的瑜伽老师培训，培训结束后却不敢去上课，其原因在于：培训之前并未接触过瑜伽，主观认为学完后肯定能做老师，答案却是事与愿违。

建议想做瑜伽老师的瑜友们，在你决定做老师之后，一定要进入专业的瑜伽馆做学员，先了解瑜伽，经过一年练习后，你再问自己真的喜欢瑜伽吗？练习瑜伽后身体变得更健康了吗？也许，你买卡一个月后就不想练习了，甚至在一个星期后就不想练了，我见过好多这样的女孩。月卡才几百元，培训费是好几千元，三思而行。

小路瑜友尚未了解瑜伽就参加教师培训，培训完后上不了课，心里非常着急。急是没用的，要沉下心来，先找个瑜伽馆打工，或者临时找份别的工作，保证自己有生活来源再坚持到瑜伽馆练习，持之以恒地练习，不因父母的说道而着急当老师，不要给自己增加压力，要将这些负面情绪转化为你练习的动力，用每天的练习来告诉父母，每天的进步证明给父母看。

每天为自己安排两小时练习时间，建议你：早上6：30，拜日A三至五遍甚至十遍热身，直到你的心专注于一呼一吸动态的冥想当中，再加上单个体式练习，按照培训课里学习到的体式，练习体式的精准性，在每一个体式里找到山式影子，每天都要练习山式，感觉山式，让肌肉有记忆！而且你要练习如何将自己的感受说出来，在每一个体式里，手怎么放、脚怎么放、肌肉怎样伸展、怎样收缩。

瑜伽老师就是将自己的练习感受清晰地说给会员听，指导会员准确练习。

刚开始需要辅助工具帮助你找到正确的坐姿、站姿、前屈、后弯。不懂就去问你的老师或者看瑜伽书。

力量而柔韧的身体才是好的，太软太硬都不理想，你在练习过程中要懂得阳的练习和阴的练习，如果你的身体很僵硬那要多练习阴瑜伽，过于软则要多练习流瑜伽。阴阳平衡才好！

现在，瑜伽市场越来越成熟与专业，那些不思进取的瑜伽老师逐步被淘汰。瑜伽老师要想生存下去，需要不断的学习。现在有的学生比老师的体式都标准，懂得也很多。

不仅仅练习体式，更要学习《瑜伽经》或者别的瑜伽哲学书籍，还有人体解剖学，了解身体的架构，有解剖学的知识，能更好理解体式的作用及运用，还有瑜伽生理学、心理学，每天有空就读一读，身体与心理一同成长！

用自己的身体来实践瑜伽，瑜伽不是说的，是要用来练习的！

你会在练习中找到很多答案！

我的朋友，你在不到而立的年纪就遇上了瑜伽，而我呢，不惑的年纪才遇上，真的好羡慕你！年轻就是资本！

只要你持之以恒，不要说一年，半年你就会收获很多。但是，你必须对自己的事业有一种宗教般的情怀，如果你因为结婚、装修房子、生孩子这样的事阻碍你前行，不要去怪这些事，一切都是你自己的决定，是你没有给予瑜伽多些的时间。

让我们开始练习瑜伽吧，阅读瑜伽书籍吧，让生活因为瑜伽而丰富起来吧！

2011年10月23日

6　海螺馨苑瑜伽课堂

　　三亚的深秋，每天都是阳光明媚，天气不冷不热，藏在小区深处的瑜伽馆，方便了小区内热爱瑜伽的朋友，每天练瑜伽，每天都是好心情。

　　每天的课程都是从静心调息开始的。

　　前一分钟教室还是笑声不断，个个随意地坐着站着，当指针到10点时，自觉盘坐，微闭双眼，伴随着一呼一吸进行内观，用心里的眼睛调整坐姿，觉知自己均匀的呼吸，觉知内在的充盈和外在肌肤的柔软。

　　瑜伽的手印充满智慧，掌心向上，大拇指与食指相加，其他三指自然地伸展，手背轻轻落在双膝上，表示人与自然的结合，让人迅速进入平静的状态。

　　双手合十，即阴阳平衡手印，放在胸前做冥想，掌心要留些空隙，意味着心与身的合一，人与大自然的合一，此手印可增加专注能力。

　　学习猫伸展的练习，先想象自己的身体洗完温水澡的感觉，缓慢吸气，脊柱向上拱起，尾骨自然卷起，放松头部。慢慢呼气，尾骨向后伸展、心柔软打开、锁骨向左右两侧伸展。学习猫拱背的练习来温热我们的脊柱。

　　瑜伽体式战士一的练习，前脚推地，后脚有力，感觉到内侧的肌肉有力，找到双脚向中间夹线的感觉，吸气，将呼吸引领到你的背部和胸腔，慢慢呼气回落的过程，始终保持肚脐下腹的不紧张。

……

锁腿式后来到摊尸式结束课程，一切都放下，不再有任何的伸展，只需让身体完全接受地心的引力，一点点下沉，完全与地面重合，再一次进行内观，让呼吸到达肌肉紧张的部位，让放松的感觉越来越深。有的初学者会在放松术中睡着，那就睡吧，练习一段时间就不会了，会听到清脆的铃声自然醒来，就像你又开始新的一天了！

课后开始秀瑜伽！长时间练习瑜伽会令女人自信、感觉内在的力量，因为每一堂课其实都是内观的练习。在老师不断引导下，自我调整手脚正确的摆放，肌肉正确的收缩与放松，脊柱的延展与自然的屈曲，内观呼吸的快慢。在一次次的训练中，在不知不觉中，练习者的眼睛会从不断向外看而收回到向内看，会感知自己的不快乐与快乐，身体的健康与体弱的对比，会思考，我到底要一个怎样的自己？一次次的不愉快一次次的改变，身与心健康成长，就在瑜伽练习中！

容颜可以老去，心不可以！瑜伽，没有任何护肤品可以代替！

女人的伟大在于无私孕育着下一代，而原来苗条匀称的身材也在付出中变形，我们并无怨言，双手合十，只将心沉淀，开始瑜伽，重新找回原来的自己！

瑜友楚娟，因为喜欢瑜伽，你无法猜出她确切的年龄，常年练习瑜伽的女人都拥有芳龄密码。瑜友潘聪，开馆以来她一直都跟随着我们，她身体的变化吸引了院内爱美的女人来练习，她像我一样，从一个瑜伽的爱好者走向教授传播瑜伽的行列，她有强烈的觉知能力，喜欢思考，她不断将自我练习的感悟通过智慧的言语传达给瑜友们！

7 瑜伽与肚皮舞

伴随着热辣的音乐开始扭动起来，清脆的腰链响起来了，妩媚的眼神亮起来了，激情四溢就是肚皮舞。

瑜伽与肚皮舞，冰与火、冷与热、内敛与奔放，一个东一个西，一个北一个南，是两个极端。

瑜伽是需要你来向内看，觉知自己的呼吸，觉知自己的肌肤，注意力完全集中在内观上，觉知自己的心，无论难易的体式都要提醒自己保持稳定的呼吸，达到身心灵合一的一项运动。

当你在站立的时候，要命令自己的身体重量都落在脚掌上，坐着的时候要指挥上半身重量落在坐骨上，你的灵魂掌管着自己的身，自己的心。

当你一次次下着命令，一次次拉回向外看的双眼，你会感觉到一种内在的力量，一种平静的力量，一种喜悦的力量，这是一种永恒的快乐，是自己为自己创造的一种快乐，是一种不再需要别人给予的快乐。这是一种内在的神圣！

如果你能够将练习瑜伽体式的精神带到生活当中，时常保持一颗宁静之心，你的生活将是另一番滋味。

肚皮舞没有办法让人安静下来，音乐的火辣会让观者都起身想舞，迅速让脑神经活跃起来。

舞动肚皮，身体发热流汗。

瑜伽的练习，命令气息导引入身体的每一个角落，周身微热，脸色红润。

瑜伽是找寻自己，永远和自己在一起练习专注、精进、联结，自我与宇宙的联结。

肚皮舞是释放宣泄激情，瑜伽会将您高涨的情绪收回，来到平静的湖面，感觉微凉的清风和细雨。

肚皮舞与瑜伽，好似一个性感的女人与一个优雅的女人，两种女人都是那样的惹人爱！

人生丰富多彩，两种美妙的感受，活着就是觉知。

8 瑜伽服

我们来分析一下应该穿什么样的瑜伽服。

绿色麻料宽大舒适的上衣，领边袖口镶嵌素色小花———一套富有禅意的瑜伽服。禅服适合拍瑜伽照片，也适合静坐冥想。

宽大的上衣和裤子不适合练习瑜伽体式。

如果你是学员，老师无法观察到你的胸肋是否在你身体的结构里，你是否在用你的腰椎在做体式，你有没有在折磨你的膝盖。

如果你是瑜伽老师，你演示的瑜伽动作无法让会员一目了然。

你穿着这样一套瑜伽服做一做下犬式，就会发现小肚子露出来了，衣服都堆集在肩背上了，要做肩倒立就更不用说有多别扭了！

瑜伽可以雕塑你的体型，瑜伽是控制，控制你的身与心，就让我们先来控制有形的身体吧！

我觉得露肚子的瑜伽服也不适合，这样无法护住丹田之气。

瑜伽裤，春、秋、冬可以穿七分裤，有弹性、绵软、吸汗。最主要老师可以观察你肌肉的走向。膝盖是否对着第二个脚趾，甚至可以看到左边大腿肌肉是否从内腹股沟向外旋，小腿垂直于地面，无法与地面垂直时，老师要知道你骨盆是否在身体的结构里，等等。

如果你穿着宽大的瑜伽服，你就失去了老师指点你的机会。

梵克大师是穿着瑜伽背心与短裤来教授瑜伽的，这样可以让学员清晰地看到大师演示瑜伽动作！

老师与会员的身体可以相互对话，有时是不用言语与口令的。选择穿什么样的瑜伽服来练习或教授瑜伽是多么的重要。

2012年1月18日

9　心灵的天堂

一　生活

2012年2月29日清晨五点半我从睡梦中醒来，拉开粉红色的帷幔，下床、叠被、冲澡、喝温水、收拾整个家的角角落落。

我用40多分钟完成了一幅杰作，我用铅笔在雪白的墙壁上画了几个正在练习瑜伽的小人图，又用蓝色的水笔为小人的身子着色，瑜伽小人就算正式安住在我的瑜伽小屋里，看着我静坐、学习、练习体式吧！当然，也会有很多优美的音乐放给它们听。

喝杯温热水，就开始煮粥，蒸上玉米或鸡蛋，有时可能是面食类，定好时间就带着我的小狗到院子里散步，呼吸新鲜的空气，欣赏花草，聆听鸟鸣，与小草一起迎接阳光的到来。

自从早上有了瑜伽的私教课后我就停止了早上一个小时瑜伽体式的晨练，只会做些简单的身体伸展与放松，然后，坐在椰树下的长椅上练习呼吸。

当我坐在长椅上练习时，四个多月的小狗黑妞会闹着坐到长椅上来。两岁的小乖喜欢坐在草地上，时而环顾四周，时而注视远方，时而站起来在长椅周围的绿草地上蹓步。

当我感觉到神清气爽后才回家，吃过早饭，打开电脑整理或书写博文。

上午8：00~10：00在瑜伽馆做阴瑜伽的教练培训课程。

下午、晚上各有一个小时带领会员上瑜伽课程。

我喜欢自己做饭吃，中午会小睡一会儿，晚上10点左右上床休息。

按时起床、睡觉和吃饭，按时带狗狗散步，按时教课，经常研读瑜伽书籍，有时间就写博文，整理照片。

这样的生活，是丰富？还是简单？

我觉得很好。

二 瑜伽老师

2010年，我是经营瑜伽馆的老板兼瑜伽老师。

2011年起，我就是一名专门的瑜伽老师。

为什么不经营下去了呢？你做得很好呀！很多的人都支持我做下去，我却无任何的行动。

我本来准备做四年甚至更长，可一年的时间就有了丰厚的经济回报，我已经特别满足瑜伽给我的回报！现在眼泪盈满眼眶……

女人流泪会有好几种情况，兴奋、痛苦、激动、悲伤、无奈。

此时，我的眼泪是感恩的。

我不会在别人面前流泪，我只会暗自抹泪，但这也很少发生。

记得2010年的一天，我清晨独自开车去瑜伽馆，马路上车辆特别少，极其安静，轻柔的音乐萦绕耳畔，似轻风吹拂着我疲惫的心，那一刻流泪了。我问自己，我每天这样起早贪黑值得吗？我每天这样机械生活赚钱快乐吗？可当脚一踏进馆内，那些质问又都忘了，很多事情让你没办法静下来思考值不值得的问题。就是这样。

租赁的场地虽说是最繁华的地方，但是硬件设施不过硬，雨季，会从墙壁外面渗水进到瑜伽室来，多方整治未果。渗水的问题反反复复，不上课时我会心急，一上课就好了，一上课好像都忘了。我还是保持着微笑，微笑着面对我的会员们，不知道她们是同情我还是欣赏我，感动我的是她们介绍朋友一个带着一个都过来开卡，有的一下子买好几套瑜伽服。

水是财，会员们都来安慰我。回到办公室，感动的泪水情不自禁流向了两颊。

有员工不听我的指挥，我会让她离开，重新注入新鲜的血液。可是对于专职的馆内瑜伽老师不听话，我特别上火，却无奈，因为我还不够强大，在专业上不如对方，馆内还需要专业的老师。我一边学习瑜伽知识积累教授经验，一边寻找适合合作的瑜伽老师。不过，一切都是在我的掌控之中，一切都是按着我的计划来进行的。制订了吸引她们的销售提成条款，馆内员工积极向上，讲团队精神。瑜伽老师取消了固定工资，根据专业水平和客人的评价来定课时费，上课多拿工资多，水平高拿工资多，不再享受基础工资。

那些日子我是如此专注地对待我的瑜伽馆，小心翼翼地领着员工们朝着指定的方向前行。从开馆以来营业额月月都丰收，每个节日我们都会聚会庆祝，员工生日送上红包。会员和我说你在哪请这么好的员工呀？整天都那样热情地对待我们。

哪曾想到租给我场地的甲方要毁约，非要收回场地，我的员工们听了流泪了，我没有！

我态度非常坚定，我是不会随甲方任意摆布的，他们派人将瑜伽馆的玻璃涂上深绿色，三天两头对我的员工说这瑜伽馆不开了！

员工心理防线要崩溃了。我告诉她们，如果听他们的，心慌了，乱了，客人都走了，正好遂了甲方的意。到那时，不用他们来闹都要关门了！必须听我的，有协议书，受法律保护的。

是的，我特意找了律师咨询，我们是受保护的，他们是无理取闹。

我们几个弱小的女子，他们一群三亚人。

他们每出一招，我都会静静思考，我应该怎么做。我不吵也不闹，事情都火烧眉毛了，我还和白莹老师去鸡足山游玩一趟。回来后，他们让我去办公室谈判，我不去。每一次我都是在我家院子里的瑜伽馆泡好铁观音等他们来谈，我只听，偶尔说一句两句，呵呵。

练习瑜伽真的不得了，瑜伽是什么？瑜伽可以控制心的！控制心意的波动。当你想发火时深吸气，屏息一会儿，让氧气充满身体，再吐气，再屏息，如此，怎么也不会跟对方歇斯底里！对方发火，就看着他发，其实我就是想继续做下去。他给出来很多的方案供我选择：第一，为我重新找地方，为我们装修好。第二，问我看中什么地方然后他们出资。第三，开价赔偿。说得好漂亮，好像都是在为我们考虑。不行！我说，我不相信他们会这样做，只是想让我离开此地。

快过年了，我先生说，算了吧，他的赔偿够你下半辈子慢慢享用了。遂了先生的愿。平息了。

三 改变

"你变了，你的手脚不再冰凉了，睡觉香甜了，不再'亚健康'。"先生说。"你变了，我喝酒多你也不发火了。"先生又说。

我笑着说："说多了有啥用呢？你听我的吗？我可要活99岁，发火会呼吸快，那样会死得快，哈哈！哪一天医院开出危险的通知单你就会理解我了。"

一个人想改变，借助外力不会彻底改变，只有自己内心想变才会真脱胎换骨地改变！

事实就是这样，三高呢。当我先生说血液粘稠度高时，"那我教你练习清理经络呼吸法吧！"我说，"教你如何清洁血液里的垃圾。"

"我感觉到你的呼吸方法是一种对身体肌肉深层次的锻炼，外表看来简单的，其实是在触动身体每一个细微的部位。"先生将感受说给我听，此刻我们的心灵撞击出火花。

先生在我的面前做单腿的伸展，就是一条腿搭在木椅上，一条腿站立。我观察他正好和我教授的呼吸是相反的，我告诉他吸气前弯的道理，吸气是让身体充满氧分，而呼气是让身体释放毒素，呼气时前弯上半身挤压内脏，有力地帮助身体的毒素排出体外。刺激膀胱经。

如果你能持戒，少喝酒多练呼吸，多锻炼少坐，少吃肉多吃青菜，按时睡觉，能做到这些身体自然就好了，持戒！

"毛妮啊，不到半个月我就瘦了六斤！你太伟大啦！"先生激动地告诉我。"现在我的睡眠减少，精力反而充沛！血压也恢复正常。"先生感慨道。

当一个人时常保持安静，时常保持一颗清静之心，就会有不一样的表现。我先生原本工作就特别优秀，是一个有着领导才华的男人，做事严谨。现在又开始注重身体的保养，我们在一起有说不完的话。我好久没听到先生在睡觉时发出"呼噜"声了，看着躺在身边的爱人，气息缓慢自然，身体散发出淡淡的体香，我好像又回到初恋的感觉。

前两年，我特别喜欢去卡拉OK唱歌，喜欢和做生意的朋友吃喝聊天，先生每次带我出去聚会、应酬之类的事，只要有时间我都不会拒绝。

近两年，我发现自己会有选择地交朋友，不说无聊的话，不做无聊的事，生命要有意义。

大部分朋友不能理解我现在的生活方式。

我并不缺朋友，我的朋友都是喜欢瑜伽的女人，瑜伽老师或者瑜伽爱好者，有时我还会邀请她们到家里来喝茶。

难免碰到与自己兴趣爱好不同的朋友在一起的时候，她们当面会说，讨厌瑜伽，坐在那里真让人受不了，会郁闷死的！我微笑，那你就去跳爵士舞、交谊舞、拉丁舞啊，生活丰富多彩。我非常能理解对方的心情，根本不会去和对方争什么运动好什么运动不好。

昨天傍晚，我在海边的半岛菩提瑜伽馆教授瑜伽，那是一家新开的瑜伽馆，那里的会员家庭富有，千万的家产亿万的身价。课前，一个会员坐在那里生硬地压腿，一个会员对着镜子摆出各种各样的瑜伽体式。

好，我们开始上课，我微笑着向每一位会员用眼神默默问好。体式课前要讲两点瑜伽的基础知识。刚才我们两位会员在镜子前摆出漂亮的瑜伽姿势和坐在地上生硬压腿都不能叫作瑜伽的练习。因为你在练习的时候没有配合呼吸。你们的练习叫做舞蹈！

我模仿她们的舞蹈动作，指着胸肋，告诉她们，胸肋突出身体，腰椎必须凹陷到身体里去，伤害腰椎，身体的能量线断层。

"对，我以前是练习舞蹈的，"会员马上说话了，"我们舞蹈有呼吸啊！"她好像有些生气。

"是的，任何运动都有呼吸，但是，你呼吸的方法及呼吸的频率呢？比如说跑步时的呼吸，比如说狗和龟的呼吸，你想过吗？当你呼吸短浅的时候，只是活动了你的胸腔，浅呼吸多了，横膈膜早早的走向衰弱。你现在的呼吸是不是有些急呢？心跳加快了。好，我们现在静静坐着开始调息，鼻子缓缓吸气的时候，感觉到底端胸肋慢慢地左右向尾骨扩张，氧分逐步扩散到身体的每一个角落，到达我们的末梢神经。缓慢呼气，身体逐步放松，能量从百会穴、从脚趾、从手指收回到心。"

整堂课瑜伽体式简单，呼吸配合。特别关注那个曾经是练习舞蹈的女人，也特别了解练习过舞蹈的女人在练习瑜伽体式时会常犯的毛病，发现了就及时纠正她。课后，她看我的眼神是亮亮的，她告诉我她练习舞蹈的时候膝盖受伤，她承认舞蹈是艺术，为艺术献身。而瑜伽是为身体的健康着想，是让自己的身体舒服、增寿的一项运动。我说，其实瑜伽也是艺术，瑜伽是心灵的舞蹈！她喜欢和我聊天，走时还是恋恋不舍，问何时还有我的课。

有时我会教会员们手印的知识。大拇指代表宇宙，食指代表自我，食指轻触拇指，代表人与宇宙的结合。中指代表悦性品质的性格，无名指代表激性品质的性格，很多商人属于这种个性，他们永远充满着激情去赚钱，甘愿钱摆布他们的心灵，小尾指代表惰性品质的性格。悦性、激性、惰性都会在每一个生命里在不同的时间内出现，我们要让悦性品质多驻扎我们体内。也就是平静愉悦的心境多一些，激性与惰性的品质少些，让三种品质达到一种平衡的状态，所以三个手指要自然地展开、放松，智慧的手印就是这样用语言来表达的。

会员就会问："老师，其实你说的这些我们在很多书籍里都读到过，为什么有时却做不到。练习瑜伽就可以吗？"

是的，瑜伽是很"枯燥"的运动，然而瑜伽是一套完整的修身修心的体系。第一，制戒，指为改进外在行为所需遵守的行为规范。第二，内制，指为改善内心环境。第三，呼吸控制，对呼吸的延长和控制。第四，体式，指让人感觉舒适并能长久保持的身体姿势。体式给身体带来健康和轻盈，稳定使得内心和精神宁静。后面几项就不一一说了。如果你能跟随老师练习半年体式，不断关注自己的身体与呼吸，你心静的时间会越来越长，你会感受到你心静的时候和心乱的时候做出的事情往往会是两种效果。

瑜伽体式可以雕塑我们的形体，正确的呼吸会使得全身血液通畅，慢慢你会关注什么食品对身体有益，吃多少才不会让内脏有压力。

身的改变与心的改变，是一个过程，必须在你坚持练习体式的情况下，提高自身的耐力，达到平衡的状态，瑜伽是一套完整的修身与修心的运动。

四 苏醒

淫欲、傲慢、妄执、愤怒、仇恨与贪婪，这些都是我们能体验到的情感。只要生活在红尘中，这些情感有时就会不打招呼来到我们心里。也许你看过听过有些人按时离开红尘，到喜马拉雅山的山洞里修行，那是"苦行"。我在中央电视台第9频道欣赏到西方有一人每年都要独自开越野车到茫茫沙漠旅行，避开红尘，选择自然与自己待一段时间，我非常能够理解他们。他们认为那是一种快乐，普通人无法体会到的快乐！可我觉得似乎有点逃避现实。

练习瑜伽可以不用走那么遥远来寻求内心的安宁，静静地练习呼吸就好，那是一种内心散发出来的快乐，不需借助任何人就能达到，那是给自己宁静安逸的快乐！

我前些日子转发《佛教不谈爱情那谈什么》这篇文章，有博友不能理解。我们"槛外人"还没有进入"槛内人"的状态，没有感受过宁静的喜悦，当然是不会理解的。

爱情是需要两个人才能快乐的，爱情会让人的心理产生很大波动，有过体验就好。人受制于情感会浪费太多身心的能量。并不是说放弃，而是专一对待你所爱的人，有稳定的婚姻，如果你总也走不出情感的困扰，这就是心灵的疾病。

　　人的一生是得到与失去的过程，出生到死亡的过程。人一生有几种追求：物质的、精神的、宗教的。人生是逐渐趋于平淡的过程，身体消失的过程。静静地享受这一过程。

　　多年练习瑜伽修身以后，欲望越来越少，我的身体却健康起来！精力充沛起来！我到底需要什么？我向所有热爱瑜伽的朋友展现自己，带她们练习呼吸、体式，自然地传达着瑜伽的哲学思想。正面的能量不断地投射过来，这种感觉真的太美妙！

　　自然喜悦来了，灵魂苏醒了！

2012年3月1日

第五章　瑜伽紫涵

10　最劣等的马

铃木俊隆禅师说："那些轻轻松松就能把打坐练好的人，通常都要花更多的时间才能掌握到禅的精髓。但那些觉得禅修极为困难的人，却会在其中找到更多的意义。"

为了进一步让学禅的人明白其道理，他还引用了《杂阿含经》第33卷提到的四种马：最上等的马、次等的马、下等的马，以及最下等的马。最上等的马光是看到鞭影，就知道主人要它跑得快或跑得慢，要它向右或向左。次等的马跑起来跟最上等的马一样好，不同的是，要等到马鞭接触到皮肤表面才会知道主人的心思。下等的马要等到感觉皮肉痛了才跑，而最下等的马则非要等到痛入骨髓才会听话。

想起我的学生，她就是像上面提到的一匹最劣等的马。她是刚生完孩子来练习瑜伽的，身高1米6，体重120斤左右。初学简易坐姿时，她的两个膝盖几乎和胸一样的高，站立前屈时，上半身向下折叠只能是100度，练习体式大汗淋漓。

可贵的是，除周末外，她每天都会来练习瑜伽体式。

她痴迷瑜伽，常常课后要追着老师问问题。

半年下来，她的变化特别明显，身体变得匀称起来，她的变化吸引了院子里想减肥的女人都来练习瑜伽体式。

有时课后她和我交流完后，我会笑对着对她说，你现在问的问题我有时都答不上来，你在某些方面都可以做我的老师了。

"我可能永远无法盘莲花，当老师是不可能的。"她说。

"你错了，练习瑜伽仅仅是要达到盘莲花的目的吗？不是这样的，在瑜伽体式里保持稳定舒适就好。当你坐在老师的位置，就告诉学员，我们在盘坐时，像我这样膝盖不能和内腹股沟平行，就在屁股下垫上砖或者蒲团，让我们的腰椎舒展开，让身体在放松的状态下进入冥想。"我静静地告诉她。

"上来就盘莲花的老师，那样给会员多大的压力呀！那是在表演，不是在教授！懂吗？"

她明白了，一年以后，她成了瑜伽老师，她有好多的瑜伽知识教授给会员。她细细地告诉会员如何慢慢打开身体，她有这样的经历！真实的体验！

一个体弱多病的人因为练习瑜伽而变得健康美丽。

一个性情烦躁的人因为练习瑜伽而变得沉稳淡定。

一个落落寡欢的人因为练习瑜伽而变得张弛有度。

因此，在"瑜伽"里，个人体验比什么都重要。没有体验基础，不可能领略任何观念！

一个好的瑜伽老师，一定是个勤奋的习练者。

反之，先天有着漂亮性感身材的女人，不一定是个优秀的瑜伽老师！

先天"最劣等的马"就有可能是一个最优秀的瑜伽老师！

张惠兰、艾扬格、梵克、黄凯良，你去了解他们的历史，他们就是实证！

2012年4月16日

11　有感喜马拉雅冥想

"与一位师父相遇的那一刻，就是你应该离开他的一刻。你应该当个独立的人，而你之所以需要一位师父，就是为了让自己变得独立。如果你不执着于师父，他就会指出一条让你可以通向自己的道路。你之所以需要一位师父，是为了自己而不是为了师父。"——《禅者的初心》

一　我呼吸，所以我存在

所谓的"我"，只是我们在一呼一吸之间开阖的两片活动门而已，此门一旦关闭，可想而知了。

当喜马拉雅冥想老师叶迦描述人的呼吸功能衰退的表象——横膈膜呼吸、间隔式呼吸、拢胸呼吸、肩膀呼吸、靠嘴呼吸几种呼吸状态时，我的脑子里浮现出已故的父亲和公公，心里阵阵酸楚。

百度可以搜到："婴儿刚出生时，由于胸肌尚未发育完全，所以婴儿呼吸时胸腔无法动作，只会看到腹部起伏，这个就是横膈肌的作用。"随着一天天长大，可能由于家庭的不和谐、学习的繁重、工作的压力等逐渐忘记最简单最能令我们长寿的呼吸方法。不开心时就开始叹气，心情激动时又变得吸气长，呼气短，气息总是随着外界的干扰而变得不平稳，呼吸的不稳定不仅影响着自身的情绪、消化系统的正常工作，也使自己处在焦虑的状态下，思维变得不清晰，大大降低工作效率。

横膈膜呼吸养生，能使宇宙能量充满整个肺部，供应身体充足的氧气；横膈膜呼吸将体内的废气、浊气、二氧化碳呼出体外；横膈膜上下移动，犹如温和的按摩，促进脏腑血液循环，增强其机能。

如何培养横膈膜式呼吸？通过俯卧鳄鱼式呼吸法放松我们紧张的身体，两脚分开脚趾向内，曲肘，保证心窝不贴地但很放松，前后调节到肩膀、脖子不紧张，三分钟观察呼吸的位置、呼吸的频率、速度，平稳后再感觉脊柱随呼吸轻微运动，正常健康的呼吸状态16～20次/分钟。

不断运用多种方式观察我们的横膈膜呼吸方式是否正确，左右曲膝侧卧法、仰卧一只手放于腹上侧一只手放于胸部的观察法，最后摊尸式的练习法。

我们一起来练习，吸气紧跟着呼气，又让呼气紧跟着吸气，让呼吸之间不断层无突然喘息，如油柱般顺滑，连绵不绝。

我呼吸，所以我存在，你有这样的体悟吗？

学习正确的呼吸方法，聆听自己的呼吸，你会吗？

老师的提问仍萦绕于耳边。

叶迦老师声情并茂的教学法让我听着明明白白，板书条理分明，老师的吟唱声声入耳，那是天籁之音!

二 保持脊柱的弹性

傍晚快下课时老师讲人体的五大元素：地、水、火、风、空，分部在人体的脚、腿、腹、胸、头。地是根基，脚要有力要稳定，而火为腹部人体能量源中心，胸部是风，沟通、交换、更新、吐故纳新，头到颈椎为空，即安静。只有五大元素在一个平衡的状态下，人的身体才是健康的。

前两天写的《有的放矢》里面头前倾引起头痛一文，在这里找到了更加详细的答案，头前倾使脖子两侧的大动脉血液受阻，导致头部充血。所以，我们要保持鼻子和肚脐在一条直线，下巴微内收，感觉到内敛的喉锁，眼睛平视前方，耳朵感觉向上拎起，颈椎通过瑜伽体式归位，使得头部为空，为静。

尾骨、腰椎、胸椎、颈椎，老师一一分析，尾骨变形消化系统受影响、腰椎变形内分泌系统受影响，胸椎变形影响心肺功能，容易发怒郁闷，颈椎出问题又会引起身体哪些变化？老师的提问让我们进一步思考。

练习瑜伽体式，让脊柱变直，恢复脊柱弹性！

身体三把锁的关系：喉锁与根锁是主动锁，当两锁对拉成一线固定好了，腹部锁自然会松中带紧、紧中带松。

"人在静坐时，心里比较清静，思虑比较少，所以血液流动也比较缓慢，心脏也因此减轻负担。同时因为身体的姿势放置端正，不再运动来消耗体能，脑下垂体的内分泌平均分布，渐渐感觉四肢与内部发生充满的感受。有了这种感受后，反应最为敏感的便是中枢神经和背脊骨的末端，肾脏部位通常都会有胀紧的刺激。由此逐渐推进，循着气机和血脉的流行，如有物蠕动，逐步发生感觉。但以上所说的现象，是以普通人在静坐中较为正规的初步善而，如果身体有特殊的情形，倘有某病痛，或体能特别强健的，又当别论。"

"其实，静坐的功效就像一杯浑浊的水，当它本来浑浊的时候，根本就看不见有尘渣。如果把这一杯水安稳地、静静地放在那里，加上一点点澄清剂，很快便会发现杯中的尘渣，纷纷向下沉淀。不是因为这杯水在安静的状态，而起了尘渣，实在是它本来便有了尘渣，因为静止才被发现。"

不良的坐姿与站姿，使我们不能正确而充分地呼吸，导致呼吸短促，寿命减短，产生多种疾病，对整个神经系统造成不良影响（神经系统的主干就位于脊椎内）。

真正的瑜伽体式是用来调理脊柱的，通过正确的呼吸引导，选择适合你的瑜伽体式来进行脊柱归位，消除身上不良症状！

瑜伽适合做私教课程，一对一练习或是有同样脊柱问题的人通过老师正确引导来共同练习！因材施教。

通过哪些瑜伽体式有助于脊柱回归到良好的状态，叶老师专业细致地教我们，如何延伸我们十个脚趾来锻炼无力的双腿，几项专业的习练要令使瑜伽山式变得有根基又牢固，从而形成"塔式效应"，找到地、水、火、风、空的感觉。

12　分享初做瑜伽老师的体会

第一，瑜伽老师觉知自己的身体状态，打理好身体。

当你一堂课下来，感觉到口干舌燥、疲惫不堪，课中出现口令有气无力，咬字不清。证明你的中气不足，气息不稳定，精力不充沛，导致情绪也不稳定，无能力很好地把控整堂课。

我们都知道语多伤气，瑜伽老师属于在运动中说话，说得多消耗自然多。作为传播健康的人来说，老师们都要学会对自己的保养，否则若自己都不健康的话，又怎么有资格去教别人健康呢。因此，我们学会食养，在课后含点西洋参切片或泡点蜜黄芪，枸杞大枣一类作为补气。

要有正常的用餐时间，正常的生活起居，晚上10点入睡，早起可以一喝杯水，收拾好屋子，练习30分钟呼吸控制法、瑜伽式呼吸法、清理经络呼吸法、火的扩张。身体正常时进行一小时的体式练习。静坐、呼吸控制法、靠墙的倒箭式、肩倒立、头倒立（或有辅助工具）都是补充能量的体式。身体不适就选择静坐，练习呼吸控制法及简单的体式，达到气血通畅就好。

经常定时地练习，就会拥有稳定的呼吸，气血通畅，稳定的情绪，声音自然哄亮。

我每天都会练习瑜伽拜日A、拜日B、偶尔也练习传统拜日，多少遍根据身体情况而定，体式的练习根据初级的阿斯汤伽瑜伽来练习，有时也会根据身体需要来练习，身的练习心的感悟，当身体与心产生感悟的时候，我们自然就有了教学的内容。

空洞模仿、不加思考的口令，你永远不会进步！

第二，把握主次，充分备课，课中睁大眼睛。

现在很多瑜友有一份主业，以兼做一名瑜伽老师为第二职业。千万不要主次颠倒，还是要以自己主业为主，每周有一两堂就好，这样可以保住生计，没有压力！

初做老师，将一周一两堂教好就非常棒了。平时的练习就是你教课的内容。

初做老师，就从最初级的课教起。

我在教授体式时不说功效，只告诉会员怎么进入体式，配合呼吸打开身体哪个部位，瑜伽的练习是内观的练习，要将会员引入关注身体内在的感受，当体式做对了，功效自然就会产生。针对初级会员的教学口令应准确，并需要演示，以战士二为例：先提醒会员下个习练的体式——战士二。

1 山式站立。（准备动作）

2 双脚打开一腿长，脚踝在手腕下即可，右脚跟内收前脚掌向外旋开90度，左脚外侧保持直线对齐垫子边缘。（按顺序摆好体式）

3 吸气，从肩胛打开双手向两侧，感觉力量从肩胛延展到指尖；呼气，右腿曲膝，小腿垂直地面90度，吸气，从两侧内腹股沟将肌肉向外旋，臀部肌肉向内收，右膝对着二脚趾，呼气，保持骨架，缓慢放松肌肉，吸气感觉双脚生根，稳定。保持五个呼吸。

4 另一边的练习。

第一遍带领会员练习，可以再来练习一遍，第二遍不用带领，说简单些的口令让会员进入体式，关注会员练习，睁大眼睛，观察会员的身体，在让其他会员保持呼吸的同时，有十足的信心走到会员身边，纠正会员的体式。

在五个呼吸里迅速纠正某一个会员的体式，不可让别的会员等你10个呼吸，要不断地训练自己有这样的能力，如此全体会员都在你的掌控之中。

初级会员课程的编排，静坐、观呼吸、坐立的体式、站立的体式……在整堂课，你不是闭眼表演体式，你是在教授体式，纠正体式。编排可以是先仰躺着开始，也可有主题地编排课程，有时你说一大堆，不如有主有次。比如说，一堂课我们主要关注双脚的有力量，在山式、战士二、前屈、手杖式、低位眼镜蛇等都让会员来觉知双脚有力，下半身体稳定的感觉。下一堂课我们主要是核心练习。再下一堂课，我们主要关注后背部的力量在每一个体式里。有计划有条理地教授，试试看。

每一个体式，都是从简单到难来练习。比如说：坐立背部伸展，吸气从腰线带着双手向上伸展，感觉到内在的充盈。呼气，保持身体构架，脊柱伸展向前。吸气，脊柱一节节向上伸展从顶轮到手指尖，呼气，保持耻骨到锁骨的延展，脊柱向前向远向下。你要很清楚地知道在保持脊柱直的情况下做这个体式，所以你睁大眼睛观察你的会员，谁是拱着脊柱做体式的，在会员练习时，你应该双手拉着会员的手告诉他吸气保持脊柱的伸展。

没有做不好的体式，只有不会教授的老师！

也可以采取"脉动"的形式教授，通过缓慢吸气呼气来进入体式和退出体式，在动态中练习体式！新会员不会觉得枯燥无味，难以继续。可不能整堂课都如此。需动静结合。

在瑜伽馆教授瑜伽与在健身房教瑜伽有何不同，健身房里人多，是否应该戴上麦克风上课？我不知道，因为我只在瑜伽馆教授。最多的时候20人以内，大部分时候都在10人以内，我特别喜欢这样的氛围，充分了解学生的身体条件，因材施教，学员进步也快。我们之间相互产生了浓厚的信任感！

我也不仅仅是教授体式。瑜伽到底是什么，需要用身用心来感悟。

你会与会员沟通交流，真的很好。刚做瑜伽老师就可以提出这样多的问题，真的很棒！要正视自己的现状，没有一开始就是最好的，优秀是一步一个脚印走出来的。千万不要有让所有会员都喜欢你的心理，怎么可能？也不要当看到学生比自己的体式都做得好就紧张。其实这是一种很正常的现象，你的学生练习三年，你呢？要和练习的时间来比较。

我刚教授的时候，遇到体式做得好的会员，会夸奖她，有时还会沟通，她在某个体式就是我的老师！

耐心地教不如你的会员，向比你优秀的老师及会员学习取经！

不怕别人比自己强，就怕你不学习不练习！

你说的经期的问题，真的是不应该，不知道你上的是什么培训。

我在经期练习体式比较少，会练习呼吸，练习身体的放松。

犁式、肩倒立，骨盆高于心脏的体式都不练习。

我都是建议我的女会员在经期尽量不来练习，特别是在最多日子，绝对不练习，休息。

老师处于经期时，有时要做肩倒立，我觉得可以走到练习时间长些的做得好的会员身边，让她在你的口令下为会员示范动作。

感谢你对我的信任！

Namaste!

2012年4月19日

13　知身修身

我坚持晨起练习阿斯汤伽。

四月了，三亚炎热起来，四月就如江西老家、青岛的夏季一般。当我练习完站姿就开始大汗淋漓，但感觉到自己的进步，双脚可以如"落叶般"轻盈地触地了，心里兴奋起来，"胜利式呼吸法"不断地在体内流动，激励我一直向前奋进，无法停下。

夜晚，入睡前，感觉到我的大腿后侧有点点酸痛感，后腰部也隐隐有些酸胀，"练过了！"心里闪过三个字……想起练习时那颗落在木板上淡淡的汗滴。

燃起烛光，找出久违的中药艾条、艾灸盒，为我的腰肾去邪湿滋阴壮阳。

清晨，静坐、呼吸、肩倒立、头倒立，为我的身体"充电"。

我练习的是印度的瑜伽，而我更喜欢中国的中医。

我的身体出现不良症状，就爱听从中医的解释，按照中医里所说的来治疗我的身体。常常读到中医的文字而感慨万分：什么叫魄力呢？在中医里，魄是肺的神明。"魄"是肺气足的体现。而魄力的"力"就关系到我们的另一个脏器——肾。我们的力量来源于腰，来源于肾。"有魄力"指的是肺和肾两个脏器的精气非常充足，所以做事才能够气壮山河！中医认为"肾开窍于耳，肝开窍于目"，意思就是说肾的精气通于耳，肝的精气通于目。看一个人是否聪明，关键是看他的肝肾功能。肝功能好，眼力就好；肾功能好，耳力就好，如果耳鸣眼花，就是肝肾出问题了。

学习瑜伽也好，中医也好，都是为了了解自己，了解自己从回忆过去的自己开始。了解自己，先从了解自己的身体开始。

我分析了过去我睡不着，是因为我十几年秘书职业积累的颈椎病。颈椎好了再睡不好，是因为我思虑过多，肝火旺，还导致眉心出现小痘痘。又知身体锻炼过度会造成心脏压力也会出现小痘痘。

通过针对颈椎的瑜伽体式练习，来"动"养我的身体，很快我的颈椎病消失了，睡眠香甜。

也会通过"睡"养来宠爱自己，有一段时间睡前我会练习瑜伽"深度放松功"。

挺尸式开启我的深度睡眠之旅，吸气，将意识转移至骨盆和臀部，绷紧，再放松，平稳的呼吸。吸气，使胃部充满气体，停留片刻，从口中呼出；再吸气，使胃部充满气体，然后转移至胸部，停留片刻，从口中呼出。

将意识停留在右手和右臂，吸气，右手轻轻握拳，绷紧手臂肌肉，然后放松。将意识转移至左手和左臂，重复上述动作。

吸气，双肩抬高，贴近耳朵，停留片刻，放松，头部慢慢地左右转动，然后回到中央，放松。将意识停留在脸部，张开嘴，下巴向下，慢慢地左右移动，收回中央，放松。然后收紧脸部肌肉，再放松，张大嘴巴，舌头尽量向前伸，放松。感觉自己还有觉知，会继续下一步的放松。

将意识停留在脚，放松双脚。将意识转移至全身，依次放松各个

部位，直至头部，感觉全身松了后，将意识转移至呼吸上，观察呼吸的气流，平静的吸气、吐气……

有的时候做完吸气到骨盆、臀部、胃部，就开始失去觉知了，指挥不动了，进入梦乡了。

我想，最后的境界是不需要练习什么"深度睡眠功"就可以安然入睡的。

"呼吸"就是一大"药材"！充分利用好呀！要知道为自己开这一道"方子"。

你的身体适合怎样的瑜伽呼吸方法，你要懂得，要会用。

你想安静，深吸再注气，反复如此，就安静了。

睡得香了也就吃得香了，肝肾强壮，自然也就会精力充沛了。

与瑜伽相遇那天起，就开始慢慢关注自己的身体，只要你不断地习练，会慢慢地从关注到越来越密切地关注，不管你愿意不愿意，瑜伽就是能够让你放弃关注物质世界转入关注练习者的身体与内心世界。

瑜伽有着这样"神奇"的功效！我的身体已如实证明。

练习瑜伽来修身，学习中医来知身。中医理论告诉我们：人的身体结构及功能决定了一切。从这个意义上讲，生命医学又是人类学中最高的学问。"从医入道"、"道以显医"，就是说，如果你能把人体领悟了，把医道领悟了，那么你就有可能领悟天下之道。

2012年5月7日

14   唤醒联结

瑜伽是联结，身、心、灵的联结。

如何联结上是关键，所以你做体式时，要懂得每一个体式到底是在唤醒哪个部位。

我们借助练习瑜伽体式这样一种形式，事实上不在乎你能做多高难的体式，而在乎你对身体的觉知能力！

在你练习体式的时候，关注细节越多，唤醒你的觉知力就越强！你与内在的联结就会越强大！便会实现瑜伽的真正意义，联结。

你初练习下犬式时，可能会背部拱起，好吃力啊，那是因为你的手掌、手臂很少锻炼而无力，你在用背部的力量做下犬！放松你的头部，调动你的觉知力，指挥你的手掌推地从而充分伸展手臂吧！唤醒你的肩胛、上身躯干。继续内观来觉知你的下半身，大腿后侧的肌肤有强烈的伸展感，打开膝盖窝伸展至脚跟，大腿前侧肌肉收紧上提。这时，感觉坐骨有更多向上推动的力量，体会到大腿前侧和腹部的空间感。感觉你的呼吸，吸气时引领呼吸进入你的背部和胸腔，充分地呼气，始终让你的下腹部保持不紧张。

你是这样练习的吗？

你有细心地去体会身体带给你的讯息吗？你觉知到你身体哪个部

位不听你的指挥，和你对抗了吗？

　　在体式中觉知你的呼吸，是自然的，还是急促的，能否再控制在自然的状态之中。不断地在体式中唤醒身体，将你向外看的双眼收回到关注自己的身体，了悟自己的存在。

　　你在红尘中培养对身体的觉知力了吗？你是否在乎别人怎么看你？你跟着对方的心跑了？你苦、你悲、你忘了自己？

　　瑜伽的体式是工具，是帮助你成长的工具！假如你不明白这些瑜伽的真意，你是无法将瑜伽带入你的生活，无法融入你的心，你的生命！

15　为你重生

遇见你，我的福气
感恩你，给我智慧
因为你，我学会放弃
因为你，我懂得如何聚集
对喜欢你的人，　我代表你释放自己

我对喜欢你的蕊说，正确的呼吸使你的脸色变得有光泽了
我看着蕊演示简单的伸展体式，我代表你微笑着说
你对骨盆以下的肌肉是失控的噢
吸气，伸展全身的肌肉，释放你的能量到身体的末端吧
呼气，从身体的末端将能量收回到核心吧
蕊听懂啦，她的肌肉由内而外如花瓣般打开合拢
只需等待

等待她是怎样为你而改变

有形、气质、灵性、智慧、优雅

对不欣赏你的人，我保持缄默不语

爱你

不离不弃

2012年7月6日

16 梅 子

　　梅子，来自青岛的女孩儿，孟子的第74代传人。她有过两次短期的瑜伽培训经历，虽有学习的经历，但没有自我习练。气息混乱的传统拜日，无内在的能量，核心薄弱。

　　为她设计近两周的培训内容，每天早晨固定的时间练习拜日A、B，学习正确的瑜伽呼吸方法，坐姿、站姿、前弯、后弯的要领。

　　每天监督她的习练，有时也陪着她一起练习。使她把自我习练当成每天的必修课程，让她感受到自我体内能量的流动，喜欢自己的身体，掌控自己的身体！

　　肌肉变得有活力，心就会改变！

　　我们真正要做的是把活跃的能量注入迟滞的身体。

　　健康的身体才能培养健康的心灵。

　　我不会照本宣科，我会看她的身体需要什么样的指导，所以她和我的每一秒都是在进步，体式的进步、心灵的提升！

　　她每天都在发生变化，我教她Flow Yoga（流瑜伽），她的Vinyasa（串联体位）从迟钝的移动到如潺潺溪水般流畅！我让她自己设计串联体式，再仔细分析串联是否合理，演示是否标准。

　　作为一名老师，观察到位，要学会为不同的会员设计课程，所以瑜伽老师需要有敏锐的眼睛，观察会员的身体状况很重要。瑜伽老师又好像是表演家。演示规范，在于你平时常年的自我习练！你还要模仿会员错误的体式，在会员的面前表演从错误的体式如何转到正确的体式上来，通过肢体语言与会员对话。

瑜伽老师又好像是一个音乐家。要有声音的把控的能力，放松的时候你的声音是否柔和些，伸展肢体时是否铿锵有力些。你的身体好像是乐器，要奏出有效的旋律。

瑜伽老师又好像是一名骨科医生。纠正体式，你要懂得人身体的基本构架，要懂得练习的是肌肉，保护好我们的骨骼。准确无误地温和地来指点会员错误的体式。

一个多月了，我教课的经验、我练习的感悟，真正复制到梅子身上了吗？实习瑜伽老师梅子开始领课。

第一堂课她不让我去旁听，听会员说整堂课太少休息体式，有些累。

第二堂课，我去了，比我预料的要好很多，最后的休息术，她轻轻地为会员盖上毛巾，细微的动作令我感动，会员走后，我们相互地拥抱！

其实有很多的瑜伽爱好者培训完全是不懂得如何上课的，投资不少却无法达到效果，有一大原因是培训机构并没有让她们有实习的机会！

2011年12月26日

17 Audrea and Hee

来自瑞士的Audrea与来自韩国的Hee，她们俩都是来自俄罗斯的Elenu介绍过来上我的Flow Yoga的。她们尝试过一次我上课的风格后，毫不犹豫就开卡了。

我的Flow吸引着她们的到来，我在这海边的瑜伽会所，因为Yoga接触了不少国外的瑜友，有的是度假、有的暂时在工作、也有的是出差，大部分都不会居住太长时间。

就在上个月，有的时候整个瑜伽室都是国际友人，我尴尬，因为我不懂英文，只能用肢体语言与她们交流。

2012年7月我能用简单的英文教授Flow Yoga。

7月，骄阳似火，万物蓬勃生长，释放自己所有能量。

我又何尝不是呢?

我不会随着阳光的燥热而心烦郁闷，心静心净才可以"吸入"，心浮气躁是一种随天而变的心境。

静坐，开始练习Ujjayi Breathe（乌加依呼吸）。"inhale...cease...one，two，three，exhale..."（吸气⋯⋯止息⋯⋯1、2、3⋯⋯呼气）。

我可以用语言和我的外国瑜友交流了!

是的，她们听着我的言语，修炼着身心。当我的声音传出，她们做出我要的效果，我为自己感到骄傲！原来这样说她们就可以听懂，我的自信心来了呀！

虽然我还无法告诉她们止息的种种好处，但只要练习就可让心得到宁静，就可以更加投入到关注自己的身体，随呼吸而流动。

热身的练习、双腿力量的练习、肩膀环的练习、阴瑜伽的放松。

在课堂里，我的心是随会员而动的，需要练习怎样的体式，需要怎么样的引导由会员的身体来决定。

现在，她们需要我用英语表达，这样可以不需要总是看我的一招一式而动，体式衔接更加的流畅，更容易感受到动中禅的美妙！

感谢瑜伽，让我感受不一样的人生！感受到生命的活力！

Namaste!

2012年7月18日

18 心融入海 春暖花开

Mary姐姐，来自吉林的朋友，是一名事业有成的女人，毕业于白求恩医科大学。因为读我的博客、喜欢我以文字解说的瑜伽，她告别春寒料峭的北方，亲临三亚，实现和我学习瑜伽的梦想！

通过QQ简单的聊天，了解了她的身体状况，以及对瑜伽的了解程度，心里已有了大概的瑜伽内容。

第一堂课，我带领她练习体式热身，背部修复，利用瑜伽砖等辅助工具，来觉知根基的稳定，呼吸配合体式的伸展与放松。一堂舒缓的瑜伽体式习练，释放身体压力。

第二堂课，我开始纠正她的体式，分解体式的细节，学习Ujjayi Pranayama（喉呼吸）控制法，通过简单的体式来感觉呼吸的深沉与深远。"吸气感觉身体慢慢从心的位置膨胀，能量如同光环一样扩散到指尖与脚尖，呼气感觉能量的光环从指尖慢慢回到心的位置，将这样的呼吸方式来引领身体的伸展与放松，再伸展与放松"，强调呼吸与体式正确的衔接，了解腹式呼吸和胸式呼吸。掌握瑜伽式呼吸与Ujjayi Pranayama 的区别。"OM"的唱颂。

第三堂课，通过两堂课的训练，Mary开始自我拜日的热身了！而且有模有样，她说她大手臂有些酸痛。

通过观察Mary的体式，她的整个肩膀僵硬，灵活度很差。"硬肩族"的标志性特征之一就是因为肩膀常年维持一个姿势而导致肩膀僵硬，领导者工作压力大，肩膀过于"用力"，给肩膀上的肌肉带来了沉重的负担。肌肉收缩又压迫血管和神经，导致血液循环不畅、肩膀和脖颈僵硬或疼痛。压迫肩膀处的神经还致使身体的自律神经紊乱，所以"硬肩族"总是容易动怒，还会出现间歇性的情绪低落。Mary就是属于这种情况。所以开始有针对性的"放松肩膀压力的练习"。

第四堂课、第五堂课……瑜伽的呼吸、体式针对有形的身体对症下药的习练；瑜伽的哲学，学会放下，学会关心自己，学会控制心意。有方向有目标有一颗持之以恒的心，就会有收获！

一切对身体不利的都要放下，但是在身体状态不良的情况下，你想放下却无法做到，身体总是占上风。你可能开了好多的健身卡，可是没去几次，次次都有理由，你总是听从身体指挥，对身体已经失控！有可能病入膏肓才会猝然惊醒。还好，我的Mary姐姐没这样。

当你通过对身体的训练后，你的控制力就可以提高，最终让身体听从你心灵的指挥。这是瑜伽的秘密，是我经历过的。感谢Mary对我的信任，从遥远的东北来聆听我的瑜伽之音。感谢Mary让我在瑜伽教学上的进步！

我认为，对于瑜伽初学者必须由专业的瑜伽老师引领，Mary现在最有发言权。我确信，Mary有着深刻的体会什么是真正的瑜伽体式，一个瑜伽老师必须懂得身体解剖学知识、瑜伽生理学知识、瑜伽心理学知识。

我要不断学习，坚持习练，将自己更多的感悟及健康的理念传达给与我有缘的人！

19　身体的语言

昨天晚上下课后，我对断断续续练习几年瑜伽的艳姐说，以后将手机放在柜子里，别让手机里的人妨碍你的练习。

不行啊，我在私企工作，会被炒鱿鱼的。

无语。

就一个小时都不能给自己放个假吗？难道24小时都要紧绷着那根工作之弦，这完全是和瑜伽的练习理念相悖的。

你还问我，为什么我的大腿前侧的肉多呢？为什么我的肚子肉不够紧实呢？

为什么呢？为什么呢？你应该反问自己。

从身体结构上分析，长期久坐养成大腿股向前倾，骨盆前倾。骨盆前倾发展下去的后果：骨盆变形、内脏下垂、臀部横向发展、小腹凸起。可能影响自律神经，下半身肥胖，经常头痛、月经不调。

身体语言告诉我们：我活得很无奈！你习惯的姿势，你习惯了的生活方式，几十年都是这样的，习惯了。

我们针对此种体形一起来练习山式。

站立山式，双脚并拢或分开一些都可以，双手自然的垂放在身体两侧。

让你前倾的大腿向后，大腿股顶端回到髋关节窝，此时，你上半身体一定是前倾的，没关系，保持在这里。

将注意力放在脚掌上，翘起10个脚趾，当你将大脚趾跟球和内脚跟、小脚趾跟球和外脚跟同时向地面施力时，你会觉知到你的脚弓提起来了。

在这里停留五个呼吸，来体会吸气时脚掌上的四个点向地面施力来接收地面传上来的能量，贯穿整条腿骨和所有的肌肉纤维。呼气时把能量往下注入地面。静静地体会。

不断的练习就可以找到双腿的能量，慢慢呼气加上尾骨内卷，稳定住骨盆的正位，吸气感受到骨盆的张力，让你的上半身伸展。

局部的体会扩散到全身的体会。你的身体像个水管，你的呼吸就是水流。

老师，我的小脚趾没有反应。

经常练习就会有的。当你的外足弓有力量了，你就会感受到大腿两侧肌肉地伸展。

在很精细的体式练习中，你经常会发现你对某个部位是无法指挥的，比如说小脚趾、比如说大腿骨，是你长期的不良站姿，造成体态的变形。

你对身体失去控制，失去越多的时候，其实是你对现实生活中的很多的事都是失控的！

为什么要练习瑜伽体式？练习瑜伽体式的真正目的是什么？

也许你很快会告诉我，身心灵合一。

你把手机放在你的瑜伽垫旁，你的身在这里，你的心又在哪儿呢？

你做平衡体式时，你会发现脚趾会随着身体向上伸展而死死地抓住地面，这是一种反射力，也寓意着你对某些事或物不能放弃，害怕失去。金钱？权力？地位？还是你依恋的某个人？你要更紧地抓住，那就只有失去自己！

为什么要这样活？当你做不好平衡体式时你有没有这样去想过？

你的犹豫、妥协和软弱，你对自由的抗拒和恐惧。你的含糊、缺乏独立思考的习惯。

甚至别人给你的建议你都毫不犹豫地否定。

我们一起来觉知感悟下面的经文。

在瑜伽体位的练习中，这些具体、繁琐和重复的对呼吸和身体的指令只有一个目的：利用身体和感官，让心灵始终保持在灵敏、警醒、清晰和觉知的状态和轨道上，战胜心念的波动、浮躁、散乱和迟钝麻木，一个人应该首先练习成为一个清醒的自我觉知者，然后再努力成为一个自我喜悦的觉悟者，对自我喜悦的觉悟是对自我觉知的积累以后的质的飞跃。觉知力是我们内在灵性身份的光芒。这种光芒使我们看清自己是如何深深地陷在行为习惯的奴役和思维局限的牢笼之中。我们一般自豪地把这些牢笼和奴役称为"我的个性"，并牢牢地抓住这些干扰我们自由和喜悦的障碍。承认、接纳和了解自己的疾病，是一个病人治疗过程的第一阶段。通过专注、耐性、对生命力的控制和奉献性的练习，我们激发和唤醒生命中那个沉睡着的"更高的自我"。

我读到这段经文时自然地泪流满面，那是一种喜悦与感恩的泪滴，只有真正投入练习的人才会有的感受。

过去的那个我离我远了，重生的，焕然一新的我在这里。

2012年8月20日

20　清晨瑜伽

坚持清晨在户外练习瑜伽一年多了，而在固定一个地方练习有三个多月了。

我刚开始在户外练习瑜伽时害怕被路人发现，躲在墙角，感觉是在偷偷地练习。一步步我将瑜伽垫子挪到空旷的草地上，又感觉草地有些太软，不能更深地感觉到根基的稳定。

现在，我已经能够在小径边练习瑜伽了，不再害怕被别人欣赏，不再因为别人的欣赏而分心了。

我的头倒立可以轻松自然，倒立着来欣赏阳光下草叶上的露珠，还有那小小的粉白色花朵，真的是美妙极了！

我的轮式，同样也是轻松自然的，不再像以往那样无法呼吸，可以觉知到呼吸到达身体的每一个角落，深深地感受到背后的力量。

我的手倒立也可坚持一小会儿了！

每天我在呼吸中、体式中迎接太阳从远方的山脊背后冉冉升起。

新鲜的能量充满着身体，我的日子每天都是新的。

宠物狗黑妞和小乖静静地坐在草地上，它们有时会盯着我看，不知能不能看懂，有时相互亲吻和打闹。

当我仰卧下来，有时也会被高空中的云彩所吸引，心会如白云般洁净飘逸。

当我来到战士一，手延展到天空时，阵阵的晨风徐徐掠过我的身体。

特意拍下几张照片作为留念。

欣赏自己拍的照片，我那两条修长的腿和树干的影子亲吻着如绿毯般的草地，一下还难以分清到底哪个黑影是我的身体。将自己与自然融为一体，是我要的感觉，希望有一天能够感觉到"无我"的存在，不断修炼，在修行中觉悟。

练习瑜伽体式会打开内心的门窗，将陈旧意识驱出身体，唤醒沉睡着的"我"。

在自我的习练中，头脑会清明。

练习瑜伽体式会让身清静，身的清静才会有心的清静。

有规律的生活和有规律的练习，让我的身体发生了极大的变化。吃得不多，晚上只需喝杯牛奶和吃些水果就好，身体轻盈，脸色有光泽，声音也比以前哄亮。

对自己的身体情况明了，我需要什么样的体式清清楚楚，我的每一个会员需要什么样的体式与呼吸清清楚楚。

但是，老师只能告诉你需要怎么样的练习和生活方式，老师不能代替你去做。

我可以撑控我的身体，我无法掌控你的，一切都要靠自己去实践、去突破。

三天打鱼两天晒网的练习是不行的，不带觉知来练习是不行的，你常常练习喜欢的体式也是不行的，只练习体式不练心你说行不行呢？

当人的心净了，空了，想学什么就能学到什么。

我向宇宙发愿：无特殊情况，只要我住在这院子里，一定将这良好的瑜伽清晨练习坚持下去！

坚持就可以领略不一样的风景，很多的奇迹就会发生！

弥兄说清晨与学生们在学院里步行。我问，有否尝试一个人的行走呢？没有别人的陪伴，天地间就你一个人，没有争先恐后。我们来到这个世界上是一个人，走的时候还是一个人，保持这种独来独往，应该才是生命的本质。

专注是瑜伽。简单是瑜伽。禅定是瑜伽。

你的清晨是怎么过呢？

在你的生命里有多少次真正感受阳光无私的爱意呢？

你是否可以早睡，清晨早些起床，一个人步行去办公室呢？

不知怎的，突然脑子里出现我在青岛的办公室，我没有一天是步行去的，理由太多了，我现在懂得那时的我意识的平庸，为什么我会离开，冥冥中我不愿意如此来打发时间，过那种无味的生活。

唯一值得回味的是从窗外透进的金色晨光，爬墙虎的叶子变成了金色的，我的脸也披上了光的色彩。

意识的转变归于遇见了"瑜伽"，我觉得我现在活得有意义，我懂得选择与拒绝，懂得了传播与收敛，懂得了能量的汇集与释放。

清晨瑜伽让我焕然一新，清晨瑜伽令我的灵魂年轻又有深度，清晨瑜伽让我走进跃动的生命。

中午和卖游艇的瑜友张蔚吃饭聊天，聊了三个多小时！

瑜伽让我们走得很近，无所谓她的年纪只有二十几岁，因为我们的思维在一个频道上！

她在我这里听到了很多未知的道理，新鲜的，瑜伽的。

周游世界的女孩子真的不一样。我也会聚精会神地听她神采奕奕地聊着新鲜的异国风情文化。

她很吃惊我竟然可以一整堂说瑜伽英语。

"Let your navel and nose in a straight line," 她开始纠正我的发音，"stretch" 和 "straight" 发音的区别。

她告诉我她学各国语言的方法。

现在你要坐我的车，听到的都是英文歌了，哈哈。

清晨瑜伽让我心的空，心的空与净才能装进自己想要的东西！

2012年我的头倒立

第五章　瑜伽紫涵

21 小 菊

小菊，初听名字，我就瞪着大眼睛凝神望着她，如一股清香扑鼻而来。

小菊骑着山地自行车来菩提瑜伽馆练习瑜伽，坚持有半年多了。她总是来得很早，她喜欢在仰卧靠墙的倒箭式恢复身体在工作中的疲惫。

有的时候我们俩各自默默练习，有的时候她会与我交流。记得在几个月前她问我的问题，现在回想起还清晰如昨天。

"老师，在工作中遇到不开心的事怎么办？"她有些无奈地问我。

"可以说得具体些吗？"

"我的下属不听我的指挥，还和我顶嘴，我现在感觉郁闷。"

"哦，她顶撞你可能有几个原因，一可能下属觉得你下达的任务过分，实在无法完成而控制不住不良的情绪；二可能下属觉得你做得不如她好，和你发生冲突；三可能下属本身素质就低。你想想到底是偏向哪一种？还是有别的可能？"

说完我就停下了，微笑望着思考问题的小菊。

我主动告诉她我的建议："反观任务的合理性做出相应地调整，多与下属沟通，答案可能下属就可以给你。反观自己的工作，有否做到以身作则，令下属佩服？对于那些素质低的，通过制度约束下属的无理行为，总之，你应该感谢下属，给你反观自己的机会，能否让你的下属安静、听从，在于你是否安静合理地处理问题，而不是被下属一句顶撞而将自己陷入谷底。那样，你是不配做一名领导者的。"

带着小菊遇到的烦心事开始了今天的瑜伽课程。

"以舒适的坐姿坐好，让眼皮无力地搭拉下来，眼球深陷到眼眶里。缓缓吸气到眉心，感觉如花一样轻轻地绽放，一直延展到两侧的太阳穴，脸颊也松，嘴角带着微笑，将心沉淀下来，忘记生活中的烦恼，觉知自己坐在瑜伽垫子上，觉知自己的每一次的吸气与呼气，让自己的呼吸来到紧张的地方，一一将其冲刷，感觉肌肉变得有弹性有活力……"

"将身体俯卧下来，放松每一寸肌肤，保持呼吸的均匀。好的，现在我们来到眼镜蛇的准备姿势，身体还是放松的，只是将你的肚脐离开地面一点，不是屏息的状态，找到你呼吸像小水流，有觉知地在体内流动，感受你的核心，保持住这样的状态，双手掌飘移地面，进一步觉知肩背部的能量启动，清晰记住整个后背部的力量，保持呼吸。记住这样的感觉……"

"好，我们来练习战士三，双手来到腰，双肩向下沉，先找到肚脐缓缓贴向腰的感觉，稳住你的核心，保持呼吸，曲些左膝，慢慢将右腿向后伸展，胸椎、颈椎的能量通往百会穴的伸展，再一次关注核心，是否因为前后的伸展而丢弃了你的核心，那是你的家，就好像外面如何风吹草动，你都可以无动于衷保持住，淡定从容地处理所发生的事件。保持呼吸，专注当下的变化，适当调整，让自己稳定安静，在安稳的状态下享受当下的美好！

"我们来学狮子吼，让你的面部表情再狰狞些，让你的声音再大些，吼出你的压力，吼出你的不良情绪，让新鲜的氧分充满你的身体，让新的能量注入你的身体。"

我要小菊快乐，不要为小小的事件而感失意，要让信任你的外企公司为你能够处理好每一件事而感欣慰！

专注地练习，调整身心旧的运作模式，觉醒！

昨天，同样的地方，同样的问话方式。

"老师，我的一个外地朋友也练习瑜伽，她还上了私教课，她还和我说教她的瑜伽老师生活邋遢无规律，但体式做得很棒。我记得你说一个好的瑜伽老师是有很强大的控制能力的，那为什么她可以这样呢？怎么解释呢？"小菊用疑惑的眼神看着我。

"大街上的杂耍，你看过吗？她的体式叫杂耍。这样你理解吗？她可以控制自己的身体倒立，却不能控制自己心的健康。这样的老师还未进入瑜伽的灵性与哲学层面。"

"古人造字俗与仙，应该是这样，'俗'，左边是人，而这个人因为外在的各种因素无法控制自己而掉入谷底，所以叫'俗'；'仙'呢？同样是一个人，却可以像山一样，不会因为风、雨的袭击而改变自己，见诸景而不乱，所以叫'仙'。"

……说着说着，我们都笑了，开怀大笑，我尽量止住笑，对着小菊说，慢慢修炼，以后叫你"小菊仙"吧！

在我的瑜伽课堂里能够有小菊这样的学员是我的福气。学员的高度决定老师的高度，她能够提出问题才会激发我内在的能量！学员也是我的老师。

感谢小菊，希望在我的瑜伽路上碰到很多的小菊！

22　公益活动"瑜友会"

2012年9月20日上午9点50分我们开始了"瑜伽心"瑜友会。现记录如下：

首先，我以简单的欢迎辞作为开场。

我开始通过缓慢轻柔的语气带领瑜友静心调息，放下你的私心杂念，我们静坐着调身调息吟唱"OM"，融入瑜伽之旅。

选择舒适的坐姿，先不急着闭上眼睛，先让你的腰椎缓缓向上伸展，轻轻抬高你的胸骨。下巴微微内收，肩膀向两边打开。

让你的上半身体缓缓落到坐骨上，放松坐骨周围的肌肉，放松腹股沟，大腿的顶端，膝盖，小腿，一直到脚趾，让整条腿的能量从骨盆开始流淌向你的脚趾。

让眼睛静止地看着地板上的一点，直到感觉眼睛完全放松和安静下来，这时再慢慢闭上眼睛。

从肩膀到手指放松，感觉十个手指尖在地板上像树根一样慢慢生长下去。你可以从手指尖感觉到整个肩膀和手臂的重量。

觉知你此刻的呼吸。只是观察。不要试图改变什么。

吸气时不要过高抬胸骨，暂时允许呼吸在你胸口细微地起伏。保持一会儿对那里细微起伏的观察。

现在，把更多的注意力转移到肚脐的区域。吸气时，试试看，是否能释放你的小腹部。让你的眼球跟着柔和地转下去，放松地向下注视，让你的内在的视觉能量导向你的腹部，觉知正在呼吸和起伏的区域。放松你的太阳穴，放松你的眼球和眼球周围的肌肉。放松你的下颚、耳垂，还有你的舌根。

缓慢地呼气，缓慢吸气，呼气时微微感觉肚脐向内撤回，吸气时要很放松地用腹部向外打开并舒展。静静地感觉几次呼吸。

感觉躯干前侧的皮肤在吸气时向你的脸部伸展，呼气时让背部的皮肤向臀部的方向流淌。（静默）

好的，现在让双手合十到心门，三声"OM"，深吸气。

OM——OM——OM——

第二，引领瑜友体式的热身练习五遍分解的拜日A。

让身体的血液循环起来！让身体温热起来！活力的我们，青春的我们，60？40？不！我们的心是18岁，永远停留在18岁！花一样在体式里绽放！

第三，我轻轻唤醒在大拜式休息的瑜友门，我们静静地坐着，"下面，我要介绍《光耀生命》这本瑜伽书籍，作者就是当今在世的艾扬格大师，这本书里写的是艾扬格大师70多年来瑜伽修习所得的智慧之精粹，我，是这本书的受益者。接下来，请吴蕾老师来读一小段艾扬格大师解读的一动之中必有一静，不仅仅是听，我们还要让肌肉来感应、来体会。"

"放松意味着释放身体中不必要的肌肉紧张，从而获得身体内层的强健以及心灵的宁静。但是，在与身体纠缠不清的时候，我们如何能体会到心灵的宁静呢？当我们在学习体式过程中不断感受疼痛的时候，我们怎么能体会到那份安宁呢？我们会在后面回到痛苦的主题，并讨论如何以宽怀、坚定与平和之心看待痛苦。在这儿我们先来谈谈在体式中如何放松，如何让身体轻安，如何避免身体的僵硬。

开始练体式时先呼出一口气，直到在自身与细胞之中感到寂静的安谧状态。吸气会紧张，呼气时自在。所有动作都要在呼气时完成。呼气可清除体内的压力与紧张。"

第四，瑜友表演瑜伽、瑜友聊饮食。

60岁的孙阿姨说："几年了，不论我走到哪，我都会拥有一张瑜伽卡，有的是我自己购买，有的因为老板想留住我为我购买的。我喜欢瑜伽馆的安静，喜欢练习瑜伽的感觉，这是在其他运动里所找不到的那份心的安宁。"

懂好几国语言的张蔚说："我在高压的工作下，离开瑜伽长一点时间，我会焦躁不安。我开始不明白怎么回事，当我在流瑜伽里感受到气息的流动，我会很投入，我会释放自己。我喜欢阿斯汤伽、流瑜伽，我喜欢一个接一个的体式，呼气接着吸气，这种美妙的感觉会让我的身心轻松，酣畅淋漓。"她认为瑜伽是在为自己的能量电池充电，为投入的工作加油。

徐蕊说："我终于可以静坐得久一点了，刚开始我是无法安静下来的。"

小茹练习瑜伽时喜欢闭着眼睛深深地陷进体式里、慢慢地舒展开身体。她又要做生意、还要管理孩子，但也会抽出时间来练习瑜伽。

为她准备了印度的音乐，就是莫汉老师常用的那段，空灵的、远离红尘的，与她的瑜伽非常吻合。和谐的舞动，那真是灵魂的舞蹈！

为她编排，其实她也练习了四遍，就可以这样轻盈自如展现在所有瑜友的面前，这可不是一天两天的练习可以做到的，那是多年来日积月累的成果。

现场的氛围比我想象的好很多，写到这里，我感觉到特别的满足！

在瑜友聊饮食的环节里，大家畅所欲言，差点收不住场。哈哈，一堆女人在一起啊……

在下一个环节开始之前，我问大家喜欢这样形式的瑜友会吗？还想下一次再开吗？

回答是肯定的！一起练习瑜伽、一起读书、一起谈吃什么才健康，你愿意下一次加入到我们的队伍吗？

第五，聆听吴蕾老师诵读《光耀生命》第二章——动之中必有一静之放松。

"放松你的颈部和头部。如果你让颈部后面的皮肤松顺，让你的舌头柔软，大脑中就不会有任何紧张。不要'咬紧'牙关，否则你也会"咬紧"你的大脑。无论你是坐在办公室工作，还是修习瑜伽，你都会注意到上述这些现象。

维持体式时也要注意到眼睛。眼睛的紧张也会影响大脑。若眼睛寂静而安宁，大脑也会安宁而随顺。只有大脑放松时才有观照的能力。若大脑紧张不安，混乱就会出现，大脑就无法理解任何事情。

眼睛的状态应该是柔软而沉陷。在修习时要让眼睛保持睁开而放松的状态，同时还要回视自身。眼睛内视，让你可以观察自己的身体和大脑。要让你的眼睛像花儿一样开放。若你的眼睛只是向外而没有向内，融合就不会发生。

我们内心明睿所照的生命之光应辉映一切所在。最终，通常称为'第三只眼'的灵性之眼就在你两眼眉毛之间稍高一点的位置。若灵眼安宁，你的灵性也会安宁，如同见证观照一切，不受扰乱与牵绊。而你额头的皮肤也应该是放松的。

放松从我们身体的外层开始，并穿越我们身心存在的深层。身体的细节与精准让我们掌握放松的艺术。懂得放松艺术的人也懂得禅定的艺术。"

第六，体式的练习、横膈膜呼吸法。

坐得久了，我又领着大家练习了体式。

我请两位瑜友演示了拜日A，一位瑜友演示简单的初学者做的拜日A，一位瑜友演示了中级的拜日A。你什么时候可以从初学到中级的练习，要看你在板式时是否感觉到核心的稳定，四肢的力量，身体是否轻盈的与地心引力做着对抗，呼吸稳定，如此再前屈后跳才是安全的。

我也表演了，我表演的是横膈膜衰竭的过程，横膈膜的呼吸、间隔式呼吸、胸式呼吸、肩式呼吸、嘴呼吸……我做出对生命无耐的表情。

我为瑜友介绍横膈膜是怎样为我工作的，告诉瑜友们有弹性的横膈膜才是健康的！

在我的引导下，瑜友们在鳄鱼式体式里、摊尸式的体式里觉知感受我们的横膈膜呼吸，记住你的正确的呼吸方法，随时随地感受你的呼吸。

轻轻唤醒瑜友们，我们静静地盘坐、轻轻地吟唱10遍"OM"，结束了我们的瑜伽之旅。

期待下一次的相遇！

2012年9月21日

23 瑜伽的教授

近一个月亲临两位瑜伽老师的课程。

回江西赣州的时候,选上了一堂所谓资深瑜伽老师的哈他瑜伽课程。

开始没有静坐调息,可能是因为天气冷的原因,她直接带领学员练习传统的拜日体式。一边响亮地讲授一边示范着,学员一边听一边模仿她的动作。整堂课她选了三个体式做指导:单腿站立手抓大脚趾打开式、双脚打开深蹲式、侧板式。整堂课体式花样繁多,一个接一个,她都特别认真地在台前演示着。

她无法将我带入瑜伽体式的练习中,老师个人的体式外表上还是规范的,可学员们危险的练习让我感到胆战心惊。

我第一年做瑜伽老师时也是这样教授的,而且我有时还背对着学员,不管学员们做得对不对,这叫"秀瑜伽"。我感到羞愧。

长期这样"秀瑜伽"、课又多的瑜伽老师,身体很快就会出现问题,整堂课不停地说不停地演示,损伤自身的元气。身体逐渐消瘦,脸色发黄,身体疼痛。眼前这位资深的瑜伽老师和我当年的情况是一样的。

她给自己创立的瑜伽叫"中和瑜伽"。

课前,她清晰地说明了练习程序和要求。

中和瑜伽是一种冥想和体式合一的练习方法，内心虚空静极时，体内气机启动，能量在体内流动汇聚，并以此完成体式练习。习练时内心虚空，身体松空，呼吸自然，体内能量蓄足后顺势而动，轻柔缓慢。

中和瑜伽练习要点：中和瑜伽注重冥想和基础体式练习，冥想贯穿于整节课程中。入门以静坐冥想和瑜伽山式为主，山式为瑜伽体式练习的总机关，需平日单独拿出约30分钟时间练习。

课程开始她和我们一起静坐冥想20分钟，山式站立冥想10多分钟，带着我们用非常非常缓慢的动作进入第一组拜日体式，每一个体式大概2~3分钟时间。第二组拜日身不动在心里冥想每一个体式。第三组身与心一起再重新进入拜日体式。摊尸式放松、静坐结束课程。

她上课没有任何语言的提示，全靠自我感知能力。

在最后的静坐结束后，我有些不想睁眼睛，特别享受内心虚空静极的状态。

有三位瑜伽老师和一位即将成为瑜伽老师的学员参加了她的课程。

那位即将成为瑜伽老师的学员说："以后我就这样教授，多简单呀！"

"你没有这样超然淡定脱俗的气场，你不觉得她整个人都在以宁静的磁场指引着我们吗？"另一位瑜伽老师说。

她问我上课的感受。

"极少人能够享受这样的课程。"我说。

"会员连什么叫拜日都不知，你又不说话。初学的会员无法静坐，更适合动态的练习。这套课程最适合与瑜伽老师分享交流了。适合我，我就喜欢简单的体式，然后静静地坐着，什么都不想，静静坐着就好。"

我个人教授瑜伽的模式，写在这里，也并不一定我的就对，望与同行们互动，共同进步。

第一，在一堂课开始前，观察新老会员的比例，确定教授什么内容根据会员能力而定。在老师的心里，每一个体式从简单到难心里明明白白。

第二，尽量说口令的时候不做演示，口令非常清晰明了。观察会员是否正确的练习，比如说在拜日A发现大部分会员双手的位置不规范，我会做完这一组让她们停下。我在演示前，让她们关注我的双手，记住我是如何摆放的，我不说话只演示完体式后再让会员重新练习一遍。达到我的要求，我会说，真的很棒！

只有少量的会员没做对，可以走到她的身边，轻轻告诉她或通过双手引导她做正确的体式。

第三，老会员多的情况下，拿拜日A来说，第一遍口令会清晰些，后面会只喊吸气呼气，最后不再引导，自我练习一遍或两遍。

让会员离开老师也可以练习，是我最大愿望！

不要数量的体式练习而要有质量的练习也是我最大愿望！

第四，不说废话，我是看着会员的身体说出我的口令。我的口令是在纠正会员的体式，而不是去背体式的内容给会员听。

第五，课前课后会员问的问题我会耐心地回答她们。有时会主动和她们沟通，沟通的内容也是根据在课程中观察到她在某一个体式很困难，告诉她为什么会这样，根据她的身体来说话。对症下药。

第六，"为什么说运动员四肢发达头脑简单？而有的人却思想复杂身体瘦弱？为什么你的脸色发暗发黄？……"有的时候课前我会给会员传达我所了解的知识。教会会员通过观察自己的身体来了解自己。

"作为母亲，你不要总以教训的口吻来让孩子上课要听老师话，要认真做作业。你练习的时候一定会很专注吗？你自己都做不好怎么可以教给孩子呢？好，我们开始上课，给孩子做个榜样。"

　　第七，有时结束课程的时候，就在那样宁静的氛围里，我会改变共同吟唱"OM"的模式，"这一次，分别吟唱'OM'，让每一位会员感受到我们的能量，先从我开始……"

　　……

　　感恩上帝让我成为一名瑜伽老师！

2012年12月17日

321

第五章　瑜伽紫涵

24　瑜伽的力量

　　去年瑜友送我《哈达瑜伽之光》，才知道这本书的作者浙江大学王志成教授。我一直以为王志成教授仅翻译瑜伽典籍。2013年1月18日我从快递员手里接过王志成教授赠我的三本书，有两本书的正面写着王志成著——《瑜伽的力量》、《不确定的尘世》，纠正了我对他的误解。

　　尽管我在《哈达瑜伽之光》第一页就读到过瑜伽是整合与联结，但还是处在概念模糊的状态，不如我对帕坦伽利畅述的"瑜伽是控制心意的波动"清晰明了。

　　到底什么是瑜伽的联结？当我读了《瑜伽的力量》后，终于可以在课堂里解释给瑜友们听了：当我们在练习体位法时，是与身体联结；当我们离开垫子走向现实生活，是与生活联结。假如你是一名党员，就要与党章联结；假如你是一位僧者，就要与佛联结；你是母亲要与孩子联结，等等。王志成教授还说，与广博的地球、与浩渺的宇宙一体感，我们的认知、心和生命就会发生改变。

　　我终于明白他为什么那样认可我写的《瑜伽紫涵》，当他读后评价说，感情真切，心意清晰，超然又入世。如条件具备，能出版，也非常好。

我的文字展现了我与自己的联结、与生活的联结、与自然的联结、与体位法的联结、与圣人的思想联结，所以不仅仅最后一章才是说瑜伽的，那是我自己对瑜伽狭义的理解了。

我能够有滋有味地读他的书，也是一种联结。联结就是沟通与对话，在对话的过程中反复出现我读过的《道德经》、《心经》以及佛学、哲学的智慧言语，从而也验证自己的所想，读精读懂一本经书就会本本通。

信任我的瑜友要我推荐瑜伽书籍，我说，就买《瑜伽的力量》！

对方如获至宝。

我主动向当地的瑜伽老师推荐王志成教授的书，对方却说，他又不练习瑜伽，能写出什么呢？

她直接将联结的大门关上了，她的目标是要做"手倒立"。

王志成教授练习的智慧瑜伽，我对她说。

她一听我这么说，又将关上的门再一次打开，再一次联结上了，当她听我说完后，拥抱着我悄悄说，我要经常和你对话！

在这里，我完整地摘录关于智慧瑜伽师的生命状态的描述：

第一，从观念上讲，觉悟的智慧瑜伽师已经摆脱了二元对峙。

第二，从身体的感官来讲，智慧瑜伽师的感官已经发生了改变。对普通人而言，感官往往是主人或者引诱者、活动者。而对于智慧瑜伽师来说，感官是一个他者，一个物，其本身没有主动性，不可能来干扰他们。普通人却总被感官所吸引、牵制，他们的感官就如猴子上蹿下跳。而智慧瑜伽师的感官就像驯良的狗，主人说行动才行动。

第三，一旦觉悟的智慧瑜伽师死亡，他们就不再回来，就如一滴牛奶滴进了一大桶的牛奶中，一滴水滴进了大海中。

第四，智慧瑜伽师对于各种习俗、经典、伦理的态度。超越经典，但经典中本质在他身上得以显现。超越善与恶，他们也不会去干扰、改变普通人的伦理道德，而是随缘。他们从服务于他人、服务于自然、服务于社会、服务于世界的角度去处理各种关系。

第五，觉悟的智慧瑜伽师生活在世界上的职责是树立榜样、提供教导。他们以一种超然、喜悦、觉醒的状态生活在这世上。引导人们过一种觉悟的生活。

第六，智慧瑜伽师与物质生活的关系。他们享受着因自然而来的一切，但不会忘记、不会离弃、不会摆脱、不会远离、不会异化那个真正的梵那个绝对自我及纯粹意识。

第七，智慧瑜伽师对于个人生活、家庭等的态度。对于和自己有缘的亲人、朋友等不存在一种依附关系，而是一种自然的关系，一种不执着的关系。

第八，智慧瑜伽师对于身份的态度。智慧瑜伽师没有身份或者说不在意自己的身份。开悟的人都是没有明确身份的。他们懂得身份非常短暂，最后都会变成一堆白骨。身份是一个虚幻的"摩耶"，一个假象，为身份而苦苦挣扎是愚蠢的、不明智的。

第九，智慧瑜伽师的解脱状态。智慧瑜伽师教导人们时会说很辩证的或者说是智性的话，同时又提供很多直觉的、洞见性的观点。然而，他们本身却不是智性的、理性的，他们超越了这些。

我们练习瑜伽的终极目的是什么呢？好像王志成教授就坐在我的对面品着咖啡亲切地问我。

不知怎的想起前年我去青岛印想瑜伽时，馆主马丽老师也是这样问我，你练习瑜伽的目的是什么呢？我现在想，她一定听过王教授的演讲，她才会这样问我。

王志成教授的原话是这样的：如果我开瑜伽馆，我会与参加瑜伽锻炼的人进行私谈，询问他们想达到什么目的，然后再收费。因为有的人到瑜伽馆练瑜伽，他想达到的目的与瑜伽馆提供的练习会有差异。减肥？美容？寻求解脱？

整合、联结、觉悟、解脱、自在。这三本书给我这样的信息。

通过身体达到瑜伽的目标，身体只是一个通道。

心理的压力不是体位锻炼能彻底解决的。瑜伽哲学有助于心意层面的康复、心理压力的调解。

学习现代瑜伽的人，需要对联结的含义进行发展、扩大。通过体位练习可以把身体打开，通过阅读之门打开，更重要也更难的是要把灵性之门打开。打开一扇门，瑜伽就进入了一个更高的层面。

我还在执着于什么呢？我太执着于"思考"，我也要向猪学习，多保持安静。

第五章 瑜伽紫涵

25 轮式与咖啡

轮式与咖啡，有着必然的联系吗？

蛇年的春天，我特别神奇地将两者联系在一起了。

轮式，瑜伽体式的名称，是所有瑜伽爱好者梦想成功的体式之一。

极少的人可以这样演示轮式，站立在绿茵茵的草地上随着清风徐徐吹来，双手伸向天宇，继而又徐徐后弯，直到双手轻轻地推向地面，此时，定格在草地上的身影，远远望去就像一个车轮。

大部分瑜伽爱好者是仰躺于垫子上练习轮式，双手曲肘向后掌心置于肩的下方，轻轻推地，先让胸慢慢舒展抬起，然后头也离开地面，当手伸直、双脚稳稳地扎于地面，漂亮的轮式就展现出来了。

如果你在做轮式时，觉知到呼吸不紧迫，身体无任何纠结，无酸痛之处，只感受到稳定与舒适，那你是在享受轮式带来的美好。否则，你的轮式对身体无益。需继续从基础体式练起，山式、板式、战士系列、蝗虫式、鸽子式、眼镜蛇式、上犬式、桥式，循序渐进安全到达轮式，在轮式觉知你的山式。

优雅正位的轮式，是身体前侧与后侧的合一，也是小我与大我的合一，更表达了你征服过去那个我之勇气，愉悦之心随之而来。

黄昏，我漫步在宁静的沙滩，椰影婆娑，海风习习，会有练习瑜伽体式的冲动。热身后不知不觉会进入轮式，进入后弯的练习。在完美的后弯里，尾骨的内收，由后向前；而肋骨却是由前向后。两股力量在背后汇集，沿着脊椎方向向上延展。自由的呼吸，那一刻，物我两忘，所有的不开心，会随着风儿吹向远方。

这样开心轻松的感觉一直持续到傍晚，天色渐渐暗下来，海滩上生起了篝火，欢快的竹竿舞曲响起来，打破了港湾的宁静。

我毫无拘束地与来自全国各地的游客欢跳起来，我根本不在乎有许多的人，我的身体随着音乐摇摆，我的双脚跟着节拍跨越合拢的竹竿，又稳稳地落在打开的竹竿里。几轮下来后，我开始变换手的姿势，双手叉腰的竹竿舞、双手鼓掌的竹竿舞、双手舞动的竹竿舞。

轮式，让你打开心扉的瑜伽体式，轮式后的我判若两人。

可能你还没体会过真正的轮式，没关系，这种感觉就好像喝了杯咖啡，有一点点的兴奋，想说、想唱、想舞。

欢笑、开心、无忧无虑，就是轮式与咖啡作用在身体上的反应。

来杯咖啡极其的简单。

来一轮式呢？

2013年2月17日

第五章　瑜伽紫涵

26 束 缚

瑜友读了我写的瑜伽文字，QQ留言说："你应该去印度。"

"不去。"

"为什么呢？"

"有家有孩子，哪能想走就走的？"

"生活的每一个方面，你可以用它缠住自己，也可以用它来解放自己。如果你正在用它来缠住自己，我们称之为业力；如果你正在用它来解放自己，我们称之为瑜伽。"对方贴了这段话给我，我相信并不是他自己所说的，因为速度极快。

我想了一会儿，问："那你觉得什么缠住了我呢？我给你的感觉是什么样呢？"

"你自己缠住了自己。"

"我要去了印度就没有缠住我自己了吗？"我问。

"比方说，家人在忙，你会安心打坐？"我又追了一句。

"难道瑜伽是打坐？"对方回答得好快。

"这就对了，难道非要去印度才叫瑜伽？一回事嘛。"

他告诉我因为去了印度遇见了导师萨古鲁，是一种生命的转化。一种福报。

现在我重新翻看聊天记录。我问自己，为什么我不能完全交出自己？

不管是资深的古鲁，还是瑜伽的流派，我都不能专一地对待。

我第一次坐在古鲁面前，他沉静的歌吟将沉睡的我唤醒，我只会默默流泪，无法跪拜在他的脚下。我与资深的瑜伽大师自然地拥抱，不是崇拜只是表达我内心的喜悦。我会带着他们给予的美好回归我正常的生活。追随从来不会出现在我的身上。我肯定。

所有我知道的瑜伽流派，只有昆达里尼没有上过培训课了。我正在准备去体验，其实我已经跟着碟在唱诵，感觉美妙，正在计划去感受真正的昆达里尼瑜伽。

提醒所有人，你爱的是瑜伽不是某个人，不要"着相"哦。

我也想去印度，但不是现在，可能是在某一天。

不存在束缚。束缚应该是一种痛苦的表情，我没有。

如果你认为我被家"束缚"着，我愿意，这样的"束缚"我感觉安逸。

人有悟性，也许一句话一个字就可醒悟，不一定要去某个国度。

都在同一条朝圣的路上前行，方式方法不同罢了。

2012年12月25日

第五章　瑜伽紫涵

27 回眸2012

2012年我做了什么？

我的文字反映着生命的曾经与过往。

教授瑜伽、书写博文、照顾好家人、自我习练依旧成为我生活的全部。从2008年以来都是这些内容，就好像我每天练习拜日A，不曾有过厌烦，在每天的重复中精进。

关于博文今年写了57篇。我的瑜伽教学不仅仅是在瑜伽馆，网络也是我的道场。以文字的形式传达给有缘的瑜伽爱好者，一定对有些人有帮助，印证你的所想，那是文字的沟通，灵魂的碰撞。

我的小说《瑜友慧云》在年初书写得迅速，描写小时候到结婚的慧云，"轻盈流畅的文字，彰显紫涵的才华"博友读后留言。后面如何写呢，心里是有谱的，慧云从人生的低谷慢慢转变的过程，当然是遇到瑜伽的原因。瑜伽是如何改变一个人的？通过故事的形式得到展现。故事是在二月搁浅的，我将在2013年让它重新扬起风帆，驶向彼岸。

有得有失，有停止一定有兴旺。

今年我研读了大量的书籍。瑜伽类的《光耀生命》、《瑜伽医生》、《阿斯汤伽瑜伽》、《哈达瑜伽之光》；哲学类我主要是读周国平与付佩荣写的；禅学类的书籍《禅者的初心》、《禅学入门》两作者都叫铃木，一个叫铃木俊隆、另一个叫铃木大拙；《图解黄帝内经》、《阴阳一调百病消》这两本就放在床头，每天都看一点，并对照着身体，细细琢磨，有时带着问题翻开这两本书籍。中医太伟大了，我常常发出如此的感慨！

我经常在太阳快出来的时候在户外练习阿斯汤伽，我喜欢胜利式的呼吸方法，一个接一个的呼吸引领着体式。想保持身体的年轻有活力离不开体式的练习。

我用脑过多，会专注眉心轮唱诵，刚开始我并不知道是什么原理让头脑在梵唱中迅速放松下来，我在梵唱中感受身体打开的美妙！我开始查找资料："眉心可以活跃我们的脑垂体和松果体，这两者在脑部的中间，是所有腺体的控制台。脑垂体调节我们的甲状腺体，肾腺体以及生殖腺体这几个部位。它制造出荷尔蒙以影响一个人的血压，女性的母乳，子宫收缩，排卵，骨头的成熟和发展，蛋白质的吸收以及脂肪的贮备。一些荷尔蒙是一个人与他人联结以及他的社会活动的基本要素。一个健康运作的脑垂体可以帮助我们发展健康完满的性生活。松果体制造出调节我们的性腺体和甲状腺体的荷尔蒙，并且帮助脑部正常运作。"

瑜伽体式、呼吸原理、养生方法都深深刻在了我的身体里，并不是停留在了解的层面上，所以可以游刃有余清晰授好每一堂课。

每天有规律地生活，身心健康，才会收获多多。

双语教学，为我增添自信。

自费印刷的《瑜伽紫涵》将在年前与有缘的瑜友见面。这本书见证了几年来我书写的历程，见证了我身与心的变化，见证了我活着的价值。

最令我感慨的是，我的转变影响着家人的转变。曾经是需要每天测几次血压的老公，如今都不知他将测压仪扔哪了。他还曾经一条腿经常有麻木感，有一次发展到半边脸的麻胀，如今，一切的痛都消失了。

前几天去部队观看运动会，中午与他们共同进餐，满桌的美味佳肴，吃得好饱。"老公，你每天都吃这么好，为什么还不胖呢？"

"我才不像你，我吃得很少，每样吃一些，感觉够营养了就不动筷子了。你不是说，控制就是瑜伽嘛！"

发自内心地佩服老公长期锻炼的毅力！更佩服他将瑜伽的理念运用在现实生活之中。

他从不看瑜伽书籍，但他实践着瑜伽，以身体与心理的健康来证明瑜伽的好！

2012年12月28日

28　教女兵练瑜伽

一

受部队邀请，我接受了为期半年的教女兵练习瑜伽课程，每周两次，每次两个小时，昨天晚上是第一次上课。

2013年1月14日下午从三亚市区坐部队安排的车去了三亚湾的营区，约50分钟的车程，晚上住那里。第二天吃过早饭再从营区赶回市区的瑜伽馆授课。感觉有些疲劳，中午吃过饭就睡了，现在好多了，坐在这儿记录教课的内容，好像是电影刚刚开始，猜测着又是如何结束的？这份工作有意思。

简单的自我介绍后开始上课。

提问，女兵心中的瑜伽？

回答，修身养性，练习后身体更加柔软。

我问，你们练习过瑜伽吗？

回答，跟着网络练习过。

我问，那么，你们还没有当兵之前和你现在体验的军营生活，在自己的意识里是一样的吗？

回答，不一样。

我说，瑜伽也是这样的，是需要亲身体验才会理解。所以，要将你以前认识的瑜伽都抛开，放空你的大脑真正的从零开始了解瑜伽。

简单解答紫涵理解的瑜伽。举例说明，当你情绪平稳的时候，首长交给你们的任务应该是很快就能达成，和你心情不佳时的工作效率会有很大区别，控制自己情绪对工作有帮助。瑜伽是控制，在体式中学习控制身体，专注呼吸来控制身体，从而将控制慢慢延展。

大致了解女兵的身体现状，她们就像含苞欲放的花朵，充满了朝气。在部队的女兵生活有规律，身体要比都市的同龄女孩健康阳光向上。仅有一名女兵肩颈有些小毛病。我发自内心地夸奖她们，告诉她们要珍惜现在的生活，和20朵花儿在一起感觉自己也年轻了。

我教她们一些简单的身体部位知识。重点讲解了呼吸的重要性以及"OM"的含意。我告诉她们我吟诵"OM"的感觉，当我专注地唱就是一种冥想，就是禅，会唤醒那个单纯的你，无受污染的你。

每一个体式都有对身体层面的影响，同时心理层面的影响是会随着练习的长度悄悄地降临。

大约半个多小时的愉快聊天，后面的一个半小时都用来练习体式。

我们开始从仰卧祛风体式系列开始体式的练习，再来到坐姿引领她们唱诵"OM"。

两遍太阳致敬式热身、初学者站立体式系列、初级俯卧体式、仰卧体式。

摊尸式放松、静坐调息、唱诵。

二

（一）静坐调息

1 规范坐姿，根基在骨盆，腰背无压力，身体松而不懈。

2 气息，冥想自己是一朵莲，先将注意力汇集在肚脐（莲的中心），鼻子慢慢地吸，气从莲的中心扩散下至小腹、骨盆、大腿，上至腰腹、胸腔、头。慢慢呼气，气气归脐。

3 吟唱五声"OM"。

（二）传统拜日的练习

请一位学员在老师的口令下示范传统拜日，在每一体式提醒观看的学员容易出错的地方。

1 呼气，山式站立，膝盖顺位，不后绷。不翘臀，大手臂回到肩胛窝，保持能量的通畅。气气归脐。

2 吸气，手臂伸展向上过头顶，眼睛看手指。

3 呼气，曲膝从髋折叠前屈。

4 吸气，右脚向后一大步，低位奔马式，呼气，双手叉腰，吸，手臂向上伸展。

5 呼气，木板式。

6 吸气，八体投地式。

7 呼气，低位眼镜蛇。

8 吸气，大拜式。

9 呼气，顶峰式。

10 吸气，低位奔马式，呼气，双手叉腰，吸，手臂向上伸展。

11 呼气，前屈折叠。

12 吸气，手臂向上伸展，呼气，站立山式。

集体听老师口令练习两遍。观察所有学员练习情况。发现八体投地、眼镜蛇练习不顺畅（新学员总是很难找到后背部能量，会用腰椎练习眼镜蛇），阻碍气息的流动。

停下来，改革，亲自示范从木板式直接曲膝曲肘俯卧下来，呼气，双手向后进入蝗虫式。

在接下来三组传统拜日练习中，一边是我熟练的口令，一边走进学员纠正个别的体式。

（三）靠墙站立山式

告诉她们，山式是所有体式的基础，所有体式都是山式的影子。

1 吸气，双脚脚掌四点深扎入地面，感受大地带来的支撑和稳固性。与地心引力做个对抗。

2 呼气，气气归脐。顺应地心引力。

3 吸气是伸展，如果你的肌肉是紧绷的就无法伸展，宇宙的能量也无法进入到你的身体。

4 呼气，让肌肉慢慢包裹骨头，

5 吸气，让肌肉慢慢远离骨头，还记得你是那朵莲吗？从莲心慢慢绽放吧。

心若止水，心静如山。

人与山相逢，就会发生奇迹。

拒绝做"俗"女，我们如山一样巍然屹立，如"仙"女，超凡脱俗。

（四）站立体式的练习

树式，单腿的山式；幻椅，折叠的山式；战士二、三角式……

一边练习，一边提醒她们，你的山式呢？

进入摊尸式，这是什么样的山式呢？我问她们。

放了一段优美的音乐，奖励她们如此认真的练习。

静坐收功。

我演示头倒立，问，这又是什么山式呢？

两个小时的课程，一直保持着稳定的状态。

感恩，我能和女兵们在一起！

期待我们下周见。

三

上堂课我早一分钟到瑜伽房，她们还没来呢，坐在门口长条椅上等她们，坐下不久她们来了，排着长一字的队形，步伐整齐，齐刷刷深蓝色军服、军帽，红扑扑的脸颊。

今天我晚一分钟到瑜伽房，她们已经穿着瑜伽服坐在垫子上等我了，我脱下外套，坐在梯台上双脚自然地放在梯台下微笑着面对她们。

"老师，你哪像四十多岁的女人呀。"坐在最中间的女兵良红笑着对我说。

"老师，你的老家是哪里的？"另一女兵问。

"江西。"

"第一份工作是气象观测员，第二份工作卖面包的售货员，第三份工作办公室秘书，瑜伽老师是我终生的职业，到死都不换了。"

她们就这样问着问着将过去的我翻出来了。

"过去的我身体寒凉，手脚常常都是冰冷的。经常没有笑脸，爱发脾气。过去的我上台胆怯，记得第一次上台唱歌，当看到台下黑压压的，吓得一个字也吐不出来，遭到老师严厉的批评及冷落。你们现在看见的我是一个被瑜伽整合过的，身与心蜕变后的老师，为什么我和你们说瑜伽不用打草稿，因为身与心如实验证了瑜伽的美好才有如此流畅的表达。"

我站起来走向身后偌大的写字板。

"第一堂课我说瑜伽是什么呀？"

"控制。"有人回答说。

"第二堂课呢？"

"联结。"

"太棒了！你们和老师联结上了。"

我在"控制、联结"后面又写上"觉知"二字。"什么叫瑜伽的'觉知'呢？"我停了一两秒。

"就比如良红同学发现自己的后背凸起些肉来，她问我是不是画画的原因？应该是长时间画画的站姿不良，放松了背部肌肉，相应的长时间收紧了前胸的肌肉，这样发展下去，上身前后侧不对称。觉知觉悟到身体的变形，通过瑜伽相应的体位法整合身体的不对称，不仅仅是在瑜伽垫上练习，应当保持在你日常生活当中的站、坐姿。这是身的觉知觉悟，那么心的呢？"

"眼、耳、鼻、喉、舌，做它们的主人，这个可以课后思考与觉知。下面我们来到跪姿活动脊柱。"

我引领她们来到坐姿，调身后，引领她们觉知当下的呼吸，什么是正确的瑜伽式呼吸，这一次要比前几次更细些，而且轻轻蹲在每一位女兵的身后用双手放在两肋，确保呼吸的正确性。有个别悟性差些的，我会让她把双手放在我的两侧肋上，让她感觉到我的身体如何从干瘪的气球通过喉咙为加压捧将身体充盈开。一个充好气的气球才可以飘起来，我最爱用这则比喻启发我的学生。呼的时候能量还是存在身体里的。在体式的练习过程中，提醒她们，当你的肌肉有酸或痛，是因为你的呼吸太浅，在憋气硬掰身体，肌肉无氧就会酸痛。

几组热身后我们将砖放在大腿中间，在站姿和幻椅式感受腿内侧的能量向中线聚拢向上行的力量。

俯卧下来，双手来到眼镜蛇的姿势，掌心离地，在一呼一吸当中，感受到背后的能量，背后的力量比手臂的力量大很多，感觉到了吗？

我们聚精会神地练习着，突然有一个女兵尖叫起来，还喊了声"死胖子！"窗外一个男生的脸贴在玻璃上，男兵站在不远处，穿着洁白的军服。"要不要拉上窗帘？他在那儿站了一个多小时了，"一个女兵报告说。

"不要理会，我们继续练习。"

战士三式她们明显受到了干扰，无法掌握好身体的平衡，心里想着有人站在树下关注她们，胆怯？羞涩？心不在垫子上，无法练习好体式的。这个时候的她们成了眼睛和耳朵的奴隶，心跟随看到的、听到的去了。

眼睛盯住鼻尖吧，内观吧，将你的双手合十在胸前，把心放在掌心里吧，曲右膝，觉知吸气肋骨的扩张，持续的扩张到后背部吧；呼气，慢慢收腿肌向后向上伸展，前半身体轻轻向前向远。

漂亮！就是这样，想要成功，多关注自己少去理会与你无关的事情！

写到这里，感觉那站在外面的男兵就是为我准备的道具。

"老师，最后练习了清理经络呼吸法我感觉特别舒服，"来自河北的女兵对我说。她告诉我队长临时有事今天她送我回宿舍。"呼吸的道理打电话告诉了我的爸爸妈妈，让我爸妈一定转告我的爷爷奶奶外公外婆。"她用带着河北口音的普通话亲切地对我说着。

她说好喜欢三亚的夜晚，如此安静，还有满天的繁星冲着我俩眨着眼睛，不由地顺着她的言语仰望星空。

四

会员课、私教课、培训课我一一经历过，唯有如此特殊的团队课是头一回接触到。

珍惜、感悟、精进。

她们是一群特殊的团队，需要遵从铁一般的纪律。虽然生活固定而规律，但她们肤色光泽自然，歌声清脆嘹亮。

虽说她们经常进行体能训练，那又怎么能和瑜伽的练习相提并论？

在你做体能训练时，教呼吸吗？

在你做体能训练时，考虑身体顺位的练习吗？

做体能训练后，能缓解你月经期的疼痛吗？

但是，因为她们长期的体能训练，坚强、耐力，这些优秀的品质都会表现在瑜伽的练习课堂里。

深深感受到，远离红尘，持戒更能成就瑜伽。

第七堂课，身体的挺拔、树式的稳定、战士三的耐心、幻椅的持久……

她们跟随着我的引领，感悟、精进。

第一步，恢复呼吸系统的力量，简单体位练习，恢复过硬或过软的肌肉与韧带，逐步变得有弹性。每天一点点的瑜伽哲学思想，根据现实生活的事例通俗易懂地举例传达，或在体式里引用哲学的言语，启发唤醒潜藏在心海里神圣的能量。不仅仅拥有健康柔美的身体，更有心灵的提升，就好像你要走稳走好，必须左右脚都需迈出去。

"我觉得瑜伽课很有意义，可以让我学到其他的东西。"有女兵告诉我说。

其他的东西？我现在想，什么是她没有想到的呢？心的知识？其实都是瑜伽呀。可知，她并没有完全理解瑜伽到底是什么？

又想，她都理解了，要我做什么呢？

固定的人、固定的时间，相差无几的身体素质，在同一个习练平台上。终于可以按照我设想的教学进度来实施教学计划，这样的授课与普通的会员课有着天壤之别。

学员与老师成功的联结，呈现出想要的结果，成就感悠然升起。

2013年2月

第五章　瑜伽紫涵

29 我们的身体

如果你是瑜伽学员，当你听老师说自己的腰痛、月经不正常时，你还会跟她练习瑜伽吗？

我知道，你可能被她的轮式所迷惑，可你并不懂，顺位的轮式决不可双脚外八字。

我的建议，换一个老师练习吧，因为瑜伽是让我们健康，专业的瑜伽一定会消除身体、心理的病痛。

一小时的私教课程，每次我总是在不知不觉中超时。前台工作人员说："你别和私教会员聊天就不会超时。"我都和她聊什么了？我在问自己，回忆体式课前课后的聊天内容。

"你了解自己的身体吗？比如说过软、过硬？身体哪些地方有酸痛？你在哪些体式特别纠结？"我是这样开始上私教。

其实在会员课前我对她的身体了了分明，如此的对话，是因为我需要会员对自己的身体也了了分明，与老师的教学心心相印。

"我的身体特别柔软，上下楼梯多了，膝盖会痛，洗头稍久点，腰也酸痛。"她告诉我说。

"嗯，过软的肌肉无法保护脊柱，练习体式容易超伸展，进一步伤害身体。我们要让肌肉变得有弹性，让你的肌肉有力量。"

想起艾扬格先生说瑜伽老师应该是一名医生，真是如此。我们去医院看病医生不就这样询问病人吗。一边问一边思考，接着开药方。我们的药方是什么呢？各种呼吸方法、瑜伽派系、瑜伽体式就是"药方"，到底开哪一种"方子"需要根据对方的身体而定。你开的"药方"对不对呢？一堂课下来就会立竿见影。

身体不但是灵性的寓居之所，也是进行内心之旅的资具。只有首先关注身体我们才能指望获得心灵生活的成就。

你读懂了这句话还不行，必须实施瑜伽计划，真正让你的身体保持活跃轻盈。

以前我一周上两堂课就觉得身体疲惫，现在我一周是以前几倍课时，而且还要管理家庭、最近在装修"养心斋"，感觉身体一切正常。我深深领悟到，练习瑜伽体式对修身的重要性。

肌肉硬了，双盘是不可能的。

肌肉太软，双腿盘上了，一会儿双腿就麻了，腰也会酸痛。

只有具备有弹性的肌肉，双盘才可持久。

假如某个人渴望获得灵性的经验，但他的身体却虚弱得无法承担心灵生活的重负，那他们的雄心壮志又有什么用呢？

课前课后只要有会员问我，我会如实毫无保留地回答会员。我觉得私教课无处不在。

只要会员站在我面前，我可以大概分析对方的身体状况，如果一堂课下来会更加的清晰。

有一位从北京来的会员，特别瘦，下犬式时手发抖。我在课中提醒她，不要对自己要求太高，减轻对自己的要求，在体式中保持稳定地呼吸。课后，告诉她吸气要长些，轻轻呼就可以了，多静坐养神。

练习简单的体式，不练习流瑜伽、阿斯汤伽。少思考养肝。

我最成功的私教会员水平早已经超过我了，尽管他夸我瑜伽教授技能突飞猛进。

原来他的身体是不如我的，喝酒多、睡眠多、血压高、腰痛、腿麻。

快一年了，我要说咱们喝点吧，他才喝点。睡眠少入睡快、血压在这半年内稳定正常，一切不良症状都消失了。

我教他瑜伽，他教我练习八段锦。

他每天清晨五点起床坚持锻炼，瑜伽呼吸加快走或慢走半小时，20分钟八段锦，回瑜伽房后练习瑜伽放松体式。

下午再来一遍八段锦。

男人更能成就瑜伽。

让我们从身体开始，从自身中最为可感而具体的部分出发。瑜伽体式与调息的修习让我们更清晰地认识我们的身体，通过我们的"身"了解我们的"心"，并最终上达我们的"灵"。

对于瑜伽行者而言，身体是生命的实验室，一个试验与研究的道场。

2013年3月5日

30　我是那3%

2011年初，由于房东不履行租赁场地协议，终止了紫涵瑜伽馆的经营，我得到一笔丰厚的赔偿费。

朋友听到此消息，羡慕、惊讶！可我并不开心。我发誓：今后没有自己的场地，绝不再经营瑜伽馆。

回忆自己的工作经历：5年的气象观测员、预报员，10年办公室秘书，这两项工作之间还做过一次短暂的面包售货员。记得当时我对我先生说："以我的能力不应该去做一个卖面包的员工。"那时候我就懂得，无任何挑战性的工作会让一个人渐渐失去斗志。

作家毕淑敏说："如果有一天，你说这份工作给予我高峰体验，让我得到了很大的乐趣，更不可思议的是，还让我得到了金钱。那么，恭喜你。你把自己的兴趣和对公众的服务结合到了一起。据说，能够做到这一点的人，只占整个人口的3%。"

无论我是一名瑜伽馆老板，还是一名瑜伽老师，我都体会到了毕淑敏说的3%，以前的工作都不是。

当我再一次要经营瑜伽馆，发现和前一次是那样不同，以前我没有任何经验，瑜伽馆的装修、经营我都在模仿别人是怎样做的，按部就班。

　　我要再一次经营瑜伽是有备而战。我请了业之峰设计师为我的"养心斋"场馆做设计，感觉她是我的助手，感觉她是过去的自己。

　　"设计风格简洁、舒适就可以。我要在硬件设计上花少量的钱，大部分资金投入到人才的引进。"我和设计师说。

　　"明白了，入户花园就做前台接待，一进门右边墙上挂上您的照片、简介，正对门的墙面挂上木雕的养心斋Logo，两边靠墙放上鞋柜、产品货柜。"

　　"除了挂我的照片和简介外，其余的想法都不错。"我回答说。

　　"为什么呀？"她问。

　　"说得再好，再美都是过去。就像《泰坦尼克号》里的超极大油轮、价值连城的珠宝、高科技的视听享受都是表象，为了取悦观众，作者真正想表达的是最简单最平常的爱情、人间真情。当你真正来到老师的瑜伽课堂，就知道真伪了。瑜伽的修行是为了什么？修掉那个假我。那个贪婪的、憎恨的、虚妄的、自私的、依附的小我。"虽然对方可能不太懂其中含义，但必须按照我的意思进行整体布局。

　　"客厅就做大教室，小间是私教课室，另一间当作书房、会客及办公用。对了，大教室的一面墙应该装上镜子，后阳台设计多层的花架，种上些绿萝，让它们如瀑布般生长，再种上会开花的植物，相互点缀，相得益彰，练习完可以坐在这儿喝茶聊天。"设计师滔滔不绝地描绘着。

　　"大教室的镜子不要了，墙是我们习练者的亲密伙伴，而镜子会将我们内观的心抽离。"

　　"为学者日增，为道者日损，损之又损，以致无为，而无为而无不为。"此刻，我似乎明白其中的意义。

　　我们学习瑜伽就是"为学者日增"的境界。

学习呼吸、学习体式、学习内观、学习瑜伽哲学……身与心一点点的吸纳，如海绵吸水。

当你按照瑜伽行者的步履前行，水到渠成时，会懂得生命的本质，那是一种"为道日损"的境界。

你会清楚自己真正想拥有什么，什么对自己是最珍贵的。什么是我们需要远离、放下的。什么是我们要回归的。

2013年3月11日

第五章　瑜伽紫涵

31 练习瑜伽的设计师

"这么长时间了,按说应该习惯了,为什么还是睡不好,希望做的单子里不要出现差错,烦躁!"一位初出茅庐的设计师发表QQ说说。

"等'养心斋'开业了就来练习瑜伽吧!"我回复了说说。

"男孩子练习瑜伽?合适吗?"这是他的回答。

我将对话复制在这里以便引起所有人的思考。

不用说什么男人还可以练习瑜伽吗,因为在中国男性瑜伽师如雨后春笋般涌现。

据统计,美国大约1500万人的"瑜伽迷"中,男性人数超过了850万人。

在印度,瑜伽师大部分是男性。

这些日子,因为装修"养心斋",因为自费印刷《瑜伽紫涵》,接触了四名设计师。

最有特点的设计师就属小航了,他因为遇到瑜伽决然放弃了外企设计师的职业。如今他是一名懂设计的瑜伽培训师。我根本不需要提什么建议给他,他设计的图标与书的封面从色彩与内涵都令我无法挑剔。"养心斋"的Logo图标色彩内敛,让我感应到佛陀内敛的眼神,瞬间令身心安宁;而《瑜伽紫涵》色彩奔放,就如我们五彩的生活。他并没有将我的照片放置页面,却将那朵莲花有次第的悄悄绽放。

按理说，设计一个单人电脑桌要比设计图标和书的封面简单的多吧，为什么还需要我一个外行人再三提醒？另一设计师令我有些头疼。而当我读到他写的说说就自然明白了其中的原委。

我要在这里剖析两者之间的不同。

两位设计师都是大忙人，不同的是两位设计师的精神状态不在同一层面上。一位显然是身心疲惫，另一位是精神饱满。

一位对自己的身体有些失控，而另一位是身体的主人。

一位是处在精神压力状态下的设计师，一位是长年练习瑜伽的设计师。

想想吧，我们买汽车会有保养手册，经常保养的汽车寿命要长得多。

人呢？你身体的零件不需要保养吗？

瑜伽练习就是在保养我们的身体。

一位长期练习瑜伽的设计师在设计一幅作品时，他可以调动身体所有的细胞。没有练习过瑜伽的人，他只能调动身体三分之一的细胞，其他的细胞都在干自己的事，有些可能在沉睡不醒，你不信不行，事实已摆在眼前。

设计师的职业是脑力活，经常坐在电脑前，凝思作图，凝思计算，伤神伤肝，脑部缺氧，来几组瑜伽的呼吸，来几组瑜伽的体式伸展，再来几组唱诵，减轻精神上的压力，精神在平衡的状态下是宁静的。在练习中你会找到真正的自己，不被外界所干扰的自己；在练习中觉知力提高了，对自己的身体爱护有加。自然而然收摄你的感官和那颗烦躁的心，睡眠会香甜，第二天会有饱满的工作状态，事业一定会蒸蒸日上。

与练习瑜伽的设计师、工程师、大学老师、经济师共事，你一定会有如我一样的感慨。

2013年3月26日

32 现实生活中的手倒立

我每天清晨练习阿斯汤伽坚持了近两年。2012年初，我还迷上了练习手倒立，2013年初我的手倒立终于开花结果了，我在爱人面前演示，我在椰树下手倒立、我在床上手倒立，虽然我还不能长时间离开物体支撑，我已经特别满足。我的轮式也逐渐完美。

能够做手倒立了，我发现我的胆量也大了。

能够做轮式了，我的心胸似乎更加开阔。

我无意中看到瑜友王佳描绘自己练习体式时的状态，她控制不住内心的喜悦说："今天印象最深刻的是紫涵老师为我们表演的Vinyasa，由前屈进入木板式，她的身体就像羽毛一样轻轻地飞跃起来，那一刻仿佛连空气都凝固了，但我听见了风的声音吹过我的心，然后她的脚趾又稳稳地落地支撑身体，看似轻巧却又充满力量，是动与静的平衡。"

自从筹备"养心斋"到今天我已经停止了练习，几个月来只做些简单的体式。将我练习阿斯汤伽的热情转移到策划、管理、实施"养心斋"服务的工作之中。

唐一杰老师在"养心斋"开业的一句话让我铭记于心：我们要让垫子上的瑜伽与生活中的瑜伽同样精彩！

现实生活中的"手倒立"？

我在垫子上的手倒立是轻盈的，我并不是用粗的胳膊或蛮力做到手倒立。有些手倒立的图片，胳膊和胸的肌肉发达，那样的手倒立与纤细的身体做的手倒立是不一样的。练习瑜伽是让肌肉有弹性而不是硬邦邦的。你跟什么人练习手倒立的？你受哪本书的影响？你有没有自己的思考？这些非常重要！当你的肌肉变得没有弹性，你的气血循环变差，意味着什么呢？

经营"养心斋"，我称之为现实生活中的"手倒立"，有股胸有成竹，马到成功的气势。前期做的种种准备，种种想法，到今天慢慢显山露水，花开富贵。

昨天开馆的一位朋友来拜访我，听她一番话，得知她开馆经营不顺，从一个三居式小型瑜伽房改成了只有一间房的个人工作室。

她参观了我的"养心斋"，看到我的价目表和出售的瑜伽商品，惊讶道："这么贵呀！"

"难道你的价位和健身房一个价吗？"我问。

她没说话。我接着说："如果你这样去做，很快你会经营不下去的。你根本没有具备健身房的竞争优势。"

我简单介绍了我是如何为开卡者做身体的评定、提建议、列计划、实施习练方案、跟踪服务的整套流程。她似乎懂得了瑜伽卡的含金量了。

其实我的这些模式大部分是照搬武汉"至真瑜伽"的模式经营的。我虽然没有亲自去张力老师身边学习如何经营瑜伽馆，但我有能力通过一句话、一张课表、一段文字整合我的思路，发挥我自身的优势，将其很好地运用。

开馆之前，我几次问我自己："我要开精品瑜伽馆，我的弱点在哪里？"

在于我还没有掌握系统的针对个体的瑜伽服务流程。

其实，2013年6月5日至6月9日请武汉"至真瑜伽"的小航老师来做瑜伽康复学培训，是为弥补自身的弱势，没想到能够吸引众多的外地瑜友来此学习。应该说是她们和我想的一样，不谋而合，都想提高自身的服务水平，提高个人的收入。

开馆半个月以来，我将学习到的瑜伽康复学理论知识运用到客人的身体上，更能理解什么叫PRES瑜伽教学体系（Pertinence针对性，Rationality合理性、Effectiveness有效性、Safety安全性）。事实证明了此教学体系的成功！

和前两年我开大型瑜伽馆相比，做这样的精品瑜伽馆轻松多了，几天的营业额就超过了以往一个月的营业额。

我精心准备周末的"能量朗读和唱诵"活动，我要让我的会员享受到我在朗读和唱诵中有过的喜悦，让她们和我一样成为健康智慧的女人。

我现实生活中的手倒立很快就会成形的，这个过程并不是一天两天的结果，而是我五年来精心准备的，可我并没有刻意去想我要再开一家瑜伽馆，我练习瑜伽我要得到什么，似乎都是水到渠成的结果。

五年来，瑜伽启发了我的智慧，我要将瑜伽给予我的智慧重新回到瑜伽的服务里。

2013年6月20日

33　唱诵及能量朗读

　　我为主持这次唱诵及能量朗读做了精心的准备，可是天公不作美，台风"贝碧嘉"来了。

　　我没有发停止这次公益活动的通知，还是等来了不怕风不怕雨的瑜友。

　　我们在风雨声中唱诵六字大明咒"唵嘛呢叭咪吽"。

　　开始唱诵前我简单分享了我的瑜伽："我的身体并不完全是因为练习体式才变得如此健康充满活力的，体式只是一道法门，读能量文字也是一道法门，而唱诵灵性咒语又是一道法门，我通过种种的法门得以脱胎换骨，养心斋在周一至周五大多是瑜伽体式课程，周末是养心的沙龙活动，分享我理解的瑜伽。"

　　唱诵前我提出要求："老师唱一段，你们跟着唱一段，四句为一段，凝神谛听领唱者吟唱的唵嘛呢叭咪吽，而当自己唱时必须心无旁骛地唱诵。"

　　我领着瑜友们自然地唱诵、喜悦地唱诵、快速地唱诵、摇篮曲般地唱诵。

　　唱诵的环节后是相互交流的环节。

　　此时瑜友的脸色变得红润起来，这是唱诵的作用。唱诵可以平衡我们内在的情绪，唱诵是在滋养我们的灵魂。我们可以用体位法来净化躯体，用呼吸来净化经脉，但生命中更精微的部分则需要更精微的模式——声音模式来调整。

她们说要去学习声乐，我说，那是不一样的。你选择的歌词很重要，有些歌词是悲伤的，那唱起来会跟着悲伤；有些歌的调是高高的，你的气息并不与之相配；有些歌是你在宣泄内在的情绪，此时你的心不能平静，更不要说滋养了。而灵性咒语的唱诵，简单空灵的声音就像是滋润你灵魂的甘露，满足灵魂深处的渴望，每一个音节振动你不同的轮穴，平衡所有的气轮。唱到投入时，拆除你的防护圈，扩展你的觉知力，激发身体的潜能。这些都是普通的歌曲无法比拟的。

我们聊到灵魂，仅有一人不肯定有灵魂，只相信有气脉。

我相信有灵魂，我无法想象我的肉体消失后会是什么样的结果，如果相信有灵魂，灵魂有的去天堂，有的下地狱。我向往天堂，向往美好！我相信有美妙的未来！需要从善、需要持戒、需要无我的状态才可能实现。我宁愿相信有天堂，这样我活着才有意义，才有寄托。

我会很委婉地把话题拉回来，回到下一个环节：能量朗读。

《让世界因我而美丽》作者寂静法师。

有八段，我让每一个人读一段，最后一段我们一起合诵。保持凝神谛听、心无旁骛地听和读。读完后，我和瑜友们再一次分享了我读第二段的感悟："我知道，我所有的长处都是源于父母祖宗的优秀，但它不是我炫耀和自私的资本，它是上天与祖宗赋予我利益众生的工具；它是我展示生命的伟大、美好和无私的途径。

我知道，我的缺点和不足不是我的自愿，那是因为，我是从有缺点和不足的父母而来的。但我知道，选择这样的父母是我的自愿。我选择的目的，是要来到这个世界，与我的父母一起学习和提升。所以，对于这些缺陷，我不抗拒，我全然地接受，我要通过今生的忏悔、忍受和努力来弥补。

我想对父母说：我来到你们身边，就是希望帮助你们改变，也希望你们接受我、容忍我。我愿意从今天开始，不再用完美要求你们，也请你们不再用完美苛求我。我是你们的一部分，我们是一个整体，让我们一起改变，改变才是力量！让我们一起用包容让生命美好，让我们一起用爱让世界美丽！"

我又特意让16岁的小美女朗读了第二段，我的用意就是想让年少的儿女们更早些懂得这些道理，不要像我，纠结了几十年才有了些德行。

没有德行，难以悟道！

读完后，我和瑜友们分享我的感悟，我对父母的忏悔，通过读这些文字我的心结是如何一次次打开。

瑜友莲似乎明白了我为什么会变得越来越单纯。

通过朗读《让世界因我而美丽》能量文字，一定会影响你生命的磁场！

此次的分享总体是成功的！

没有练习过瑜伽体式的瑜友，他们说坐久了累、腰酸，下一次我会提醒他们变换坐姿，或坐砖，或在中间做些简单活气血的体式。

两个多小时我们联结在一起。课前课后聊得开心至极，没有任何的阻碍，期待我们下一次再见！

2013年6月22日

34 保亭文体局瑜伽分享课程

2013年7月10日下午15：00我和助手张莹驱车赶往保亭县分享我的瑜伽。经过几天的大雨，大地干净明亮，晴空万里。

安排我们住在七仙河畔度假酒店。年轻的工作人员接待了我们，他的表情不大乐观，说报名学瑜伽的人极少，购买的50张垫子嫌太多了。

11日早上6点起床，练习了一段瑜伽导引流，打坐了半个小时，精神饱满。

8：15走进练习大厅，见到了一张张陌生的笑脸，50张垫子竟然不够用，有10余人坐在后排观摩。

"大家好，我叫紫涵，紫色的紫，涵养的涵。这两天我与大家分享我的瑜伽，课程有三个内容需要大家掌握。横膈膜呼吸法、简易流动体位法、传统拜日体位法。每天下午最后半小时我们会进行一组体位法比赛，每次产生的五名胜出者，将现场获得《瑜伽紫涵》这本书。"

就这样写着的时候，我的右手似乎少点什么，对，就是那个黑色的话筒，它陪伴了我两天，两天的课程我一直握着它，通过它向保亭的瑜伽爱好者传递我的每句话每个字，感谢你！

我让所有人细细聆听我的引导，听不明白可以观看助手张莹的演示。

顺利地完成横膈膜呼吸法套路训练。

我让所有人在练习完仰卧的伸展后盘坐在垫子上，介绍盘坐的知识点，什么情况下应该臀下垫高，舒展腰椎。我走到一位不能双腿落地拱腰而坐的练习者身边，将瑜伽垫折叠起来放在她的臀下，让大家清楚看到正确的盘坐姿势。

在坐姿中觉知横膈膜呼吸法。几分钟以后双手合十手印、"OM"的唱诵。

考虑到她们都是初学者，我以流畅自然的解释并由助手张莹演示再共同习练，效果明显，课程进行得有条不紊。

所有的课程都是按照初学者的习练编排，仰卧、俯卧体位选择简单的、灵活关节的体位串联，全身受益，既安全又有趣味性。

感谢助手张莹！没有她的演示我无法轻松地完成近三个小时的体式课程，我们就像是一个人，极其默契。

当大家从摊尸式盘坐起来，我引领所有人双手合十放在海底轮，唱诵了"sa ra sa sa"。我们如含苞欲放的莲，当歌声响起，慢慢唤醒莲朵徐徐向上生长，悄悄绽放在眉心轮，当歌声慢慢渐弱，莲朵又缓缓降落回到我们的海底轮。不断唤醒内在的觉知，唤醒纯净的自己，唤醒无忧虑的自己。

刚刚接触灵性唱诵，她们无法做到心无旁骛地吟唱，所以无法体验到如我那样纯净的快乐。而我也是和她们一样从无法静心，日日修行达到片刻净心，再而时常净心静心。所以，我理解她们，我以甜美的微笑，用深深的大拜叩谢她们的配合，感恩她们的跟随！

体式、讲解、唱诵、比赛。两天的课程我都是以此顺序来进行。

下午会复习上午的课程，第二天上午串联学习过的课程再学习新套路，通过共同练习、分组练习、自由练习、单个表演老师指导、比赛的形式让她们在短时间内记住所学的知识。

每天每时都有人在拍照、录像，对我们无任何的干扰，优雅地展现瑜伽，在每时每刻！

还记得第二天上午上完三小时的课程后，一位应该有60岁的老太太，打扮得体，面带笑容走近我们，我问她有事吗？她不说什么就出大门了，等围着的练习者都一一离开我们后，她再一次走近我们，轻轻地从布兜里拿出两个矿泉水瓶。"老师，你们太辛苦了！昨天今天我都没见你们喝水，这是野生蜂蜜，你们用它冲水喝，注意保护自己的身体。"

中午午睡起来静坐的时候，脑子里出现善良老太太慈祥的面容，泪水止不住往下流，我决定下午只送出四本书，我要赠送一本给她。

最后结束前我选择了"ra ma da sa"这首昆达里尼疗愈冥想唱诵。

唱诵前，我将自己感受到老太太给予我关怀的感悟告诉在座的练习者，我们应该知道能够给予别人快乐、关心对方，会让爱相互传递并且形成一股正能量的磁场。话说完毕，我以小小的礼物感恩她对我的关心，祝福善良的老人！

我让八位体弱多病的练习者躺在身体健康的练习者中央，形成一个大大的能量场，闭上双眼，双手做出疗愈手印，引导健康者心里祈祷体弱多病的朋友健康快乐起来，共同将健康的能量在同一时间通过手印推向需要帮助的躺在中央的练习者。当"ra ma da sa"一遍遍的吟诵响起，这首歌不断的呼唤内心的善良美好，当你的心美了，一切都美了！

人是需要修行的，不断地来修正自己的错误的言行。

为什么不比赛的时候可以自然流畅地练习，比赛却不能如此？因为你有得到的欲望。你无法全身心投入。

无欲无求，无所得，无挂碍才无恐怖，达到那种境界时，一切即将到来，在不知不觉当中。

　　我的一点点小小的成功，也无需过于喜悦，空即是色，色即是空，了悟空性，觉悟人生。

2013年7月15日

第五章　瑜伽紫涵

35 参加双榕寺观音宝忏法会

开养心斋之前去三亚"大自在"请香，与师兄相识，相互留下电话号码。从那以后，三亚的佛事活动我可以知晓一些，有放生的、开法会的、听佛课的，前两月养心斋即将开业我没有时间去参加。

上周又收到师兄短信："南无阿弥陀佛！各位师兄吉祥！陵水双榕寺定于本月26日上午9点兴办观音宝忏法会，邀请各位师兄及广大信众参加，请相互转告，阿弥陀佛！"

打听好线路后，26日早晨7：15分我带着婆婆、霞和莹一同驾车前往双榕寺。在高速路行驶了近半个多小时后左转向陵水城，即将到桥头时左转向了山脚下，到山脚下后又左转向了泥泞的土石路。莹总有些怀疑如此颠簸不堪的土路可否到达寺庙的门前，最终怀着纠结的心情安全到达了双榕寺。

山脚下的双榕寺，无法与商业化的豪华寺庙比拟，但是极其简单的道场，人气却是很旺。寺庙前停着三轮拉客车，不断有这种简陋小车不知从哪拉来满车的信徒，我想应该是四周的村民。停着的也有小轿车、商务车、越野车，车里的人定和我一样从城里来，来寻自己，来寻智慧了。

没人为我们介绍寺庙的来由，只有质朴的人招呼我们吃早饭。

我感觉到有些陌生，因为听不懂他们的语言。这时，婆婆领着我去请香、上香、拜佛。礼佛拉近了我与陌生人的距离。

自觉地走向寺庙中央整齐莲花跪佛垫旁，佛垫上放着一本《慈悲观音宝忏》。这些，都是为我们准备的。

当空灵的钟鼓声响起，将我们的思绪从红尘拉回佛祖的脚下，这个时候，红尘离我们很远了。

今天是28号了，现在，我在思考、分析26日整个上午在寺庙里身心的感触！

为什么我要去那里？为什么当梵音响起我会流泪？这不知是第几次流泪了，那一刻是寂静的，空灵的。

神，是因为没有身体，无眼、耳、鼻、舌、身、意，无色、香、味、触、法，无恐怖，如轻烟般飘渺，如水般清透。

而我呢？我有身体、我有名字、我有身份、我有工作、我要吃饭睡觉、我还有欲望……

祈祷、静心、诵经、拜佛可以将我们的头脑清零，进入寂静，充满活力地与神交融在一起，真的可以如神般飘渺与清透。

在近三个小时的诵经与数不清的向神圣低头跪拜后，由于身心的臣服终于卸下厚厚武装，内在的柔软得以显现，自然的流泪，内外通透了！

无数次的诵经、忏悔、跪拜，人的肉体会由紧张归于轻松、僵硬变柔软、执着变空灵、糊涂变清明。

《华严经》说，一切众生皆有佛性，皆有如来菩萨相，只因妄想、执着不能正得。

练习瑜伽提高觉知力、观照力，与拜佛有着同样的功效，放下妄想执着。

只有练习了、专心虔诚地拜了才感受到其内涵。否则，将是纸上谈兵。

"你随时愿意从零开始。愿你如此而活得纯洁。智慧完满时恰恰是那空寂的瞬间。在幻象堆积的土地上无论你如何挖掘，都不可能触及实相的核心。"

与您共勉！

2013年7月28日

36　修行之路

少女时，由于我外表的秀气、内心的善良结识了几位知识渊博具有内涵的朋友，仅读过初中二年级的我那个时候发现自己孤陋寡闻无法融入他们的内心世界，极其渴望拥有知识。怀着那种无限执着的心态进入了进修学习考试。备考的日子，由于不懂养生，不懂得释放内心的压力，我得了神经衰弱症和严重的寒湿症状，吃不下睡不着，身体常常有疱疹出现，萎靡不振。

当我进入中等技术气象专业学校学习时，一切身体上的不良症状都消失了！由内而外充满了自信，散发着无限的活力！在学校学习的第二年这种生活开始发生变化，我并没有守住自己，我也不知道要去守住自己，乐极生悲就是这个道理。我重新回到被别人情绪左右的日子！没有自己，我在为别人活！

身体会对这些过往的伤痛牢牢记住，每经历一次痛都会打上一个结，当结缠遍你的体内，你的笑容会慢慢消失，即使有笑那也是皮笑肉不笑的状态。

情绪变坏，身体必然受伤害，一次次变坏，一次次受伤，回忆自己是如何深陷其中，又是如何自拔？身心分离，绝无苏醒的一天！

在我还没有遇到瑜伽之前，身体差的时候比好的时候多，身体常常莫明其妙地疼痛，皱纹开始显现、白头发越来越多，外出化妆修饰是必不可少的一部分。

长久的瑜伽体位习练，使得我的肉体慢慢得到释放；我书写文字，那是一种心灵负重的释放；我将我的感悟分享给有缘人，我得到了您回馈的正能量；我将我的瑜伽分享给有缘人，我的内心发生极大转变！

感恩！

不再被虚幻的情景蒙蔽，这条路走了43年，漫长、艰苦。

我是幸运的！

观、悟、实践，我行走在朝圣路上。

开悟也只是你知道一些智慧，并不等于你不痛苦！

真正地去实践，真正做到才会解脱！

法门！法喜！

对我的肉体负责，我有自己的修习之道，让我的脉轮与经络保持通畅！

六年来，由于我的精进，包裹在我身体的污垢纷纷剥落，本性得以显现！

通过净身咒这一法门，强化我的神经系统，加强我接纳的定力和能力。

感恩修行路上赐于我能量的老师，让我感受到空的绝妙！

相遇是因为我需要你，相遇是因为你需要我。

平衡，稳定，淡然，缘起缘灭，了悟空性，法喜自然。

2013年8月24日

37　自觉觉他是我的使命

持戒，Yama，是瑜伽修习八个步骤里的第一步。指为改进外在行为所需遵守的行为规范，自制。包括：非暴力、诚实、不偷盗、节欲和不贪婪。

第二个修习的步骤是内制 Niyama，指为改善内心环境，每天实际应做到的行为规范。包括纯净、自足、自律、内省和向神的臣服。

为什么要写这篇，我问自己？我想告诉你我的清静秀美是因为遵循持戒与内制的生活方式而滋润出来的。

我几乎每天早睡早起，偶尔一次无奈的改变，我心里会有丝丝的内疚感。

我特别少和别人唠家常，但家里人除外。

我不看报纸，因为那里没有我需要的。如果看那是在浪费我的时间，不如利用这些时间多读经文或琢磨瑜伽技能。哪天我不需要读经文有可能就会看了。

我极少看电视，要看一定是有选择性的，比如说央视九套，比如古老寺庙的介绍。

我喜欢独处，特别是外出旅行与学习，只有我一个人的时候才感觉到是自由的！

在三亚，过着深居简出的日子，养心斋与家里，白天养心斋，晚上回家。我常常拒绝别人的邀请，这样的拒绝是为需要我的人储备能量！你懂吗？

我喜欢清晨6:00~7:30在户外练习瑜伽，不是阿斯汤伽了，半小时的能量导引流瑜伽，根据身体的状态搭配体位练习。静坐默念《心经》，给自己或回向给儿子及家人等。

我会长时间拥抱狗狗和它们说话聊天。

我现在是有控制地读书。

前天夜里我和爱人聊各自的"心魔"，我给他建议，如何制服"心魔"！我的能量影响着家人的转变，特别是和我朝夕相处的人。

我不再执着钱物地位，我爱人说是因为我已经拥有了，不！有上千万、亿万家产的人还在惶恐。这两年我接触过无数这样的女人。所以得出这样的结论，有钱没钱都需要修行！

我不再像女人一样以外在的形式吸引别人，不抹香水、不化妆，甚至能不戴文胸就不再戴了。早就不穿高跟鞋了，我自己觉得舒服才可以！我的穿着越来越大方，尽量不引起别人的注意为好，越来越喜爱白色的衣物，这是我以前不敢穿的色，暗黄的气色会对白色的衣服说拒绝。

在人少的寺院我会叩拜神灵。

在养心斋焚香念诵《大悲咒》。

我细心保护着斋内的洁净，能量磁场的稳定。

莹说她一出生就知道有菩萨，而我不是，我是因为证悟后才相信！没错，今年我才相信有轮回、前生今世！我流泪问自己我经历了多少的轮回？此生就此了结，不再轮回！就在此刻，觉知到自己开始执着，有些是应该执着的、制戒的、内制的。

净身咒与我是有缘的，我懂得了无缘人怎么练习也是无觉知的。

我身体是通透的敞开的，灵气师双手一触碰我的身体就能联结上！

我爱饮茶，而且不会失眠了。

我爱和自己聊天，那就是写作，这不需要说去坚持，已成了自然的生活习惯。

我每天上私教课1~4节，私教会员身上的坏习气，比如说控制力差、懒、贪、执，一目了然，我会根据我观察到的指引她们向我靠近。说真的，并不是任何人都可以在短时间内从无明的状态清醒过来！如果你总在我的指引下保持觉知，在每一个当下，喜悦就会随之而来，你来投奔我不就是想和我一样清静吗，那你会听我的话吗？

我只是做个引导，给你健康的方向，想身心健康仍需要你践行！

我们身体的苦痛都是源于我们不持戒。你只能做到在瑜伽垫上的瑜伽，而在现实生活中你依旧生活无节制，打麻将、喝冰水、泡吧、吵架……醒来吧！

昨天的一堂私教课，我不知怎的默默为摊尸式的60多岁私教会员默念《心经》，我多想在她还清醒时了悟空性，愿她少想身体的病痛，通过我引领的瑜伽及心性的引导，心安病自然会远离，愿有缘来到我身边的人得智慧，开悟见性！

趁你年轻，愿你懂得你来到这个世界是为了证悟空性而来，是为解脱而来！年纪大了就难了！也晚了，那只有继续轮回了！

你觉得去寺院就是解脱了？错了，真的！

你在红尘中既享受物质又不执着物质就是解脱！在工作中解脱，在生活中解脱，在情感上解脱，从所有的欲望中解脱！

本来无一物，何处惹尘埃！

2013年8月27日

第五章　瑜伽紫涵

38 能量导引流瑜伽

我是三亚养心斋创始人紫涵，同时也是一名私人身心灵瑜伽康复理疗师。

假如你我有缘，在有针对性地为你做身体康复之前，会根据你的身体现状引领你练习能量导引流瑜伽。

自然站立，松肩、松胯，手合十，微闭双眼，随着吸气双手沿脊柱自然地向上伸展，随着呼气，双手在空中打开后回归于心田，循环反复，进入外导引产生气旋效应，无有贪念，不可执着，身随息动，息由心生。

感受到自己沉浸在宇宙的怀抱，听闻我的引领，进入脊柱的灵动，如海上的波涛，一浪一浪地翻滚；如稻田里金黄的麦浪，随风起舞，有节奏地延绵。

依然沉浸在宇宙的怀抱，似乎进入无我的状态，感受身体与宇宙能量的契合。你疲惫沉重的身体将在幻椅式的能量导引流接受洗礼，流汗排毒后的身体清爽而通透！

也许你进入战士二的流动中还无法微闭双眼，那就先模仿我如何以手运气。万物相生相克，生生不息，阴阳互换，循环不止。想找到左右能量的平衡之美妙，那你必须是坚持不懈的练习者，战士二导引流向你发出挑战！专注、合一、圆融。

动极生静，以静制动。练完双手握拳归于丹田，感官意识收摄于自在，集中意念力于中脉七轮，收功特别重要，收纳能量藏于体内，精聚则气足，气足则神立。

在与能量导流瑜伽相遇后，我停止了阿斯汤伽穿越的练习，每天半小时的导引能量流的练习持续一个月左右后，明显感受精力更加充沛。身体有了前后练习的对比，体会到什么是耗气与养精气的练习。想想以往一星期五堂课就不敢再接课程了，如今，一天1~4堂的私教课，感觉还是良好的状态。

不能说我以往的练习是错误的，没有对与错，都是恩典！终于在能量导引流瑜伽及净身咒的练习让我的身体有了恒定的能量场。它帮我记起了我是谁，我要去哪里，我在今世要做什么。

我终于看清了我的灵魂为什么再一次轮回。当我明白真相后，激动的泪水涌向双颊，我终于安心地走在回家的路上了！

感恩来到我身边的每一个人，每一位老师，感恩能量导引流的创始人小航，中国瑜伽康复领航人，我清晰地记得他传授能量导引流瑜伽时说的一番言语：导引流是中国传统哲学与印度瑜伽哲学的融合，练习导引流实际上是我们与宇宙苍生联结，与万物造化相应，懂得事物的运行规律。人的身心一切问题，其根源莫过于逆宇宙之规律而行之所致，通过导引流使身体找到自然生发的核心，重回健康，使心灵遨游于无形世界毫无束缚，重归自由。

2013年8月30日

此篇文章为海南省身心灵工作坊杂志《本质》特约稿件

39 不爱吃药的私教会员

一堂私教课结束后，询问会员的练习感受。

她一番赞叹后，脸上还是露出丝丝不快。

"什么事情让你不能开心呢？"

"我妈妈吐痰时带有点点血丝，昨天带她去医院检查，医生要求她住院观察，我妈妈住一晚上就不愿意了，她说医院的环境没病都会整出病来。也不吃医生开的药，说有副作用，可又整天愁眉苦脸地担心。"

"你带她上我这儿来，练习瑜伽会让坏情绪转移。"

为60多岁的阿姨上第一堂课后，感触最深的是阿姨是一位宁静慈祥的老人，她的专注，真的让她放下那些小病痛。缓慢的导引流，简单的瑜伽祛风练习，轻柔按摩她腿内侧带脉，拍打膀胱经，熏熏艾，默默地念《心经》回向给她。

"好舒服好轻松呀！"她用带湖南口音的普通话对我说，她笑起来如婴儿般可爱。

第二次来练习瑜伽，我发现她的嘴唇干干的，摸摸她的手和额头。

"阿姨呀，你发烧感冒呢。"

"嗯，前天晚上吹空调受凉了。"

"吃药了吗？"

"我不喜欢吃药，是药三分毒！我最讨厌吃药！"她像孩子一样嘟着嘴和我说。

这一次的练习，我减少了体式，发现她微微出汗了就停止了体式练习，收功后进入熏艾阶段，她似乎睡着了，还是默念《心经》回向给她，愿阿姨得智慧，无病无痛，儿女心安。

今天中午孝顺的女儿又来为母亲约课，工作人员告诉我，那天瑜伽后阿姨不发烧了而且恢复得快，表示感谢！

下午16：00，我见到了笑容满面的阿姨。

这一次，她主动和我说话，见她如此喜欢信任我真的舍不得将我要休假的事告诉她。可是没有办法。

"阿姨，我有一位比你大很多岁的老母亲，这周末我要回家去看望我的妈妈。"

我感觉到她心里有些不舍，嘴里却说要回去的，说好什么时候就什么时候要到家，要不然你的妈妈会在那一天等你，等不到会很难过，我有过这样的经历，女儿说好回又不回，我很不开心的。"她又问了我父亲的情况，"走了许多年了"，我说。

她抿抿嘴接着说："我婆婆和我妈妈都是八九十岁才离开的，离开的时候没有痛苦。而且自己都知道什么时候要走，主动向我们告别，一个是一边穿袜子就停止了呼吸，一个是将头掉个方向就走了……"她极其平静地向我描述她所亲身经历亲人离去的场景。

我也特别平和地微笑着对她说："这样安静的离开是我最想要的，我要是明天离开人间，我都觉得很值得……我觉得每一个人的肉体都要经历入土为泥之旅……"她打断我继续往下说："你这么善良、安静、美丽、健康，活190岁都没问题……"她眼里闪着泪花对我说。她在我面前满足地夸奖自己有多么孝顺的女儿，特别的知足，接着又说，"我也一点都不害怕死，和你一样。"她自然地表达着她的所思所想。

一边说着我一边带她站起来进入体式，一手扶墙，让一条腿前后蹬一蹬。然后换边做，慢慢引导她专注在体式的练习上。

从能量导引流转到祛风式练习时，她天真地说："呀，我的腿都出汗了！第一次。"

心的满足、放下、不执着，人的情绪会平和健康。

我和60多岁的阿姨交流愉悦，对生死了悟清晰透明，难道说我心老了吗？

事实上并不是这样，我更加热爱生命，懂得生活应该有质量而不是数量。

需要约我课的私教会员们，9月6日下午开始我和爱人回江西老家陪妈妈和婆婆了，顺便去三清山和婺源走走逛逛。

十月再见了，冬季的三亚是最迷人的，愿我们的心散发迷人的光芒，不刺眼却温暖。

2013年9月5日

40 参加胡因梦老师《自我觉察》工作坊笔记

一

查看我博客日志《胡因梦》、《遭遇占星术》，可以得知与胡因梦老师相识的日期，是在2009年左右。

2013年9月20日18：30我从三亚到达博鳌国宾馆，31人的学员团队我是第一个到，最后一个报名却将我的名字"紫涵"放在了第一位，那是离胡因梦老师最近吗？

我单独要了一间，那是我一贯的风格，我害怕人多，害怕失去自己，我要随时和自己在一起，这样我才会有安全感。

清晨4:30我醒了，好像梦见胡因梦老师了，她见到我后对我说，你有心事？

打开电脑，时隔两年后再一次进入她的新浪博客，重温她毫无掩饰、触动我灵魂的自传。读罢再回归到自己的思绪。

"问：为什么写自传？答：为了整合自己，做一次彻底的揭露自疗，串联起细微的因因果果，假如能因此而有益读者更佳。"确实如她所说，写自传是一次揭露自疗，我是因为写自己而找到自己的女人。我不知道有多少人读我写的文字，不去管了。

心的写、悟、觉醒!

身的练、觉、得乐!

身与心的双修会缩短人活在世上痛苦的历程。

几年前,我的心或多或少是一种依附的状态。坚持瑜伽体式的练习带来觉知力的提高,不断观察自己的身体,眼、耳、鼻、舌、身、意,它们是怎样与我不合一,又是怎样受我的控制。几年后,身与心的平静,让我感受到内在的强大,与自己合一才会永恒!

权力、地位、财富、亲情、性爱都是短暂的合一。

即享受这些又不执着才会快乐。

写不能执着,体式也不能执着,任何事都不能执着,平衡动与静,身心才会合一,才会吃得香、睡得香,才会有源源不断的能量奉献给他人。这是我要坚持做好的一项任务。

没有戒律,随心所欲,你的身会累,你的心会痛!哪来的定?又哪来的慧?

二

瑜伽师柳金铭自信地告诉我们,他是胡因梦老师的生活伴侣,他教我们习练回春瑜伽。

热身练习,动作缓慢,呼吸有规律。仰躺抱膝前后滚动,按摩脊柱。左右雨刷式。平躺放松后,猫式的练习,仰躺曲膝掌心放膝手臂带着手背抖动等。

我听金铭瑜伽师介绍回春瑜伽第一式站立旋转的原理,启动整体脉轮的旋转,提高自身的振动频率……回春瑜伽的每一个动作都有相对应的轮穴,按瑜伽师的要求练习,平衡调理内分泌系统和内在的精微系统，长久的练习能打通三脉七轮，延年益寿。

我感觉和我学习小航老师的瑜伽能量导引流一个道理，练习是为了让身体接通空性，达到无我的状态，与宇宙联结，自然放空欲望，无所不在，与本我合一！

10：00点，胡因梦老师如仙女般飘然而至，微笑着走向中央的位置。白色长长的亚麻禅服，花白的短发，细嫩的脸上戴着灰色的眼镜，灵性发光的眼神，饱满的嘴唇，婴儿般的笑容。

她的开场白好像是对我在修行路上经历过的、思考过的问题淋漓尽致的总结。

她一如既往地坦白自己，和我在新浪遇见的那个胡因梦没有区别，她曾经是一个不懂得照顾小我的女子，不懂得处理人际关系、不懂得自己的身体该吃什么不该吃什么，许多年不接地气，一味追求灵性生活的女子。

她称我们是她的道友，希望我们要照顾好小我，与周遭的圆融，真的极乐世界就在当下，随观随化，自我解脱。

她娓娓道来，有观（自我观察，自我觉知）是不足的，要学会养生的办法。

她告诉我们通过瑜伽师的气给予疗愈者的身体安抚可以保留48小时，花精在人气满时无任何作用，有效果也是非常短暂，通过佩带水晶也只能维持六小时。持咒、跪拜、扫除你内心的阴霾只有10分钟。闭关是一种积极的活动，终极疗愈。

"我不希望你们跟随我，希望各位道友一次弄明白什么是你修行的终极目标，回到你的日常生活，学习不依赖任何关系，自我解脱！"

她是灵之母，她聆听着每一位受到伤害的灵之子来到她身边的缘由。每一位孩子都是特别的，心灵受到各种伤害困扰，见到母亲怎能不撒娇不流泪?

下午两小时重生呼吸练习,再一次让我深深地感受到,她是我灵魂的母亲,她通过两小时不间断重生呼吸的引领,招灵之子回家!

"她每隔一段时间就会说跟上我呼吸的节奏……我一直跟随着。吐痰时,听到母亲说,很好,身体越来越洁净;想哭时,听到母亲说,想哭就哭吧,将郁积的悲伤痛苦释放!每一次流泪都会有理由,通通宣泄出来!"她的重生呼吸始终有力,我的每一次变化她都会在我的耳边做解说。

释放!重生!感恩!喜乐!——呈现在重生呼吸法。

吃过晚饭19:00回到豪华的教室,金铭瑜伽师带我们热身:"一会儿打嗝放屁都会受到表扬哦……等你,等你惯性的两蹲,你要一蹲膝盖容易受伤……"多么轻松愉悦的课堂呀!

母亲教我们如何拍痧,我们围着母亲学本领。母亲邀请一位孩子为其拍痧,所有孩子都企盼母亲亲自为自己拍痧,我也不例外。

"你是瑜加老师,看看你身体有没有湿毒,你要知道,瑜伽体式不是唯一的养生。有些病痛是瑜伽体式所不及的。"

她一边为我们拍痧,一边和我们相互的聊天。

今天最后的环节是聊吃什么,她告诉我们,吃任何食物不能让体内有胀气,她再三强调,有胀气会阻碍气血循环,万病之源就是体内胀气。

现在是22号的早晨6:12分,今天会有什么内容呢?

三

现在是2013年9月23日早上5:00。

昨天上午回春瑜伽学习完毕，胡因梦老师像孩子一样快乐地坐在她的位置上。

反观不满意进行自我探索，层层剥开问题揭露真相——这是今天的课题。

她耐心地聆听第一位学员A的困惑：拥有富足的物质生活，孩子有保姆照顾，过着看似光鲜的生活，其实内心极其空虚，觉察到自己有依赖性、无安全感。胡老师根据星盘告诉她深层的危机意识来自父母情感的不合。学员A流泪哭诉着自己的哀怨。胡老师让我们与其互动，出主意如何消除她内心的不安全，如何设计自己的生活。

1 安逸享受全职太太生活找到无惧。

2 走出家庭回归社会，展现自我的生存价值。

老师聆听困惑，通过个案的星盘及观学员外表，引导揭露发生的问题，与道友互动，共同剖析案例，了了分明地探索自己，给予解脱的指导，清晰地告诉对方需要完成的灵魂课题。在灵之母的面前，灵之子们完全坦露内心的困惑。我们在这个家庭里，一起哭、一起笑、一起与道友分享解脱之路。

在前一个月听道友说她彻底被星盘"放倒"过！我在现场也有如此的感慨。

我不懂看星盘，但现在我知道星盘里都显现前世、今世灵魂需要完成的生命任务。

今世，灵魂是导演，她安排好场景、演员，主角就是自己，演不好下一世再演，应该就是这样。

我对灵魂要比星盘了解得更多，当然也是在最近一两个月，我刚大致读完《古埃及女祭司灵魂之旅》、灵魂迅速将我安排在此课堂里，让我学习，因为我此生的使命就是自觉觉他，自利利他。

我在家庭关系、亲子关系、性爱课堂、男女关系达至圆融的状态，不再迷茫！我体验到利他的美好！今世，我在自觉的道路上走了四十几个春夏秋冬，终于在今年通过考核，学习灵魂的知识，通过文字的学习到课堂里每个灵魂实例的学习，提高服务众生的本领，就是这样的。

我降临在穷苦不合谐的家庭，是来历练的，是来接受考验的。

我从害怕孤独到现在享受孤独，在孤独中创造光芒，过程是艰辛的。

我更换了无数工作，我主动结束与爱人两地分居的生活，到如今，我是欣慰的。

我拥有物质财富、拥有地位，但我不执迷，我是淡然的。

我的心我的身配合灵魂完全使命，我是富有的！

与道友分享胡因梦老师关于灵魂成长文字。

修行就要绝掉希望。

智者内观，愚者外求。

矛盾冲突就是炼狱，统一就是解脱。

一念天堂，一念地狱。

四

"肤浅"与"哲思"、"虚伪"与"实在"、"抽离"与"内观"、"自卑"与"自恋"，哪一个是你呢？

都不是你，你是不存在的！但你的身体又实实在在地活在这个世界上。

为什么还要轮回？以往，我以为圆融后母亲就会张开怀抱接纳你，不需要再无数次地返回人间做功课了，真是一件莫大遗憾的事！

上午大约一个半小时的回春瑜伽的练习，总是犯困。

夜晚听道友们述说无奈与惆怅，也犯困。

早上5点醒、晚上10点睡、白天教授瑜伽，不喜欢闲聊，这就是我。健康来自有规律的生活，夜生活过多身体早晚会出现问题。身体抵抗力与免疫力会下降。

身体不好时，对方诉苦，你会不由自主跟随，本来是对方的苦，变成你自己的苦。耳在听心却不动才好。

你需要联结的是什么？

当你的心够强大才可消化任何的喜怒哀乐。

灵魂总是设计一个个的欲望考验你，不管你需要还是不需要，心里充满正念心才会安然无恙。

你为什么不成功，你为什么还痛苦，你的婚姻为什么如此糟糕？因为你没有思考，特听星盘的指引与安排。

有欲望才有修行，人间是苦道。

能量就是情绪。

美好就是与正念互动。

为什么有人找婚姻伴侣会算生辰八字，看看合不合？明白了。

不过，合不合还真不是星盘说了算，真的。

人是活的，星盘是死的。

当然，当你通过星盘可以更了解自己的惯性模式，变则通就是了。

也许不合的婚姻才能修成正果，一切都好了修什么呀？

一念天堂，一念地狱。

当下喜悦宁静即天堂，当下痛苦无助即地狱。

五

2013年9月24日上午9:00金铭瑜伽师完整地引领我们练习了五式"回春瑜伽"，简短易学。

练习完静坐了一会儿，听着金铭老师说要传授秘绝法门体式，我的精神集中起来。因为上次小航老师教授的"净身咒"已经让我的神经系统强大了许多。"净身咒"也可以说是绝密法门了。我在网上查询过，但并没有详细练习"净身咒"的呼吸与动作的介绍。

"站立，吐气，假吸气……提升抽火，能量上提……"呵，金铭瑜伽师演示讲解着。

六年练习体位法的经验，进入体式后每分每秒与身体自然地联结着，我的反映是它与"净身咒"有异曲同工之妙！因为又有空的感受，身旁换了个人我都没有觉察到，太棒了！

感恩金铭老师！

我重复听胡因梦老师讲解怎么样的性爱才有利于身体的健康。因为在2009年左右我在新浪网上已经接受胡因梦老师性爱知识的教育，感恩！

"我们的性爱一开始就受制于这份紧缩倾向。他的性经验并不丰富，对身体的控制也无法自如；他十分气馁自己的表现。男性对自己的性能力是否被肯定似乎都有神经过敏倾向。我告诉他以前我很重视性的量和尺寸的大小，但人生经验愈丰富，愈注重性的质和其中的爱意。我们都认为差不多是时候了，可以开始共同探索谭崔(Tantra)的奥秘了。凡事认真学习的他，趁着回纽约探亲拜访了一位他很欣赏的家庭医师。这位博学的犹太西医精通道家房中术与谭崔，Robert请教他如何把性提升到灵的层次以及延长时间的技巧。这位医生告诉他关键就在于放松，无目的，觉察自己的呼吸，怀着浓密的爱意，缓慢地进入对方的身体，而不要把整件事转成动物性的欲望或意淫。我以前听人说过双修最重要的是双方的气脉必须畅通，能量才可能提升至中脉的上三轮(喉轮、眉轮和顶轮)，脱离较低层次的下三轮(太阳神经丛、脐轮和海底轮)。"

老师并不是有意说此话题，是一位道友发问引出性爱的话题，大部分道友屏息听完老师描述美妙的性爱后哑然、激动，"前半生我都白活了！"有一道友控制不住地说。

每次都无法确定下课的时间，常常都是舍不得下课。下课后看见参加过四次老师工作坊的郭琼深深地拥抱老师，听不清她在和老师说什么，吃饭时她告诉我："紫涵，我向老师保证，我不会再来第五次了，这是最后一次。"

"这就对了，你太棒了！"

"紫涵，老师与你互动时，我攻击你那些话伤害你了吗？"

我在思考，她都说什么了，可是，我怎么也想不起来……

我为什么会这样？我在思考，我在问自己的头脑。

应该是我每天练习能量导引流瑜伽与净身咒，前者是让身体能量流动不阻塞，后者是加强神经系统。一个神经系统脆弱的人很难控制外界对自身的干扰，深有体会，如今再一次得到验证！否则当别人谩骂攻击你的人格时，你会无法控制自己会与对方发生强烈的争执，争执的过程中身体大量的能量流失。

我们只不过是相识几个小时的道友，我没有和你们聊天过，你是通过星盘来认识我，没有读过我写的书、没有上过我的瑜伽课程，你是在通过老师的引导几秒钟对我做出肯定与评价，这是一件荒谬的事情。

当下，我理解你们！我接纳你们！根本不需要在这一秒表现我不是这样子的，真的不需要，时间会证明一切。

身体的空与静会对事件的发生有一种"观"的过程，控制心意的波动就是瑜伽。

下午现场40分钟的静坐，闭嘴、闭眼、松心、观、听。管住你的嘴、你的眼、你的心，平静地观与听，并不是用眼观噢。你练的好不好，需要在你离开垫子回归现实生活不闭嘴睁着眼你的心是否如如不动、见诸景而心不乱呢？

启动脉轮、启动拙火的练习，跟随空灵的梵音身体晃动着，有一双温暖的手轻抚于我头的两侧，推着我晃动着"嗯，你很美的……"伴随着胡因梦老师轻柔的言语自由地晃动。

我听到有人在哭泣，是喜悦？悲伤？无助？极乐？不管哪一种，痛苦是恩典，喜乐是圆融。

我从来没有见自己的身体能够如此优美飘逸地舞动，那是灵魂的舞蹈啊，我将双手伸展于天宇，两行眼泪如小溪般清澈流向我的脸庞。"你的心轮打开了。"声音从遥远的天际传来。

道友们紧紧拥抱着老师，跪拜老师，泪流满面，无法控制激动的情绪，就像与母亲那样难分难舍。感恩老师让自己的心与自己的身体可以如此无忧无惧，如此空灵与美妙！

合影的时候我在向老师表白内心的感受。

"重生呼吸时，我感觉到真的回归妈妈的子宫了，可那个妈妈并不是生我的母亲，而是灵之母，谢谢您！"我轻轻对老师说。

"嗯，你要练习拙火，你的瑜伽事业会很棒！你的能量是充沛的！"

自身的练习与提升，将老师传授的本领传播出去，以此方式感恩老师！

41 三亚学院瑜伽社瑜伽启蒙
公益课程

顺利完成两小时的课程，做个总结。

课程开始是五分钟的静心冥想。

简单的自我介绍，我是紫涵，一名私人瑜伽康复理疗师。

和你们在一起，我感觉自己更加青春富有活力了，谢谢！

Namaste!

第一个我们要学习的是这则瑜伽手语：梵文Namaste，礼貌用语，也就是"谢谢、你好"的意思。但它与中式的"你好"有很大区别。Nama意思是致敬、鞠躬。进一步拆解为na和ma两部分。"na"的意思是没有或不是，"ma"是自我，指假我（有私心杂念）。As——指真我（无私心杂念）——te向你，意思就是放下那个小我向另一个人致敬，带着谦卑，带着真挚无邪的情感致敬，以此方式的致敬将会带给你灵性意义上的提升。这是一个生命对另一个生命表达的敬意，而不是常规的问好和礼貌。

一 相互问候实践（2人一组）

1 中式的握手相互问"你好"

这样的问候通过语言描述是如何完成的，手的接触、眼睛的交流、心的反应？

2 灵性的问候"Namaste"

思考两者之间的区别。

二 什么是瑜伽

从刚才的练习，您应该了解瑜伽是一种提升灵性的练习。不同于宗教、不同于哲学、不同于体育，它以独特的方式而存在。

《瑜伽经》的作者巴坦加利先哲描述了"控制心意的波动就是瑜伽。"

控制好呼吸就控制了你欲动的心。

1 当我们的心平静的时候你的呼吸是什么样的呢？

2 当我们的心激动、愤怒的时候呼吸又是什么样的呢？

狗和乌龟的呼吸？显示了生命的短和长，无疑，后者的呼吸模式可延年益寿。

用你的意念控制呼吸的频率，始终让你的呼吸保持平衡而深长。

瑜伽是控制。

是什么影响了呼吸的稳定性？

1 情绪

此环节切入与异性的关系、与社会的关系，通过瑜伽哲学的向内探索、关注自己、控制自己的情绪，培养正确的爱情观、价值观。

2 圆肩、驼背

一个是心的波动一个是生理的不良状态。

当你的身心都处在健康的状态，呼吸一定是稳定的。

瑜伽是联结与平衡。

身体的不平衡通过瑜伽体式可以纠正。

请一个圆肩或驼背的同学上来，老师指导山式靠墙、大腿夹砖双手投降收菱形肌，十指相扣放后脑勺的蝗虫式。

肩颈痛、腰痛、o型腿都可以通过针对性的瑜伽体式达到身体的健康状态。瑜伽体式的练习是启动了身体的自愈功能。

最重要的是改变你的生活习惯，觉察自己不良的生活习惯，改变是硬道理。否则你练习瑜伽体式毫无意义。

瑜伽可以塑形（大部分人对瑜伽的认识停留在此）。

三 如何避免练习瑜伽体式造成对身体的损伤

为什么会损伤？

1 人群

年龄、已经有身体问题的人。比如颈椎有问题，练习过程中做头倒立肩倒立，鱼式，不允许上述体式练习。

2 热身

让身体做好准备进入体式，没有充分热身就容易造成损伤。

3 肌肉的力量与延展性，保护好关节。

4 情绪

与别人与老师比较，带着争强好胜的情绪，带着各种情绪心理进入瑜伽体式，而不是以一种放下情绪，关注自己的身体进入体式，就容易受损伤。

5 疲劳

6 对动作的掌握

瑜伽损伤一定是可以避免的。

四 简易的能量导引流瑜伽与拜日A的实践

助教宝霞演示拜日A，大家跟着口令做两遍。

分解，请一个有明显错误的同学，一边做，一边指出不正确的练习方式，提醒这样练习关节必将受到伤害，根据其身体状态引导正确的习练方式。

再练习，再指出出错多的地方立刻纠正，再完整地练习。

简单介绍瑜伽的历史，当瑜伽被美国人遇见，会融入本土文化，创新瑜伽的体式，比如阿斯汤伽、比如流瑜伽，等等。

当中国人遇见瑜伽，瑜伽与中医的结合、瑜伽与气功道家功法的结合。

引领大家练习小航能量导引流瑜伽。

引领同学们了解自己的身体，你需要怎样的练习呢？为什么哈他瑜伽会衍生出如此多的瑜伽流派呢，因为是为不一样体质的身体准备的。

引领做简单的放松练习后，进入最后的唱诵。

五 saresasa唱诵

我听到她们跟着一起唱诵，一起将内在的莲缓缓向上开放，又慢慢回落，通过一次次的唱诵、一次次的唤醒，唤醒那个纯真无邪的、心无杂念的本我，哪怕是一秒两秒，瞬间的喜悦，会令你终身难忘，从这一刻起开启同学们的灵魂之旅吧！

感恩我的助手宝霞、仙霞、许蕊。

我们以平静的心情完成这次公益活动，现在以文字形式分享给有缘的瑜友，我们相互交流、相互促进，以此方式表达我对瑜伽的热爱！

2013年10月13日

第五章　瑜伽紫涵

42　灵魂的舞蹈

瑜伽体式可以雕塑我们的体形，当你循序渐进地练习瑜伽体式，呈现出的是刚柔相济的肢体语言。如杨柳，晚风徐徐吹来，随风摇曳，风止时，又亭亭玉立于两岸。以上文字对瑜伽体式的叙述，灵感来源于九九重阳节三昧寺慈善公益会演。我们五人第一次上台表演瑜伽体式，没想到仅仅排了约八遍的一组动作，却有了非同凡响的舞台效果。

演出时间定于13号上午9点，我是10号深夜从江西赣州返回三亚的。第二天上午自编自演琢磨了近两小时。我选用了黄慧音吟唱的《唵嘛呢叭弥吽》为背景音乐，现在我的办公室就萦绕着"唵……嘛……呢……叭……弥……吽……"，聆听着天籁之音倾述内心的所思所想。

瑜伽是一种唤醒内在神性的练习，唤醒会有很多的瑜伽方式：静坐、体式、呼吸、唱诵、舞蹈、冥想等。当你真的放下所有与其联结时，就会感受到内在的喜悦。

蓝色的瑜伽垫围成了半圆摆在了木质的露天舞台上，我们身着洁白的禅服如天空飘来的云朵，停留在各自湛蓝的垫子上。鲜花围绕着我们，晨光照耀着我们，我们专注于自己的呼吸，专注于自己身体的放松与宁静，盘坐于舞台，微闭双眼，就像与世隔绝一般，静静等待着音乐的响起。那一刻，我的耳边听不见喧哗嬉闹的声音，仿佛世界一片寂静。

静坐片刻，随着音乐缓慢悠然的节奏，我们的双手合十放置于海底轮，当音乐响起，身体随音乐悠然摇摆，摇醒那沉睡的莲，"唵……嘛……呢……叭……弥……吽……"引导着海底的莲顺着身体的中脉渐渐舒枝展叶，我们的身体如深埋在土壤里的千年万年的种子，终于破土而出！

每一次"唵……嘛……呢……叭……弥……吽……"身体就会苏醒一次，每一次都会更换瑜伽体式，船式的稳定、新月式的强劲有力、蛇式的柔软、大拜式的臣服，战士三的恒定，战士二的勇敢大胆……忘我、心无旁骛，那是灵魂的舞蹈呀！

当下你喜悦时就是天堂，当下你苦闷浮躁就是地狱。

瑜伽的女子时常活在天堂，有滋有味，梵我合一。

第五章　瑜伽紫涵

43　能量的流动

2013年10月19日下午，我第一次将养心斋的瑜伽垫摆成了圆形，寓意能量的流动。

我们围坐在一起，我向她们自然地表达着："一会儿我会引领大家练习能量导引流瑜伽热身、saresasa的唱诵以及聆听浙江大学王志成教授关于智慧瑜伽节选录音，然后我们再一起讨论。在这里，感恩小航老师、昆达里尼瑜伽师明玲以及王志成教授，是他们无私的分享给予我智慧，我现在分享给你们。"

有一位瑜友第一次接触能量导引流瑜伽，启动身体后，在幻椅能量流的环节开始由内而外地流汗，我相信，这样看似无精准的练习会有不同的感受吧！我选用了七个动作为一组，练习完后，神清气爽！我们静静安坐着，开始唱诵，先示范，再合唱。开始新会员可能会不熟悉手语莲花的开放，也可能对歌词不熟，所以，动作有些拘谨不协调，声音有些小心翼翼，随着老会员的带领，"saresasa……saresasa……"无我的状态，专注地融入唱诵会达到极至梵我合一的状态，整个屋子都弥漫着灵性的"saresasa……saresasa……"一种暖暖的感动从每一个毛孔渗透出来。我还是控制着节奏，12分钟左右，我将音乐的声音调小了些，听着"saresasa……saresasa……"将身体仰躺下，三分钟后，简单地引领扭转的雨刷式，前后滚动坐起来。

助手阿莉为大家斟上了花茶，我开始简单介绍王志成教授："浙江大学的博士生导师，长期从事瑜伽—吠檀多哲学的研究和实践。王志成教授研究和实践智慧瑜伽，倡导大瑜伽观念。主要瑜伽著作《在不确定的尘世》、《瑜伽的力量》和译著《现在开始讲解瑜伽》、《哈他瑜伽之光》、《冥想的力量》、《智慧瑜伽》等。我在9月的最后一天加入微信群"瑜伽经典学习"，10月1日早晨7：10分王志成教授通过语音演讲第12悲伤、知识与喜乐；10月2日早晨7：14分，第13非二元的喜乐是原本的喜乐；9：36分接着又演讲了第14你是演员——智慧瑜伽如是说……150人的微信群里，我们在不同的城市聆听着从杭州传来的智慧言语，平和的、自然的、精彩的、无私的，我在三亚的家里听，回江西了，我在医院里听，我在公园里听，每每内心都是兴奋的，引起强烈共鸣。我不能独自享用，就像一桌的美味，一个人吃多无聊呀，我要主动出击，约好友一起品尝，一起感受我的快乐和喜悦！我们就从第12章节开始吧，悲伤、知识与喜乐，我打开扩音器，手机停在飞行模式，点击微信里的语音，品茗闻音，静思如独居。

大概20分钟听完这一章节。

阿莉说，不执着就不会有痛苦。

身体虚弱的芬说，我感觉到痛苦，可我没有执着呀？

霞说，那个国王的故事我没听清。觉悟的人是谁呀？

嗯，我来简单的重述一遍，有一个人通过自身的努力做了国王，拥有了美女、军队、国土等。可是富足的国王还是很痛苦，他开始修行觉悟，发现不执着权色利现象世界的一切才会喜乐。而那个修行的人就好像是小航老师、唐一杰老师、于伽老师、王志成教授，等等。

他们没有当上国王，没有豪宅名车，但是，他们通过修行在年轻的时候就拥有了喜乐。那个富有的国王和觉悟者相遇了，国王夸奖一无所有的觉悟者，你更厉害！

你觉得练习瑜伽给你带来快乐了吗？我问蕊。

以前我总会为自己做的不好的事情而难过，现在遇到不开心的事很快就会被我赶走，是不是就是我不执着于发生过的事呢？我发现当我不纠结的时候心会释然，工作会更出色，悲伤痛苦的消失本质上是一个觉知的过程。蕊好像在问自己也好像在告诉我们。

很少练习瑜伽的芬说，我每次都想来练习瑜伽的时候，身体都不听我的，总会被其他的事拉走我最初的想法。动，就是那个"小我"在控制着你，霞说。

你的痛苦来自于你执着于你的坏习惯，那个至上的我一直沉睡着，小我一直在控制着那个至上的我，我说。

大家给芬出出主意吧，如何改变坏习惯呢？

芳说，你一定要坚持来练习瑜伽两个月，你试试看？哪怕像你刚才说，老师我累了想睡会，我们都会感觉到心满意足。

好，芬又分享说，刚才唱诵完我就想睡，我觉得大家在一起唱能量强大，我是一个需要别人带领练习的人。

嗯，我们坐在这里学习自我的知识，通过智慧的知识和清明的意识，指导我们的身体，让善知识流遍体内，达到喜乐。

……就这样你一言我一语的，没有想停下来的意思。

来的瑜友们，有长年练习瑜伽体式的，有瑜伽老师，也有心想练习而身未动的。

听着她们的言语，感受她们与我自己生活方式的不同，感触极深。身心双修的人满面红光、懂得消除痛苦的法门，事业稳步前进，时时感受到她们的阳光与温暖。懒得动的人身体倦怠，生活迷茫，注意力很难集中。中间的那一类人，尝到点点喜乐不要停下修行的脚步。

修行就是要了悟生命的真相，心不执着，身依然热情……

第五章　瑜伽紫涵

44 小航同学

小航（Cread）资深瑜伽理疗师、瑜伽师资培训导师及瑜伽特色课程研发设计师。PRES学科化瑜伽教学体系创始人。

因为《紫涵与瑜伽》，让我更进一步了解小航同学。

因为瑜伽强大的吸引力，数不清的人放弃了原来的职位，投入到传播瑜伽的行列，小航同学就是其中的一位。他告诉瑜友：美术专业，喜欢哲思，热爱真理与自由，放弃外企的设计师职位，毅然选择了瑜伽这一灵性道路。

他为我设计养心斋的Logo。

养心斋Logo释义

该标识以佛教手印为基本形，体现禅意，字体设计以书法体展现中华古韵，苍劲而洒脱的笔风与柔和的图形相得益彰，图文对比中实现和谐互溶。

用色方面以古朴自然为主导，灰蓝、浅灰绿、浅灰分别取自僧袍、青铜法器等。

Logo整体紧扣行业属性，打造闲适与精致的慢生活范本。

他为我的《紫涵与瑜伽》设计封面。

他说："瑜伽往往解决的不仅仅是你的身体健康问题，更多的是心灵上的修复。将光滑的卵石摆起来，一定是需要以静心专注为前提才可以达到的。"

正面能量如阳光一束束投射向大自然！

小航关于《紫涵与瑜伽》封面寓意：背景中的卵石七零八落，杂乱无序的散落一地，喻意纷繁复杂的红尘事，而封面主题图案依次迭放的七彩卵石则形成一个鲜明的对比，取简单，舍弃，冷静，从迷茫困惑中总结规律，认知事物间的彼此联系，清醒透视，去繁存简，体悟多色人生的精彩！

第五章　瑜伽紫涵

附　一：

瑜伽心

周末，三亚东方海景大酒店13楼的紫涵瑜伽馆，举办"瑜伽心"节目：紫涵老师义务与瑜友交流并辅导瑜伽。

二十几位瑜伽爱好者，先静坐调身心，后随着教练轻柔的口令，做各种瑜伽体式。

有些不甚了解瑜伽的初学者，以为学瑜伽可以减肥，能保持好身材。其实，这只是瑜伽的"皮毛"好处，瑜伽的真正定义是一种"心灵"运动。请听瑜伽馆吴蕾老师，对《光耀生命》的舒缓朗读："正确的姿势总是放松的，即使你伸展到极限也是如此。""放松你的颈部与头部，让你的舌头柔软，大脑中就不会有任何紧张。不要'咬紧'牙关，否则你也会'咬紧'你的大脑。""眼睛的紧张也会影响大脑。如果眼睛寂静而安宁，大脑也会安宁而随顺。而只有大脑放松时才有观照的能力。""放松从我们身体的外层开始，并穿越我们身心存在的深层。懂得放松艺术的人，也懂得禅定的艺术。"

是的，只有"放松"或者"柔软"，才更容易走进瑜伽的心灵。

接下来一位年轻女子的瑜伽表演，震撼了我：她的动作是那么舒缓轻柔，但柔软中蕴含着力量；她的眼神是那么安详专注，专注得似乎忘记了周边的存在，进入了另一个美妙世界；天籁般的梵音旋律，似乎联结着宇宙的呼吸与心跳；于是，她肢体的一举一动，都能触摸宇宙的身心。

　　此时，我忽然明白了，为什么叫"瑜伽心"。因为"瑜伽"，就是身体与心灵、与宇宙的沟通交流。

　　"紫涵老师，向我推荐印度瑜伽大师艾扬格的《光耀生命》，这本书太好了。90多岁的艾扬格，讲述他习练瑜伽70余年的心得。这心得，其实就是'发现生命'。"

　　如果你留心观察下，"瑜伽"越来越成为现代生活的一个热门词汇。这个周末，我准备拿出一整天的时间，仔细阅读这本书，恶补下自己的瑜伽知识。

　　最让我感兴趣的是：紫涵是一名瑜伽老师，并不是"文化"人，但讲出来的话，都是很文化的"哲学"话语。

　　对此我颇为好奇，"你过去一直这样吗？"

　　"不是的，是瑜伽改变了我，这都归功于学习瑜伽，因为瑜伽是一种'心灵'"，紫涵轻轻地说。

　　我开始真正喜欢瑜伽了。

　　瑜伽，与禅一样，可以改变一个人。

　　不仅能改变一个人的体型，还能改变一个人审视世界的眼睛；不仅能改变一个人的思想，甚至能改变这个人的生命。

　　《瑜伽心》刊登在《南岛晚报》2012年9月27日"致兵落兵"专栏，作者：禅佛博士后王致兵

附 二：

瑜伽紫涵

很少见紫涵。

因为自己住在落笔洞山里，极少出门。而紫涵也不轻易见人。

紫涵曾经迷恋"奢华"的生活：吃山珍海味，穿名牌衣装，唱唱歌，打打牌。自以为美好生活，不过如此。

但是，瑜伽改变了这一切。

最初，紫涵学习瑜伽的目的，是想改善羸弱的身体。

然而，随着习练瑜伽后身体的一天天强健，紫涵不仅慢慢找回了对身体的信心，也逐渐有了对心灵的感知。

真奇妙啊，瑜伽让身体像花朵一样绽放，让心灵的触角，更细腻，更悠长。她触摸到了另一个宁静的世界。

于是，紫涵开始改变。

她逐渐远离曾经的"繁华"。她一步步走近瑜伽世界的宁静。

紫涵习练瑜伽，也教授瑜伽。

练习瑜伽数年，她越来越沉迷并享受这种心灵的修行。教授瑜伽，最快乐的，莫过于有学员真正领悟了瑜伽的精髓，她就觉得这种快乐扩大了一倍、数倍。

瑜伽本不是形体训练，更不是减肥体操，是一种心灵的律动，而只有心与心之间，才能感知这种美妙的灵动。

现在的紫涵，已经变成了"瑜伽紫涵"，因为瑜伽几乎占去了她全部的时间。上午、下午、晚上，或者自己练习瑜伽，或者传授瑜伽。

那些"灯红酒绿、莺歌燕舞"，早已是昨日烟云。如今即使有老朋友相约，也须待她忙里偷闲、见缝插针。

瑜伽紫涵，不愿意见人的一个缘由是："见不想见的人，说不想说的话，耗神、伤气。"

听闻这个理由，我戏称："这是自私的小乘啊，只顾自己。"

她笑笑："先顾了自己，才能管别人吧。"

其实，所谓不想见人，并不是不想见所有人。

一次紫涵去南山看她的师父，路遇一名道士，衣袂飘飘，仙风道骨。尤其是那双眼睛啊，雪亮雪亮，我到现在也忘不了那双眼睛，里面似乎有很多东西，用言语都说不出。

说不出的，就是瑜伽吧。因为瑜伽是说不出的，只能用心去体悟。

紫涵，一个练习瑜伽、传授瑜伽的女子，因为瑜伽而触摸心灵，过着宁静幸福的生活。

瑜伽紫涵，一个不想见人的人，但是你见了她，却还想再次见到她。

《瑜伽紫涵》2012年6月20日刊登在《南岛晚报》。带着这张报纸去见了南山别院主持光善师父，她说，作者是在以报纸为道场，向人民宣传一种智慧。我听了，非常感动！

附 三：

致紫涵

一直想用我的文字去记录一个我思想深处的朋友，就是紫涵姐，却总是提笔放下，我怕我粗陋的文笔表达不出我内心的声音。

就在我提笔记录的这一刻，嘴角不自觉上扬，耳边依稀回响着紫涵姐那甜甜的声音，脑海中浮现出拥有甜蜜幸福笑容的一张脸，这就是我心底深处的紫涵姐，她总是用她的一字一句、一行一坐去诠释瑜伽，将瑜伽带入生活，向我们展示最美的人生。

我也是一名瑜伽老师，但我从未真正走进瑜伽。我总是在练习的时候告诉自己告诉会员这不能、那不能，总觉得这就是真理，殊不知我正在慢慢将自己用条框锁住。周而复始，我觉得我正在慢慢变成我字典里所谓的优秀瑜伽老师，而事实上我正在变成一具只知道完成程序的机器人。然而就在我们生存的这个世界上存在着许多和我一样的机器人，每天规定着自己，束缚着自己，执着于外在的表现。带我走出这个怪圈子的是紫涵姐，一个觉醒的女性，一个只需要看到她的文字就觉得很美觉得幸福的女子，与她接触，总在不经意间带你走入平静的湖面、广阔无垠的草原……

与她结缘是在2012年北京唐一杰老师的瑜伽英语培训课上，当课后我挽着她的胳膊走在首都的林荫小道上，听着她淡淡地介绍她不平凡的人生经历，我心中激起层层涟漪，心底感叹，怎样的女子才能有这样广阔的胸怀？一个可以四海为家的女子心底该是怎样的澄净而美丽?一直想要去她现在的家——三亚做客,却一直因为种种的琐事而搁浅,本以为我们的缘分就此而止,却不想又因为武汉小航老师的PRES康复学让我又走近了紫涵姐,也走近了她的家——养心斋,一个我们可以称之为家的养心瑜伽会所。当你身在养心斋,耳边响着她甜糯的声音,周边弥散着秀坤阿姨做的饭菜的香味,人与人之间也都如家人般温暖,大家想象一下,这该是怎样的人间圣地?我们有幸在这样温暖的家中待了五天,收获的不仅仅是一张印着PRES的结业证书,更是一群心灵深处的朋友、家人,还有我们敬爱的小航老师,亦是我们成长道路上的伙伴,这些都是因为紫涵姐将我们融入到一起,让我们在真正的瑜伽面前释放自己,感谢六月阳光沙滩三亚之旅所有的朋友。虽然我们最终还是分离,但是我们相知相爱的道路才刚刚开始……

当紫涵姐用自身诠释的瑜伽去感染带动我们的时候,也开启了我内心的渴望,我也将会开始我的瑜伽的修行之旅,用多元化文化支撑馆内氛围与发展,真心希望有一天我们的梵静元瑜伽馆也会带给大家家的氛围。我们在努力,我们在成长……

在回来的前一天,我随买了一本《瑜伽紫涵》,这将是我瑜伽道路上的转折点,亦是一盏指路灯,感谢小航老师,感谢紫涵姐,感谢秀坤阿姨,感谢养心斋……

作者系诸城妇保院梵静元瑜伽工作室瑜伽老师:婷婷

附 四：

狮子吼——致紫涵

一千个人眼里有一千个哈姆雷特。这就证明：即便是所有人看同一本书，最后所汲取的营养也是各不相同的。这是我作为一个非瑜伽爱好者看《瑜伽紫涵》的感受。

这两日看索达吉堪布的书，很受益也很享受。为此，还特地做了摘抄笔记。

堪布在一篇文章中写道："如果你是狮子，别人骂你是狗，你不会真的变成狗，故不用为此而伤心；如果你是狗，别人赞叹你是狮子，你也不会真的变成狮子，故不必为此而欣喜。"特别喜欢这句话。因为这句话，我不由得想到另外一本书，想到了另外一个人——《瑜伽紫涵》以及它的作者紫涵。

也许我把堪布的这段话做引子来引出紫涵这个名字会让人感觉有些怪异，佛学院的上师与一位名不见经传的瑜伽老师怎么会如此跳跃性相遇了呢？在看完紫涵赠送的《瑜伽紫涵》一书后，我的大脑不停地告诉我：紫涵就是一只狮子。

紫涵的书，放在我的床头已经有20多天了，我没有像看别的书一样，拿到手就从头看到尾，然后弃置于一角。我总是在午休或者晚休的时候拿起它，随意翻开一页开始看起，看完一个章节，就轻轻合上。

《瑜伽紫涵》是一本安静的书。虽然这本书是自费印刷的，可是书的内容却比很多公开发行、大肆炒作的畅销书有品质得多，我称之为限量版藏书。书中有她的往事，她的情感，更有她练习瑜伽以及修炼心灵的感悟。从她的文字中，我仿佛能窥见她写作时的状态，静静地坐在电脑前，思绪如流水一般倾泻在她的网易博客里。每一篇似乎都不是刻意而写，可是每一篇都透露出她热爱生活、热爱瑜伽、热爱书写的真情和真实。紫涵的文字时而安静、时而飞舞，随性与豪放会让我产生一种错觉：那个经常在院子里独自散步，那个经常喜欢把双手交叉于胸前，那个远远地端详永远给人宁静的紫涵就是《瑜伽紫涵》的作者吗？

　　读了紫涵的书以后，我才明白，原来外表江南婉约的她，内心却是无比丰富、无比强大，强大如一只狮子。无论从紫涵的书中还是博客中，都可知悉：接触到瑜伽后的紫涵，是她新生命的开始，如同一位行者，一直在寻找人生路上最美的风景，直到瑜伽的出现，改变了她，更修炼了她。上师堪布提倡：做才是得到。紫涵的确通过"做"得到了很多意外的收获，可是谁又能说，这些收获真的是"意外"呢？坚持多年通过博客记载自己的心路历程，记载自己的学习心得，记载自己对瑜友的答疑解惑，这些看似平常的记载，正是紫涵的"做"。她不但通过自己的身体在"做"，更通过自己的大脑和心灵去"做"，所"做"的皆是"功德"，自然她得到了。她得到了常人所得不到的瑜伽领悟，她得到了30万的博客浏览量，她得到了《瑜伽紫涵》，她更得到了一颗纯正的"瑜伽心"。她所修炼的，不正是"狮子吼"吗？

　　"什么时候，当你倾力做一件事情不是为了赚钱，而是因为热爱它、喜欢它，并想用它来造福更多的人，那么财富自然会滚滚而来，幸福更会与你如影随形。"这段话是上师堪布在另外一篇文章中写的，我觉得这段话非常适合形容现在的紫涵。把这句话赠予她并当作此文的结尾吧！

此文字来自于牵牵的QQ空间（http://user.qzone.qq.com/805220233）

附　五：

紫涵，我拜的是我自己

　　离开三亚已经有段日子了，一直在心里惦念着写封感谢信给你，今天终于有这样一段安静的时间可以把这个心愿实现，此刻，在几千公里外的陕西，我在电脑前与你心灵对话！

　　我想先真诚地说声感谢，感谢你在我最无助最迷茫的时候给我心灵支撑，感谢你在众人对我非议横飞的时候给我肯定和支持，感谢你听我倾诉那些让任何人都感觉到糟心的、琐碎的烂事，感谢你用自己充满正能量的、积极进取的状态引领着我，总之，我充满感激！

　　紫涵，在三亚的每一天，我都觉得痛苦万分，但比起去三亚之前那些更为痛苦的日了，我相信自己作出"在开始的地方了结，给自己一个重生"的决定是正确的。在努力争取过孩子又不得已放弃的过程中，我饱受煎熬，但我相信这个决定是目前的状况下，对我、对孩子最好、最得当的安排和爱护！紫涵，偌大的三亚，我生活了七年的三亚，那些我以为能给我支持和力量的朋友在最关键的时候选择了躲避我，唯有你，充满了爱心和力量，在那段痛苦的日子里给我最有力量的支持和肯定，所以，我真的不知道该怎么感谢你！

　　那天我们去三昧寺，我依然延续这一年来我虔诚拜佛并默求佛祖的习惯，我记得回程的车上，你问我，你求佛祖的事情有实现过的吗？紫涵，我想说，我非常清楚，所有的求与拜，都是毫无依托、毫无根据的，我虽然信奉佛教，但我明白所有的一切都需要靠自己，所以我拜的是自己，求的也是自己！拜自己，希望那个掉在地狱里被恶势力折磨的自己早日强大，早日做回自己！求自己，努力把自己在佛前所求之事在现实生活里变成事实！比如，求事业顺利，就是告诉自己，一定要努力工作，才能事业顺利！所以，紫涵，宗教于我而言，永远是在为我的思想成长服务的，永远不可能主宰我的思想和头脑！

现在回头看，我非常感谢马XX和他的父母在我产后对我的种种为难和欺辱，唯有他们如此狠心，我才有今天获得重生的机会，才有接触佛教的机会，才有让自己心灵变强大的机会，未来还有活出更精彩的自己的机会，所以我双手合十，低头致谢，真的非常感谢他们！只是，在整个事件的过程中，我因为太多的怨恨失去了自我，我讨厌去辱骂他们的我，讨厌在处理事情的过程中那样尖锐的我，讨厌恨他们恨得咬牙切齿的我。那些曾经过往中我的种种让我不喜欢的样子，时刻提醒着我，在以后的生活里，永远不要因为别人做了什么而失去了自己做事做人的准则，永远努力去做一个优雅的自己，做一个让未来的自己不会讨厌的现在的自己！紫涵，我在慢慢地学习控制自己的能力，更积极成长壮大自己心灵的力量，你感觉到了吗？

紫涵，未来的路还很长，很多心灵的问题还需要慢慢面对，但我相信，有了瑜伽和佛教，我们的生活会越来越美好！看到你现在的生活状态，真的非常替你开心，我也将以你为榜样，努力地走好自己后面的路，你是前行的导师，是充满正能量的良师益友，你给予我的帮助我会永远铭记于心，再次双手合十，低头致谢，祝你一切都好！千言万语都在不言中了……

以上文字来自2013年10月3日 中午11:20在QQ信箱收到好友"凌雪杜娟"的信。

后 记

打算2012年12月回江西老家看望年迈的妈妈，左思右想给妈妈带点什么礼物呢？我深思后觉得将这本书献给妈妈是最合意的。

于是，我从11月5日早上四点半起床开始将收入成书的电子博文进行编辑、排版。

我将五年来书写的文章分成五个章节：

第一章　往事并非如烟

第二章　军人的妻

第三章　烟雨江南

第四章　紫涵思绪

第五章　瑜伽紫涵

附一：瑜伽心

附二：瑜伽紫涵

附三：致紫涵

附四：狮子吼——致紫涵

附五：紫涵，我拜的是我自己

在编辑过程中，我心情起伏激荡，为自己感到骄傲！

这些天忍不住向朋友透露我要出本书。许多人惊讶地问我："你哪里毕业的？"

"初二还没读完呢！"我大笑。

"那怎么可能写书？"

我确实初中没毕业就顶替父亲参加工作，在水电厂做气象观测员，1991年参加全国统考进入南昌气象学校气象中专班学习。我清晰地记得在学校里有一门文化课还补考过，叫《马克思主义哲学》。

1996年随军到青少年青岛活动营地担任秘书之后在这个职位工作了11年。11年里我没有写过一份像样的材料，我相继和五位办公室主任共事过，我只需要在电脑上录入他们写的材料，录完递送营地主任修改即可。

一年多的"营地简报"编辑、排版工作大大提升了我的文字能力。我可以修改员工的文章，偶尔也会写些文字在简报上发表。我似乎没有全心全意工作，因为我一个人带着儿子。

感恩营地同事们对我的包容，这种包容一直延续到今天。有了你们的关怀与支持我才过得这样稳，这样舒心！

回顾我所决定的事，我是一个有主见的女人，做事干脆利落。我在不断奋进中找到自信，深深感受到通过自己双手收获来的幸福是最稳定的。感恩父母，不仅给我美丽的外表，还有聪慧善良的灵魂。

我有过很多痛苦，但每一次都靠自己坚强度过，痛苦来时就是一个人醒悟的开始，痛苦就是恩典。

遇到了瑜伽，我不仅仅可以不再痛苦，还有能力带领他人走出困境。

到现在为止，瑜友们提出体式的问题、心理的问题我都可以清晰地回答。人一旦沉静下来就可以看清楚很多问题。修行人的心很难被外界所干扰，她的心如清泉般通透明亮。

以前我并不是这样，因为我身体素质差，多年伏案工作颈椎也有毛病，又没有找到感兴趣的事来做，整个人的精神状态是无精打采的时候多，乱发脾气的时候多，感恩我先生多年来包容曾经固执的我。

我写博文第三年我先生偶然有一次看到我的文字才对我刮目相看了，随着我一天天的变化，对我的关注更多了。他现在为我校稿，他不会笑我将"重新"写成"从新"，经常将"漫步"写成"慢步"。他说我不会改你的句子，仅校对错别字，你的文字让我热泪盈眶，有深度！这本回忆录将两颗心贴得更近，真真切切融为一体。

我刚开始写作只为了打发无聊的时间，以为有了文字作品就能交更多的博友。这种状态很快就过去了，我从刚开始希望别人来欣赏我的文字到有一天我根本不在乎有没有人来读我的文章，我为自己而写！不为别人而作！我的文字直接和我的灵魂相联结。

我为什么可以写六年？因为我写的都是真实的，是富有生命力的作品，是用灵魂在写作。写作、阅读与瑜伽并进，写作将会伴随我的生命，一定是这样的。

我生性坚强，敢于迎难而上，我没有碌碌无为地混日子。

如今，就更不可能去过无意义的日子。

我醒了！彻底地醒了！那是灵魂的苏醒！

想要苏醒是有法门的，想要找到真实的自己需要引领。可能是某个人、可能是某一本书、可能是某一件事，或者你快死了。

我们不要在快离开世界时才恍然大悟：原来一切都是虚幻的人生，真后悔当初呀……

瑜伽让我彻底安静了，我通过书写审视我的人生，我指挥我的身体我的心如何过有意义的生活，如何才可以让自己永远的快乐。我常常思考这样的问题，我读老子，读周国平，读瑜伽经典，灵魂在一遍遍与圣贤对话中精进。

保持心清净、保持意清净，智慧即将涌现。

如果你认为"修行"是逃避现实，你处在"无明"的状态，你在物质世界的漩涡里陷得太深！你不懂得什么叫真正的"修行"，因为你没有实践过，只是凭着自己想象在发表你的观点。

我们眼睛看到的只是一点点，我们耳朵听到也只是一点点，还有多少我们没有见过的没有听过的？

保持开放的心来观察你所没有实践过的新生事物，我对自己说。

很多人需要瑜伽，需要安静，需要像自然一样生长。

一切顺应自然才好。

紫　涵

此文修改时间为2014年3月12日

图书在版编目（CIP）数据

紫涵与瑜珈／紫涵著. — 杭州 ：浙江大学出版社，
2014.9（2015.1重印）
ISBN 978-7-308-13497-2

Ⅰ.①紫…　Ⅱ.①紫…　Ⅲ.①散文集—中国—当代
Ⅳ. ①I267

中国版本图书馆CIP数据核字（2014）第150228号

紫涵与瑜珈

紫涵　著

责任编辑　张　琛
责任校对　赵　坤
封面设计　小　航
出版发行　浙江大学出版社
　　　　　　（杭州市天目山路148号　邮政编码 310007）
　　　　　　（网址：http：//www.zjupress.com）
排　　版　杭州金旭广告有限公司
印　　刷　杭州日报报业集团盛元印务有限公司
开　　本　880mm×1230mm　1/32
印　　张　13.375
字　　数　322 千
版 印 次　2014年9月第1版　2015年1月第2次印刷
书　　号　ISBN 978-7-308-13497-2
定　　价　36.00元